U0091012

古典文學研究輯刊

二五編

曾永義 主編

第 12 冊

顧太清《紅樓夢影》對《紅樓夢》之繼承及轉化

林首諺 著

國家圖書館出版品預行編目資料

顧太清《紅樓夢影》對《紅樓夢》之繼承及轉化／林首諺 著
-- 初版 -- 新北市：花木蘭文化事業有限公司，2022〔民 111 〕
目 2+168 面；19×26 公分
（古典文學研究輯刊 二五編；第 12 冊）
ISBN 978-986-518-794-1（精裝）
1.CST：紅學 2.CST：文學評論 3.CST：研究考訂
820.8   110022416

ISBN-978-986-518-794-1

9 789865 187941

古典文學研究輯刊
二五編　第十二冊   ISBN：978-986-518-794-1

顧太清《紅樓夢影》對《紅樓夢》之繼承及轉化

作　　者　林首諺
主　　編　曾永義
總 編 輯　杜潔祥
副總編輯　楊嘉樂
編輯主任　許郁翎
編　　輯　張雅淋、潘玟靜、劉子瑄　美術編輯　陳逸婷
出　　版　花木蘭文化事業有限公司
發 行 人　高小娟
聯絡地址　235 新北市中和區中安街七二號十三樓
　　　　　電話：02-2923-1455／傳真：02-2923-1452
網　　址　http://www.huamulan.tw 信箱 service@huamulans.com
印　　刷　普羅文化出版廣告事業
初　　版　2022 年 3 月
定　　價　二五編 19 冊（精裝）台幣 48,000 元
版權所有・請勿翻印

顧太清《紅樓夢影》對《紅樓夢》之繼承及轉化

林首諺　著

作者簡介

　　林首諺，男，1994 年 4 月生，臺灣台中人，自幼即對中國古典文學、土木建築有著濃厚的興趣，尤其熱愛《紅樓夢》。就讀於逢甲大學土木工程學系、中興大學中國文學系碩士班，民國 109 年 1 月取得中文碩士學位。研究領域為清代章回小說及女性文學，興趣為閱讀各類書籍、寫作小說及詩詞、下圍棋、詩詞吟唱。

　　2006 年 6 月，私立逢甲大學土木工程學系畢業
　　2020 年 1 月，國立中興大學中國文學系研究所畢業

提　　要

　　你有聽說過有「清代第一女詞人」顧太清寫過小說嗎？而且還是中國現存第一部由中國女性創作的小說，她以詞聞名後世，她所寫作的小說卻鮮為人知，《紅樓夢影》就是顧太清晚年寫作的小說，它與其他《紅樓夢》續書有許多不同，雖然《紅樓夢影》大部分繼承《紅樓夢》的原意，但在人物性格及故事情節上，有所變動，小說中富含強烈的入仕傾向，在寶玉意外回歸後，價值觀發生巨大的轉變，由消極避世轉而積極入仕，並與寶釵生子，並與姊妹們保持距離，進入衙門任職，這是不同於曹雪芹的安排，另外榮寧二府家業重振，改《紅樓夢》悲劇為較為圓滿的結局，字裡行間充滿溫柔敦厚的教育意味，本書針對《紅樓夢影》對《紅樓夢》繼承及轉化的部分進行研究，發現顧太清一再強調父子、兄弟、夫妻間的互動，必須合乎中國傳統五倫的要求，且小說中男性角色，多數性格都產生變化，其中由《紅樓夢》中消極轉而積極入仕的傾向，藉此表現出作者不同於曹雪芹的價值觀。顧太清與丈夫、友人豐富的詩詞唱和經驗，融入在她對賈府常生活及詩社情節的描寫，細膩的描摹，凸顯她身為女性的獨特視角，總體來說，《紅樓夢影》歷來雖不受重視，但仍有許多值得深入挖掘的價值。

誌謝辭

中興校園景物依舊，在冬寒時節，這裡有著偌大的湖水，盎然生意的寧謐樹蔭，美得讓人心情舒暢，很感謝我能在這麼好的環境學習與研究。

猶記得考上中興中文所的喜悅，彷彿還是昨天發生的事，對於大學就讀土木系而非中文系的我，中文所一系列的課程，都是很大的挑戰，尤其在於論文的寫作方面，可以說遇到頗大的困難，即使學習過程並不順利，但是我仍堅持繼續學習，因為這是自己選擇的道路，許多教授、同儕與學弟妹的鼓勵，使我充滿更多的動力，最終得償夙願，得以研究與《紅樓夢》的相關議題，感謝我的指導教授黃東陽老師，提供我碩論的方向，讓我發現《紅樓夢》研究中尚欠完全開發的領域，即《紅樓夢》續書研究，並不斷給予我指正以及督促，讓我一一克服在寫作時遇到的種種困難，每次與老師討論後，老師總會給予我「加油」這兩個字，並且肯定我在碩士論文的努力及新的見解，在此相當感謝老師不厭其煩的教誨及對我的期許，另外在修習研究所的課程，不斷的上台報告與課堂討論，因而增強解讀論文及口語表達的能力，還要感謝陳器文、及林淑貞教授所給予的肯定，經過一年多的辛苦撰寫，終於完成了一本厚重的碩論，當下覺得充滿踏實與成就感。

另外在口試期間，特別感謝二位口試委員，感謝羅秀美老師，仔細找出我碩論每章每節不足的地方，並且給予我新的研究方法建議，還有鄭幸雅老師，指出作者生平處尚有許多要再釐清的地方，讓我的碩士論文可以站在更宏觀的角度去分析，並且更趨近於完善，也讓我獲益良多。

最後感謝在中興的四年來，所遇到得人、事、物，讓我不論是在學術論文撰寫，還是學習及做學問的態度，甚至在待人處事上，都有了更多可貴的經驗，相信這些經驗都會成為我未來成長的養分。

目

次

第一章　緒　論

第一節　研究動機和目的

　　《紅樓夢》自問世以來，便引起文人與市民的關注與喜愛，然而統治階層認為會助長社會的「誨淫」風氣，因此曾被列為禁書，然而後來逐漸為統治階層所接受，乃是中國古典章回小說的巔峰作品之一，加上清代後期續寫經典小說的風氣十分流行，所以產生數量極豐的《紅樓夢》續書，經過前人考據共有七十九種。〔註1〕然而《紅樓夢》續書數量多，但普遍受到學界的負面批評，多數學者評價大凡不高，魯迅在《中國小說史略》便提到：

> 此他續作，紛紜尚多，如《後紅樓夢》、《紅樓後夢》……《紅樓夢影》等。大率承高鶚續書而更補其缺陷，結以「團圓」；甚或謂作者本以為書中無一好人，因而鑽刺吹求，大加筆伐，但據本書自說，則僅乃如實抒寫，絕無譏彈，獨于自身，深所懺悔。此固常情所嘉，故《紅樓夢》至今為人愛重，然亦常情所怪，故復有人不滿，奮起而補訂圓滿之。此足見人之度量相去之遠，亦曹雪芹之所以不可及也。〔註2〕

魯迅對諸多《紅樓夢》續書評價相當貶抑，他認為大多續紅作者皆改寫原書

〔註1〕趙建忠：〈紅樓夢續書的源流嬗變及其研究〉，《紅樓夢學刊》1992 年第 4 期，頁 301～335。

〔註2〕魯迅：《魯迅小說史論文集：中國小說史略及其他》（臺北：里仁書局，1992年），頁 219。

　　《紅樓夢》的悲劇結局，因為中國傳統古典小說結局，乃是偏向「大團圓式」的結尾，所以《紅樓夢》悲劇結尾普遍不被多數讀者所接受，因此續書者大多試圖改寫《紅樓夢》為大團圓式的結局，進而彌補故事的缺憾，這是讀者預期閱讀心理之作用。然而這樣的改寫雖能補足故事缺陷，但不能回應曹雪芹的原意，扭曲故事情節的安排，再者，許多續書者對《紅樓夢》中人物性格的誤解，造成過度批評書中的人物等因素，因此魯迅對《紅樓夢》續書給出與原書相差甚遠的貶抑評價。張俊對眾多的《紅樓夢》續書的評價為：「想讓寶玉走仕舉之途，重振賈府，作者顯然不理解曹雪芹……化悲劇為喜劇，可謂化金成鐵，藝術價值不高。」〔註3〕，他與魯迅看法相似，都認為他們寫寶玉入仕，以及賈府重新振作的情節是違背曹雪芹創作意旨，因此藝術價值大幅降低。然而《紅樓夢》續書仍具研究價值，不應只是從主觀的閱讀經驗作觀察，朱一玄在《紅樓夢資料匯編》中，竟將《紅樓夢》續書放入「影響編」裡面做討論，可說明他已意識到《紅樓夢》續書研究的重要性，它是紅學研究範疇中的一環，即《紅樓夢》接受史的探究（影響研究）。〔註4〕故《紅樓夢》續書仍有極大研究價值。

　　在《紅樓夢》續書之中多數乃由男性文人所著，僅只少數續書作者是女性。王力堅提到：

> 在清代才媛的小說創作普遍匱乏的背景下，才媛紅樓續書更少見。
> 據有關史料記載，才媛所著的紅樓續書只有四種：顧太清的《紅樓
> 夢影》、鐵峰夫人的《紅樓覺夢》、彭寶姑的《續紅樓夢》、綺雲女史
> 的《三婦豔》。更為可惜的是，其中唯有顧太清的《紅樓夢影》能存
> 留至今。〔註5〕

其中鐵峰夫人的《紅樓覺夢》、彭寶姑的《續紅樓夢》、綺雲女史的《三婦豔》皆以亡佚，僅有顧太清的《紅樓夢影》流傳至今。《紅樓夢影》頗具獨特性，作者雲槎外史，即清代頗有名氣的滿族女性文人顧太清所作，雲槎外史是她晚號，卻歷來甚少被關注，主要原因為成書相較於其他《紅樓夢》續書來說較晚，加上顧太清以詞作名揚清代文壇，還有此書，是她晚年所作等因素所導致的結果，張俊在《清代小說史》提到：

〔註3〕張俊：《清代小說史》（浙江：浙江古籍出版社，1997年），頁396。
〔註4〕參見朱一玄編：《紅樓夢資料匯編》（天津：南開大學出版社，1985年）。
〔註5〕王力堅：《清代文學跨域研究》（臺北：文津出版社，2013年），頁227。

其他續書如《紅樓幻夢》和《紅樓夢影》等，乃清中葉「續紅」風
尚之延續，而格調益卑下。……《紅樓夢影》二十四回，作者雲槎
外史，又號西湖散人。書寫於咸豐末年，刻於光緒三年（1877），基
本傾向為揚釵抑黛，接續《紅樓夢》末回，無外乎賈府之重振，功
名富貴之描寫，屬狗尾蛇足之流。〔註6〕

雖然《紅樓夢影》被張俊評論為狗尾續貂的作品，格調與文學藝術價值遠低
於《紅樓夢》，但《紅樓夢影》是「現存第一部由中國女性創作的小說」〔註
7〕，顧太清以女性獨特的視角，將賈府的日常生活，細部描寫出來，反映出
清代中後葉女性意識與時代背景，因此自有研究價值。因而顧太清好友沈善
寶為《紅樓夢影》作序時提到：

今者，雲槎外史以新編《紅樓夢影》若干回見示，披讀之下，不禁
讚絕。前書一言一動，何殊萬壑千峰，令人應接不暇；此則虛描實
寫，傍見側出，回顧前踪。一絲不漏。至於諸人口吻神情，揣摩酷
肖，即榮府漸亨，一秉循環之理，接續前書，毫無痕跡，真制七襄
手也。且善善惡惡，教中作孝，不失詩人溫柔敦厚本旨，洵有味乎
言之。〔註8〕

她提到獨特「虛描實寫」的筆法，特別在於，揣摩《紅樓夢》人物的性情及口
吻相當維妙維肖，而且接續《紅樓夢》最後末回，即第一百二十回續寫，情節
發展合乎盛衰循環之道理，情節的安排上因此不顯突兀。原書中賈府遭到抄
家後衰敗，而至《紅樓夢影》寫榮寧二府如何重新振作，直到賈政拜相，賈府
已有恢復抄家前榮華的態勢。其中又有「善善惡惡，教中作孝，不失詩人溫
柔敦厚本旨」〔註9〕肯定《紅樓夢影》具有社會教化之功能。

　　《紅樓夢影》中某些重要人物性格的敘寫，與《紅樓夢》存在非常大的
差異性，尤其是男主角賈寶玉，他對科舉仕途的態度，竟由逃避排斥轉而積
極肯定，甚至最後進入仕途，擔任官職，且不同於《紅樓夢》後四十回的賈寶
玉轉變，後四十回的賈寶玉主要為報答父母之恩，而參與科舉考試，不是心

〔註6〕張俊：《清代小說史》，頁396。

〔註7〕（美）魏愛蓮著，馬勤勤譯：《美人與書：19世紀中國的女性與小說》（北京：
　　　　北京大學出版社，2015年），頁161。

〔註8〕〔清〕雲槎外史撰、尉仰茹點校：《紅樓夢影》（北京：北京大學出版社，1988
　　　　年），頁1。

〔註9〕〔清〕雲槎外史撰、尉仰茹點校：《紅樓夢影》，頁1。

裡真正對科考改觀，也非決定要求取官職，不然他也不會最後選擇出家。而在《紅樓夢影》他對科舉的觀點是真正地接受與肯定，雖然成全孝道仍是他任官的主因之一。因此本研究將針對顧太清甚少被關注的小說作品，《紅樓夢影》做深入的文本分析，主要以賈寶玉為主線，探討顧太清對賈寶玉的科舉仕途，轉而肯定到追求功名，這樣大幅度的改寫的原因，顯然是她不接受《紅樓夢》的人物原型，而有所轉化，以及她對家庭的責任、政治觀點的描敘，探索顧太清重新定義文人自我實踐的內涵，以及當時時代（清中後葉）之特質的顯現與文學之認知，藉此找出顧太清接受及轉化《紅樓夢》哪些部分，又為何會有這樣的差異性。

第二節　研究範圍與方法

一、本書版本及流傳情形

　　《紅樓夢影》是顧太清晚年才開始創作的章回小說，並於她逝世的同一年，即光緒三年（1877）由京都隆福寺路南聚珍堂書坊出版刊行，是現存傳世最早的版本，目前原書珍藏於復旦大學圖書館與遼寧圖書館；而 1988 年北京大學出版的〈《紅樓夢》資料叢書‧續書〉，只是經由尉仰笳點校後才出版；1997 年《中國近代珍希小說》叢書有收錄《紅樓夢影》，經由董文成、王明琦點校，再由瀋陽春風文藝社出版社出版；上海古籍出版社在 2001 年出版的《古本小說集成》叢書中收錄的《紅樓夢影》是聚珍堂版的影本；還有 2016 年由內蒙古人民出版社出版的《中國古典名著‧紅樓夢續書集成》叢書中的《紅樓夢影》，由敖堃點校成書；2017 年黑龍江美術出版社出版《中國古典文學名著叢書》的《紅樓圓夢、紅樓夢影》，以上各出版社皆是根據聚珍堂版本出版刊行。

　　本論文的研究文本主要採用 1988 年由尉仰茄點校，北京大學出版社出版的〈《紅樓夢》資料叢書‧續書：《紅樓夢影》〉，因為本書根據光緒三年（1877）北京聚珍堂印本點校。原書中明顯的錯字均予以改正，其書收錄內容也最為完整，因此可供研究使用的文本。透過對文本內容進行細讀，觀察故事內容中角色的行為、性格、彼此的互動關係以及故事情節進行分析，再與《紅樓夢》進行對照，藉此了解續書作者顧太清對於《紅樓夢》的繼承情

形。另外本論文採用《紅樓夢》文本為 1984 年里仁書局出版的《紅樓夢校注》，此書以「脂硯齋重評石頭記（庚陳秋月定本）」（簡稱庚辰本）為底本，因為庚辰本是所有脂評本抄得最早，而且保存得最完整的一部，是最接近曹雪芹原作的本子，加上《紅樓夢校注》參校版本眾多，字詞典故的解釋也很詳盡周到。

二、研究方法與步驟

本論文研究方式以文本分析法及歷史研究法。

（一）文本分析法

自宋代發明雕版印刷之後，產生版本異同比較觀念，使用雕版印刷，可以使書本的製作速度加快，但因為每個主持刻書的人，會有不同的意見與取捨，所以導致文本的每個版本的差異擴大，因此研究文本的版本流傳過程，以及種類的差異，根據何種版本做研究，就是值得探討的問題。

《紅樓夢影》內容多呈現清代貴族日常生活、節慶祭祀、夫妻生活、入仕士人形象，而這些道出顧太清將自身的生活經驗，包括在榮王府生活、個人與閨中詩友的交流經驗，以及她積極樂觀的生命態度，都融入小說中，足見顧太清對於當時社會主流的儒家價值觀，是接納並內化的，正因為顧太清是女性文人，所以更能細膩描摹瑣碎的賈府生活，然而從另一角度分析顧太清藉由對《紅樓夢》重新演繹以及結局的改寫，顛覆原書的悲劇結尾，來傳遞個人積極的生命實踐意識，讓小說帶有溫柔敦厚的意味。另外她將個人與詩友，遊聚時所創作的詩詞安插於小說中，反映當時女性文人交遊的盛況，足見她對詩詞的熱愛，以及她與閨友濃厚的情誼，並試圖與故事情節呼應。在故事情節發展中，呈現顧太清對於當時社會男女分工的看法，因為顧太清深受中國傳統入仕價值觀影響，雖身為女性，但男性「學而優則仕」的思想烙印在她心裡，故在小說中強調男女有別，各有其應盡的職責，將中國傳統的孝道與忠誠精神，寄寓於小說字裡行間，充滿溫柔敦厚的特色及教化意涵，透過小說塑造典範人物，呈現自己對《紅樓夢》的接受，並藉由對故事中人物性格轉變的改寫，滿足社會上諸多讀者對《紅樓夢》故事的缺憾，提供新穎的角度詮釋《紅樓夢》之外，並帶有教育世人的餘味，也道出顧太清不只是文學家，也是社會教育家。

（二）歷史研究法

魏愛蓮所著的《美人與書：19 世紀中國的女性小說》，試圖還原 19 世紀中國女性讀者與小說的關係，及女性作家創作小說的動機作探究，她認為文學領域的 19 世紀應以《紅樓夢》的出版（1791 年）開始，至 1911 年結束，並以顧太清的生平作為勘定女性作家與小說的關係時間軸，以《紅樓夢影》作為劃分的標誌：「從 1796 年前的《後紅樓夢》，到 1877 年顧太清《紅樓夢影》，為我們提供兩個女性批評或寫作小說的案例……而在《紅樓夢影》中，顧太清同時作為小說的作者和序者。此外，小說中的一些人物和修辭，也暗示它們是面向女性讀者而設置的。……本時期另一個值得我們注意的是，小說與女性之間的聯繫更加便捷，也更加深入。〔註 10〕，她將《紅樓夢影》置於歷史觀察角度，認為顧太清創作《紅樓夢影》可做為 19 世紀女性對小說更有興趣的證明，因而挖掘出《紅樓夢影》在女性文學上更多的價值，藉由歷史觀察的角度分析《紅樓夢影》，除了能夠進一步了解顧太清及其《紅樓夢影》的獨特性，更可藉由《紅樓夢影》重現當時社會女性對《紅樓夢》接受程度。明清時代，十六世紀大量閨秀開始學習閱讀和寫作，多數閨秀只具備基本的閱讀能力，到了十七世紀達到高峰後旋即終結，十八到十九世紀初中國傳統的婦德觀受到文人挑戰，許多文人鼓勵女性學習讀寫，因此女性文學社群出現，到了十九世紀末，中國出現大批精通文學的閨秀，當時西方強力入侵，中國迫切希望富國強兵，因而加強女性教育，使得女性讀寫能力再次快速上升，許多女性讀者從閱讀小說文本，逐漸轉變為投入創作章回小說，也就是從讀者轉變到創作者，多數女性在閱讀《紅樓夢》後，創作與其有關的評論與詩詞，又因明清時代，出版業興盛，《紅樓夢》極受歡迎，帶來極大商業利益，因此刺激一系列續書的誕生，顧太清的《紅樓夢影》更為現今傳世最早由女性創作的白話章回小說，說明女性參與小說的程度不斷加深。〔註 11〕清代女性文人創辦詩社，彼此詩詞唱和、交遊遊覽的風氣，已經相當盛行，顧太清雖生活於北京，但與沈善寶、及不少杭州閨友往來頻繁，因為她身邊閨中好友丈夫多是進出出身或舉人，又因其丈夫奕繪是清朝宗裔，襲貝勒爵位，自然身邊充斥許多官位極高的男性，然而在十九世紀，中國許多文人僅有少數人，能通過科考獲得官職，因為當時捐官風

〔註 10〕（美）魏愛蓮著，馬勤勤譯：《美人與書：19 世紀中國的女性小說》，頁 24。
〔註 11〕參見（美）魏愛蓮著，馬勤勤譯：《美人與書：19 世紀中國的女性小說》第一章：從 17 世紀到 19 世紀。

氣盛行，故顧太清生活相較普通市民，更能接近官階較高的男性，而這些男性可能給她帶來價值觀的影響，所以《紅樓夢影》多次出現寶玉、賈蘭等人在科舉取得成功的情節，極可能是她在接觸這些經科舉獲得高官的男性，從而加深了她對儒家積極入仕觀念的認同，因此在《紅樓夢影》塑造許多清廉人物時，幾乎大半皆在科考上取得成功，另外《紅樓夢影》在第十三回出現「機械龍舟」，以及第二十一回出現的「自行人兒」，都反映當時西方文化大舉入侵中國的真實情形，西方工藝和器物大量出現在賈府，〔註12〕在第二十回賈赦隱居隱園遭受毛賊入侵，魏愛蓮認為這些毛賊入侵極可能就是暗指太平天國之亂，因為顧太清寫作《紅樓夢影》在她生涯的晚年，當時時值清代末年，正好是太平天國作亂的時間，她極可能目睹這場國家的動亂〔註13〕，可見顧太清在小說中，撰寫的情節、事物與真實的時代背景，仍舊有所關聯，反映當時經濟、世俗民情、社會政治，所以從研究角度而言，《紅樓夢影》可視為了解清代社會中後期貴族婦女生活的真實面貌，以及續書作者、女性讀者對《紅樓夢》繼承情形的重要文本。

第三節　相關研究評述

有關顧太清的研究，雖成果頗豐，但多是研究她詩詞創作，而對《紅樓夢影》的研究，前人研究甚少，近年來有漸增的趨勢，散見於專書、期刊、論文當中，故本文就與研究範圍之高度相關之論述，《紅樓夢影》之人物、情節安排及敘事結構等進行整理羅列，分為三部分梳理文獻回顧：一、顧太清生平及著作考證、二、《紅樓夢》續書之相關影響、三、以《紅樓夢影》為主之研究。以下簡要分述之。

一、顧太清生平及著作考證

有關顧太清生平及創作考證的研究，數量不多，專書有金啟孮的《顧太清與海淀》與張菊玲的《曠代才女顧太清》，這兩本專書為研究顧太清重要的第一手資料，因為它們詳細記載顧太清生平遭遇、個人創作，這些資料都經

〔註12〕12 參見（美）魏愛蓮著，馬勤勤譯：《美人與書：19 世紀中國的女性小說》，頁 186。

〔註13〕13 參見（美）魏愛蓮著，馬勤勤譯：《美人與書：19 世紀中國的女性小說》，頁 186。

過嚴謹的考證，因此信實可靠，資料又紀錄詳細豐富。學位論文方面，顧太清生平考證研究頗少，期刊論文方面，數量較專書為多，最重要是趙伯陶先生所寫的〈《紅樓夢影》的作者及其他〉，因為學界在1989年之前，尚不清楚《紅樓夢影》確切的作者是誰，這篇論文是最早考證出《紅樓夢影》為顧太清，終於解開了《紅樓夢影》的作者之謎，另外其他篇，以她的詩詞創作作考證的研究居多。

（一）金啟孮：《顧太清與海淀》，北京：北京出版社，2001年

金啟孮所著《顧太清與海淀》，全書共分二十篇章，從多角度觀照顧太清的社會關係與生平遭遇，實為顧太清的生平傳記，而且此書作者金啟孮撰寫此書是以保存信史為目的，他多層次講述顧太清本人家世及社會關係，旁及許多府邸掌故，實為研究顧太清生平事蹟第一手最珍貴的資料。又因作者金啟孮為奕繪與顧太清的五世孫，加上他又是著名的滿學、清史學研究者，對顧太清的考證幾乎窮盡畢生心力，因此書中對顧太清身世及其親友的考述，資料可信度極高，填補學界對顧太清早年生平及創作的空白，此書還附有顧太清生平的年譜，實在對於研究者了解顧太清的生活與詩詞創作，有極大幫助。

（二）張菊玲：《曠代才女顧太清》，北京：北京出版社，2001年

此書將顧太清生世考證得清楚分明，並對她一生從嘉慶、道光、咸豐、同治、光緒的生活做詳細的分析與考證，張菊玲對顧太清給於相當高的評價，又因作者本身長期從事滿族文學與明清小說研究，她很早就對顧太清頗有關注，她在兩次赴日教學，利用這些機會努力尋找，終於在日本友人幫助下，見到顧太清《天遊閣集》與《東海漁歌》的原鈔本，才如願撰寫出這本專書。

（三）趙忻儀：〈顧太清生平及其戲曲研究〉，臺北：東吳大學
中國文學研究所碩士論文，2018年

此篇碩士論文，趙忻儀以顧太清的《桃園記》與《梅花引》作為論述中心，分析戲曲內容、體制，探悉顧太清的創作背景，藉由戲曲考證顧太清所處時代氛圍以及她生平際遇對戲曲內容的影響。

（四）趙伯陶：〈《紅樓夢影》的作者及其他〉，《紅樓夢學刊》
1989年第3期，頁243～251

此篇論文，趙伯陶針對《紅樓夢影》作者以及為其作序之人進行考證研

究，根據 1988 年北京大學出版社出版的《紅樓夢影》，作者署名雲槎外史，卷首有序，作者署西湖散人，前人以為這兩人應是同一人，但是這兩人確切是誰，始終是學界的謎團，趙伯陶藉由分析顧太清的生平家世與著作的流傳，考證出《紅樓夢影》就是清代有名詞人顧太清所寫，〔註 14〕他在日本找到《天遊閣集》的抄本，該抄本收錄顧太清詩詞創作最齊全，從日藏抄本中的〈哭湘佩三妹〉的詩後注：「余偶續《紅樓夢》數回，名曰《紅樓夢影》，湘佩為之序……」〔註 15〕因此確認《紅樓夢影》作者為顧太清，而〈《紅樓夢影》序〉則為她的閨中密友沈善保（字湘佩）所作，本篇論文對《紅樓夢影》研究貢獻極大，因為考證出小說作者以及前序作者，解決自 1877 年該書出版以來的作者之謎，也確認〈《紅樓夢影》序〉與《紅樓夢影》作者並非同一人，使《紅樓夢影》的研究跨出重要的一大步，邁向新的研究階段。

（五）盧興基：〈顧太清的生平和創作探考〉，《中華文史論叢》2001 年，頁 219～235

盧興基在此篇論文中對顧太清的生平，及其個人詩、詞、小說等創作，進行一連串詳盡的探討與考證。

（六）趙伯陶：〈清代第一女詞人的信史：讀金啟孮《顧太清與海淀》〉，《社會科學輯刊》2001 年第 4 期，頁 173～174

趙伯陶認為顧太清研究，多數研究者對顧太清生平缺乏清晰了解，認為要更進一步加深研究，就必須明確了解顧太清的生平，他提到像顧太清研究中一個爭論議題「丁香花公案」，即顧太清晚年與詩人龔自珍之間的曖昧糾葛，受到小說家的大肆渲染，後即使經由碩學者考證，證實此公案為假，但拿不出很有力的證據，他大力推從金啟孮所作的《顧太清與海淀》，認為本書可作為解開丁香花案的重要線索，他又指出：「金老由於有查考《愛新覺羅宗譜》與《榮府家乘》的便利，太清又是自家先人，因而研究起來就有外人難以比擬的材料上的優勢。」〔註 16〕，因為金啟孮本身就是重要研究清學的專家，

〔註 14〕參見趙伯陶：〈《紅樓夢影》的作者及其他〉，《紅樓夢學刊》1989 年第 3 期，頁 247。

〔註 15〕〔清〕顧太清撰、金啟孮，金適校箋：《顧太清集校箋》（北京：中華書局，2012 年），頁 356。

〔註 16〕趙伯陶：〈清代第一女詞人的信史：讀金啟孮《顧太清與海淀》〉，《社會科學輯刊》2001 年第 4 期，頁 174。

更因他是顧太清的後人，更能接近當時顧太清真實生活的面貌，簡而言之，作者認為《顧太清與海淀》，是研究顧太清身世最可靠的專書之一，可提供研究者豐富且可信的重要資料。

（七）胥洪泉：〈顧太清《紅樓夢影》中的佚詩佚詞〉，《古籍整理研究學刊》2013 年第 5 期，頁 32～34，40

本篇論文，作者對《紅樓夢影》中的二十一首詩詞曲逐一考證，發現有十四首詩來自顧太清的《天遊閣集》，另外四首詞曲也找到所屬作者、出處，胥洪泉認為剩下的首句為「蝦鬚簾卷玉鉤橫」的一首七律、《鵲橋仙·詠瓜燈》、《調寄爪茉莉·即景聯句》這兩首詞，也應該是顧太清自己的作品，甚至可以補入《天遊閣集》與《東海漁歌》之中，確認《紅樓夢影》中的詩、詞、曲大多出自顧太清之手。

（八）包紅梅；王慧香：〈清代女詞人顧太清早年經歷及創作〉，《蘭臺世界》2015 年第 6 期，頁 107～108

包紅梅與玉慧香，從顧太清的生平的經歷、個人詩詞小說等文學創作中的思想與風格，還有《紅樓夢影》這三個方面還原顧太清本人早年的經歷，以及研究她如何藉由這些經驗進行文學創作。

二、《紅樓夢》續書之相關影響

《紅樓夢》續書的研究，大部分起始於二十世紀八十年，先是討論述書篇章出現，最早為林辰的〈紅樓續書之我見〉，而後一些學位論文出版的專書才相繼出現。〔註17〕其中最重要為趙建忠的《紅樓夢續書研究》及林依璇：《無才可補天——《紅樓夢》續書研究》，趙建忠將紅樓夢續書與當時社會文化做聯結，在考證《紅樓夢》續書的文本及相關資料用力很深，而林依璇則對八部《紅樓夢》續書的文本進行較深文本的細讀與分析，並以表格方式對八部《紅樓夢》續書依故事模式作分類，不同前人分類方式。學位論文方面，因《紅樓夢》之影響與《紅樓夢》續書研究題目較大，容易流於泛論，批評模式大同小異。至於期刊論文方面，篇數較豐，一部分對續書的敘寫方式、技巧及策略，並與作者生平做聯結，因而更有文化上的價值，另一部分文本研

〔註17〕參見高桂惠：《追蹤躡跡：中國小說的文化闡釋》（臺北：大安出版社，2005 年）之序論，頁 1～2。

究，有些是針對單部《紅樓夢》續書對原作的接受研究，文本解讀因此較深。整體而言《紅樓夢》續書之相關研究，近年來有漸增的趨勢。

（一）專書（依出版時間順序排列）

1. 趙建忠：《紅樓夢續書研究》，天津：天津古籍出版社，1997年

此書以《紅樓夢》續書作為研究對象的第一部專書，是趙建忠學位論文出版的專書，趙建忠在《紅樓夢》續書的尋找及考辯方面，極盡心力，找出過去未被發現的紅樓續書，總結紅樓續書有七十幾種之多，值得關注是他注意到了紅樓續書與當時文化及社會制度的關聯，他將紅樓續書分成八種類型作討論，即「改寫、匯編類」、「短編續書類」、「外傳類」、「借題類」、「補佚類」、「引見書目類」、「程高本續衍類」、「舊時真本類」，用圖表來表現，又專設一章介紹所謂的仿作現象，更全面展示《紅樓夢》的影響，使研究者全面地了解紅樓續書和仿作的面貌。

2. 林依璇：《無才可補天──《紅樓夢》續書研究》，臺北：文津出版社，1999年

林依璇選取嘉慶年間的八部《紅樓夢》續書作為研究對象，她主要分析續書與原作在主要情節模式、人物、及藝術風格方面的承接與轉化，同時也分析續書的成因與產生的文化背景，利用表格呈現八部續書故事情節相互比對的結果，使得這八部續書內容佈局、情節設置等相關因素間的異同，讓人清楚了解，可見她在文本解讀上下了極深的功夫。

3. 張雲：《誰能煉石補蒼天──清代《紅樓夢》續書研究》，北京：中華書局，2013年6月

此書張雲對「續書」進一步作定義，另外對清代《紅樓夢》續書史作整理，並考辯《紅樓夢》續書相關資料，對續書與原著、續書與續書之間多層次的對話關係作深入探討，她認為仿作以及非小說形式文學改編的研究對了解《紅樓夢》在清代的傳播幫助很大。

（二）學位論文（依出版時間順序排列）

1. 陳璇：《《紅樓夢》續書研究〉，蘇州：蘇州大學研究所碩士論文，2003年

陳璇以「死而復生」、「轉世托生」、「陰、陽、神三界互通」來概括《紅樓

夢》續書的情節模式，並認為這三種情節模式都相當荒誕。

2. 郭素美：〈《紅樓夢》續書研究〉，南昌：南昌大學中國古代文學
研究所碩士論文，2007 年

郭素美主要針對程高本續類的《紅樓夢》續書作為研究對象，從續書的
人物形象變化、反映的時代特徵、以及情節模式三個方面來研究清中後葉人
們的人生觀、社會觀，批評方法較為傳統老舊。〔註 18〕

3. 俞江鳳：〈《紅樓夢》系列續書及《紅樓夢補》述論〉，西安：陝西
師範大學中國語言文學研究所碩士論文，2013 年

俞江鳳以程甲本《紅樓夢》續書、《紅樓夢補》為主要研究文本，論述《紅
樓夢》續書的概貌，她認為續書的創作動機與對《紅樓夢》得接受上，續書研
究具有研究價值，最後她針對歸鋤子的《紅樓夢補》做深究，從主題思想、創
作意圖等面向進行分析。〔註 19〕

4. 李瑞竹：〈庄農進京──《紅樓夢》續書中的偽富貴敘事〉，臺北：
國立臺灣中國文學研究所碩士論文，2016 年

李瑞竹以《紅樓夢》及其續書中「富貴敘事」這類情節描寫作為研究對象，
認為續書作者無法體會原作中富貴敘事，因此稱之為偽富貴敘事，他以高鶚所
寫後四十回及《後紅樓夢》、《綺樓重夢》、《補紅樓夢》等三本續書中情節作相
互對照，進而探討《紅樓夢》後續的續書無法企及前人的主要原因。〔註 20〕

5. 李根亮：〈《紅樓夢》的傳播與接受〉，武漢：武漢大學中國古代
文學研究所博士論文，2006 年

李根亮從傳播學及接受反映理論的角度，探討《紅樓夢》傳播與接受的
議題，他在第二章考察了《紅樓夢》未定性的特徵與續書的產生的原因，透
過續書的序跋，可以了解續書者的文化情趣，及其在文學接受觀念上的保守，
他亦探討現代續作對原小說的闡釋特徵與補佚。〔註 21〕

〔註 18〕 參見郭素美：〈《紅樓夢》續書研究〉，南昌：南昌大學中國古代文學研究所碩
士論文，2007 年。

〔註 19〕 參見俞江鳳：〈《紅樓夢》系列續書及《紅樓夢補》述論〉，西安：陝西師範大
學中國語言文學研究所碩士論文，2013 年。

〔註 20〕 參見李瑞竹：〈庄農進京──《紅樓夢》續書中的偽富貴敘事〉，臺北：國
立臺灣中國文學研究所碩士論文，2016 年，第三、四、五章。

〔註 21〕 參見李根亮：〈《紅樓夢》的傳播與接受〉，武漢：武漢大學中國古代文學研究
所博士論文，2006 年。

6. 吳豔玲：〈清後期女性文學創作繁榮與《紅樓夢》的影響〉，南京：
南京師範大學中國古代文學研究所碩士論文，2006 年

吳艷玲探討清代後期女性文學創作繁榮的現象，推論為《紅樓夢》在清代後期傳播的影響。第二章從文本翻印，續書、仿作、改編，及評論著作等方面，來揭示《紅樓夢》在清代後期傳播熱潮的現象，第三章從從思想內容和藝術手法兩個方面分析出《紅樓夢》明顯是一部女性的話語，揭示了《紅樓夢》會引起女性讀者強烈關注的內在原因。第四章討論清後期女性文學的創作題材、價值觀、技巧等，都深後《紅樓夢》影響。這篇論文將《紅樓夢》與清後期女性文學創作之間的關係作很深的論述與分析。

（三）期刊論文（依刊登時間順序排列）

1. 趙建忠：〈《紅樓夢》續書的源流嬗變及其研究〉，《紅樓夢學刊》1992
年第 4 期，頁 301～335

此篇論文是趙建忠先生碩士論文的節縮，他探討續書產生的文學淵源與歷史環境，認為明清時代續書會大量出現的主因，在於明清的時代文藝思潮，商品經濟與講究個性解放的人物主義思潮，對文人創作起來極大作用。他經整理發現《紅樓夢》續書有七十九種，並將其按照接續、衍化等外在型態做分類，因而歸納出七大類型，分別為「程高本續衍類」、「改寫、增訂、匯編類」、「引見書目類」、「舊時真本類」、「短篇類」、「補佚類」、「借題類」，並認為只有「程高本續衍類」可以算是清代紅樓夢續書的典型作品，他還觀察出《紅樓夢》續書大部分的作者，都用傳統思想進行創作。總之，他強調續書是社會現象的一種反映，續書內容則與時代潮流有所關連，他用類型分類方式討論《紅樓夢》續書，更是《紅樓夢》續書研究的一大突破。

2. 王佩琴：〈《紅樓夢》續書研究〉，《紅樓夢學刊》1998 年第 3 輯，頁
274～297

臺灣學者王佩琴針對嘉慶年間的《紅樓夢》續書進行研究，分細故事情節，探討續書者如何續寫《紅樓夢》的續書，她認為以「後設」概念來說，研究這些續書對於了解《紅樓夢》幫助不容小視。

3. 段春旭：〈接受美學與中國古代長篇小說續書〉，《福建師範大學
學報》2005 年第 2 期，頁 76～81

段春旭以接受美學的角度切入，從續書與讀者期待視野、續書作者的創作動機及續書的「範式」等方面來研究續書。他將中國的長篇小說續書分成

四類，是按照原書的俠義公案、歷史、人情、神魔等性質進行分類，討論到《紅樓夢》的續書時，關注在續書對原書的背叛，以及借薦和承繼，他就提到《紅樓夢》的續書多數續書作者創作動機乃是「圓夢」，續書者對原著中人物命運的安排則借續書來矯正，以彌補讀者閱讀之憾，使讀者審美心理愉悅。強調續作與原書的關係，但續書者的主體性相對被忽視。

4. 陳璇：〈19 世紀《紅樓夢》續書研究簡述〉，《連雲港師範高等專科學校學報》2006 年第 3 期，頁 52～55

陳璿針對 19 世紀《紅樓夢》續書研究做評述，並從時人的序跋、筆記，探究時人對《紅樓夢》續書的評價，從序跋中她發現三個特點：第一，隨著時間的往後推移，續作的作者對前期續作意見也就愈來愈多，批評內容也就愈來愈豐富。第二，表現了續作者對續書的一種自我期許以及續寫該書的目的。第三，他序者對續書作家、作品的評價。從筆記、雜記來看，看到清代人對《紅樓夢》續書一些觀點及評價，甚至可以從中勾輯出我們如今無法看到的一些佚作，總之，她認為清朝人對《紅樓夢》續書，雖有價值的論述，但多數流於零散，不成體系的隻言片語，研究方法幾乎是直接用續書與原書比較，容易得到片面的結果。

5. 吳艷玲：〈清後期女性文學創作題材與《紅樓夢》的影響〉，《紅樓夢學刊》2006 年第 5 輯，頁 294～308

吳艷玲探討《紅樓夢》對清後期女性文學創作的影響，發現對女性文學史的小說、戲曲和詩詞皆有很大影響。第二章從女性小說分析，五部女性創作小說，有四本皆是《紅樓夢》續書。她們受《紅樓夢》創作原則「按照生活現實的本來樣子和內容來描寫」的影響，她們把小說創作取材於自己身邊的世界，吳艷玲以顧太清的《紅樓夢影》為例，她以「為人婦、為人母的經驗及感受進行創作」，細膩真實的描寫閨房瑣事，寫得栩栩如生，這是男性作家未曾觀照的部分。清後期女性戲曲家把藝術描寫的重心更多地轉入到對人物內心世界的描摹，而在《紅樓夢》帶有強烈的女性意識詩詞影響下，清後期女性詩詞在題材上得到開拓。

6. 劉舒曼：〈應是《紅樓夢》裡人：清代閨閣對《紅樓夢》的閱讀〉，《紅樓夢學刊》2007 年第 1 輯，頁 204～217

劉舒曼對清代閨秀閱讀《紅樓夢》情形進行探究，清代《紅樓夢》問世以來，曾被列為禁書，因其誨淫之故，然而越是禁止閱讀，反而使人更想閱

讀，尤其對清代閨秀而言，私下大量閱讀《紅樓夢》，並撰寫對它的評論與詩詞，顧太清作《紅樓夢影》更是當時閨秀對《紅樓夢》接受的一大突破，故有探討價值。

7. 陳璇；許立鸞：〈《紅樓夢》續書研究——以文學批評為中心〉，《蘇州教育學院學報》2008 年第 4 期，頁 18～21

此篇論文，陳璇與許立鸞以文學批評理論的方法，分析《紅樓夢》續書近年來的研究情形，分別探討清代《紅樓夢》敘書研究、五四以後的《紅樓夢》續書研究，試圖找出它們之間共同之處，還有續書背後所隱藏作者個性的特徵。

8. 薛巧英：〈《紅樓夢》續書與續書現象〉，《語文學刊》2008 年第 13 期，頁 12～14

薛巧英在本篇論文討論《紅樓夢》續書與續書現象，她試圖說明續書應當被看作是文學作品中一種比較特別的文本，因為它既是創作，但又必須對原作有獨特接受及詮釋，可以說是二度創作，因此不宜用評論原作的標準與審美觀來評價續書作品。

9. 吳宇娟：〈論太清《紅樓夢影》與《紅樓夢》的關係〉，《東海大學圖書館館訊》2009 年第 98 期，頁 26～32

此篇論文，吳宇娟討論顧太清《紅樓夢影》與《紅樓夢》的關係，她藉由沈善寶《紅樓夢影》的序文，說明這部小說的寫作目的、特色及獨有的價值，另外吳宇娟藉由她的丈夫奕繪〈戲題曹雪芹石頭記〉詩中流露對《紅樓夢》興趣，認為顧太清詩詞多次使用「紅樓」一詞，是深受他影響，因為曹雪芹滿族淵源極深，使得清代滿人對此書愛不釋手，更提出顧太清在榮王府的生活經驗，成為她寫作《紅樓夢影》榮國府生活的取材來源，最後結論為同治、光緒之後的紅樓續書，一部分是作者藉續《紅樓夢》為題，實則為抒發一己之情志，《紅樓夢影》雖是續書，卻充滿作者處世的想法與態度，表現自己人生經驗過程與價值觀。

10. 高玉海：〈近三十年《紅樓夢》續書創作述評〉，《紅樓夢學刊》2009 年第 6 輯，頁 116～129

高玉海對從八十年代到現代才出版的《紅樓夢》續書與清代《紅樓夢》的續書進行了比對，認為兩者最大差異在續書出版與讀者的評價，認為對《紅樓夢》之影響研究大有助益。

11. 胡衍南：〈論《紅樓夢》早期續書的承衍與改造〉，《國文學報》2012年第51期，頁179～202

胡衍南以《後紅樓夢》、《續紅樓夢》、《紅樓復夢》、《綺樓重夢》為研究對象，這四部續書是最早的《紅樓夢》續書，成書於清代嘉慶、道光年間，它發現這四部續書在原書進行承衍與改造時，為後繼者在續寫時起到各自不同的指引，彼此之間存關係。這四部續書之間最大的差異在於人物重心不同，最大的共同之處在於它們都明顯地迎合市井趣味，雖然書中人物仍然出身士族，但神情、語言、舉止都有通俗化的趨勢。總而言之作者發現清代中期世情小說預設的讀者，是市井中、下層的文人讀者，《紅樓夢》續書也不例外。〔註22〕

12. 張雲：〈《紅樓夢》續書研究述評〉，《紅樓夢學刊》2013年第1輯，頁168～191

此篇論文張雲對《紅樓夢》續書的研究情形進行綜合性的討論，針對十一部重要的《紅樓夢》續書研究作為討論對象，即《後紅樓夢》、《續紅樓夢》（秦續）、《綺樓重夢》、《紅樓復夢》、《續紅樓夢新編》（海續）、《紅樓圓夢》、《補紅樓夢》、《紅樓夢補》、《紅樓幻夢》、《紅樓夢影》、《新石頭記》。

他認為前人對續書研究的著述的回顧與總結來看，在關於續書概念的釐清有待加強，而在續書類型的劃分和接續的方式、方法的研究方面，空缺較大。如接續要求、接續邏輯、接續期待甚至接續策略方面，少有提及。在文學批評方面，論著涉及到的基本是模式分析類的，關乎情節入物的也是介紹性文字遠多於分析研究，文本解讀較粗糙，不夠深入，且頗多存有偏見。

最後他提及應當從創作論的角度，去關注《紅樓夢》續書的作家與作品、形式與內容、文學與現實的關係，分析續書的藝術構思及其風格與個性，探索原著與續書、續書與續書之間的超越與因循，研究續書的接續方式與接續手法等、小說藝術技巧等，注重續書與原著，續書與續書之間，多層次的對話關係裡，尋求在敘事學找到支點，以求續書研究學裡方面有突破。最重要是他認為「對待續書的態度，最可取的，當是，用對待經典的態度對待它，而不用對待經典的要求去衡量它」〔註23〕，張雲對續書研究提出的分析與建議，對往後研究《紅樓夢》續書之人，提供一個可以尋求突破的方向。

〔註22〕 參見胡衍南：〈論《紅樓夢》早期續書的承衍與改造〉，《國文學報》2012年第51期，頁181～197。

〔註23〕 張雲：〈《紅樓夢》續書研究述評〉，《紅樓夢學刊》2013年第1輯，頁187。

13. 趙建忠：〈「非經典閱讀理論」在古典小說領域中的新嘗試——評《誰能煉石補蒼天——清代〈紅樓夢〉續書研究》〉，《河南教育學院學報》2014 年第 1 期，頁 4～7

趙建忠對張雲的《誰能煉石補蒼天——清代〈紅樓夢〉續書研究》進行評論，認為張雲在此書中回應讀者處理「非經典作品」的問題，另外趙建忠認為「非經典閱讀理論」發現閱讀闡釋時存在盲點。

14. 劉璇：〈《紅樓夢》與女性通俗小說批評意識的興起——以通俗小說序跋為例〉，《中南大學學報·社會科學版》2018 年第 5 期，頁 178～184

劉璇認為女性通俗小說的序跋出現，與《紅樓夢》及其續書有很大的關聯性，女性撰寫序跋目的即可能為她們想展現自己的才學、並藉此重塑自己的形象。此外，女性通俗小說序跋中存在的性別意識，表現女性在有限的表達空間，試圖創作傳統文學的努力，具有研究價值。

15. 趙建忠：〈《紅樓夢》續書的最新統計、類型分梳及創作緣起〉，《明清小說研究》2019 年第 2 期，頁 204～221

此篇論文趙建忠先生對《紅樓夢》續書的數量再次進行考證，並且作數字統計，另外在重新對《紅樓夢》續書歸類，嘗試從小說「發生學」的新角度去討論續書創作源起方面的問題。

三、以《紅樓夢影》為主之研究

《紅樓夢影》的研究，整體而言數量不算多，但近年來有大幅增加的情形，可見學界越多人看見《紅樓夢影》的價值。《紅樓夢影》專書的研究依其研究內容可分為三個面向分析：1. 綜述、2. 文學、3. 文化，從綜述方面來看，多是針對《紅樓夢影》做深入的文本解讀，去討論其背後主題思想、藝術上的價值，從文學方面看，研究內容有女性文學、敘事學、比較研究，以女性文學研究來看，許多都是探究小說中女性視角，或討論小說中的女性意識，並藉此了解清代中晚期女性對小說的接受及閱讀，最重要是魏愛蓮的《美人與書：19 世紀中國的女性與小說》這本專書。以敘事學研究來看，學者多由故事情節安排、敘寫的風格、人物性格與形象的改變分析，探討顧太清的創作動機與她個人的處事態度或價值觀。從文化方面來看，許多篇章對顧太清在《紅樓夢影》描寫得許多滿族節慶、習俗、服飾及日常生活方式作分析，挖掘出《紅樓夢影》當中少數民族的文化價值。

（一）綜述

1. 馬靖妮:〈《紅樓夢影》研究〉,北京:中央民族大學中國少數民族語言文學研究所碩士論文,2004 年

馬靜妮主要以《紅樓夢影》這本單部續書作為研究對象,對文本解讀頗為深入,第二章她將續書故事與《紅樓夢》作對照,對《紅樓夢影》的主題思想作論述,結論為《紅樓夢影》所表達的主題思想與《紅樓夢》悲劇思想是一脈相承。而第三章針對《紅樓夢影》之語言風格、環境描述與習俗描寫作分析,指出《紅樓夢影》承繼《紅樓夢》當中北京話的語言風格。

2. 張菊玲:〈中國第一位女小說家西林太清的《紅樓夢影》〉,《民族文學研究》1997 年第 2 期,頁 3～7,18

張菊玲以寶玉涉世、闈世瑣錄等章節小標題名,依序分析《紅樓夢影》的故事情節,值得注意是她認為顧太清雖然描寫滿族的生活與習俗頗多,但仍侷限在社會的某種規範的認同之下,無法真正深入一個少數民族裡層,[註24]揭示他們面對社會生活中引起的共通心理。

3. 馬靖妮:〈淺析《紅樓夢影》的價值〉,《民族文學研究》2007 年第 2 期,頁 162～165

馬靖妮對《紅樓夢影》的價值進行探討,她認為需要更客觀評論續書,因為原書作者與續書作者不可能思想完全一致,認為《紅樓夢影》在思想內容上、藝術、對滿族小說優良傳統的繼承都有著不可忽視的價值,同時對了解古代女性文學的發展面貌有所助益。

（二）文學

1. 女性文學研究

(1)（美）魏愛蓮著,馬勤勤譯:《美人與書:19 世紀中國的女性與小說》,北京:北京大學出版社,2015 年

魏愛蓮探討 19 世紀中國的女性與小說之間的關係,她以 19 世紀的閨秀作為主要觀察對象,全書分成兩大部分,第一部分 19 世紀早期的女性讀者,第一章她從女性為《紅樓夢》撰寫的評論詩詞,進而與李汝珍即其小說《鏡

〔註24〕參見張菊玲:〈中國第一位女小說家西林太清的《紅樓夢影》〉,《民族文學研究》1997 年第 2 期,頁 18。

花緣》做討論。第二章探討的對象是侯芝,她為彈詞作家。第三章她聚焦 19
世紀初期的三位女作家,討論她們與小說之間的聯繫。總之,第一部分討論
結果,證實了女性在小說領域參與作用逐漸增加。第二部分作為小說作者和
型塑者的女性,其中第六章講述顧春(顧太清)的一生,第七章將《紅樓夢
影》置於《紅樓夢》一系列的續書中加以觀察。第八章討論《紅樓夢影》於
1877 年的出版,並與另一部晚清女作家小說《女獄花》做比對。魏愛蓮發現
顧太清與杭州早期詩人圈梁德繩、與小說家汪端,可能都是做為顧太清寫作
小說的先導者與支持者。她提到「顧太清一方面使《紅樓夢影》成為部分特
殊女作家生活進步的一種表徵,另一方面也使其成為《紅樓夢》系列續書的
出現源頭。」〔註25〕,可見顧太清創作《紅樓夢影》有相當重要的意義。

　　總而言之,此篇論文中顧太清的《紅樓夢影》儼然成為魏愛蓮探討 19 世
紀女性參與小說創作實際情形的重要文本,同時也說明閨秀對章回小說的傳
統女性禁忌的領域,不在完全不敢觸碰,對解析 19 世紀女性與小說之間具體
的關係變化有相當的幫助。

(2)劉翌如:〈《紅樓夢影》的女性文化色彩及其傳世意圖〉,桃園:元智大學中國語文學研究所碩士論文,2018 年

　　劉翌如以《紅樓夢影》為主要研究文本,去探究小說女性文化,還有小
說的傳世意圖。她從《紅樓夢影》內涵、女性身分書寫立場、還有她的詩友對
她的影響到成書出版,先由分析顧太清寫作《紅樓夢影》的動機以及當中的
難易之處,再透過與她個人詩詞作相互對照,探討小說中表現出的傳世意圖。
她認為顧太清創作小說並非洩憤、炫才也無關經濟方面的利益,只因時代共
同的價值,使她無意間創作出應合閱讀市場大團圓的小說,而小說內容的報
答君恩、尊長與孝道、因果教化的情節,凸顯女性在教化的積極意義,也寄
寓她個人的理想。〔註26〕

　　而她經由文本分析,認為《紅樓夢影》同時雙向傳播德與才,儘管《紅
樓夢影》中傳世意圖情節中描寫不多,她傳世意圖表現在她運用詩詞典籍、
名言佳句等,所以她才將個人詩詞創作刻意放入小說之中,總之,此篇論文
的發現對探究《紅樓夢影》中作者的創意內涵,有著不少助益。

〔註25〕(美)魏愛蓮著,馬勤勤譯:《美人與書:19 世紀中國的女性與小說》,頁29。
〔註26〕參見劉翌如:〈《紅樓夢影》的女性文化色彩及其傳世意圖〉,桃園:元智大
　　　　學中國語文學研究所碩士論文,2018 年,第三章。

（3）詹頌：〈女性的詮釋與重構：太清《紅樓夢影》論〉，《紅樓夢學刊》
2006 年第 1 輯，頁 269～287

詹頌以女性觀點作為研究切入角度，分析《紅樓夢影》的敘事結構，從
敘事態度分析，《紅樓夢影》敘事只停留在日常生活的表面，沒有原作中寄
寓家族與人物命運發人深省的深刻哲理。〔註 27〕從人物個性與關係分析，
認為太清對寶玉的形象未能把握原作中寶玉的精神風貌，人物性格已簡單
化，但他與妻妾的關係，卻描寫的相當深刻，〔註 28〕另外他注意到《紅樓
夢影》中文學活動的素材更是直接取材於顧太清自身文學交遊及創作，由
許多她在小說中放入自身創作的詩詞作印證，〔註 29〕認為這是一個引人注
目的現象。

（4）吳宇娟：〈走出傳統的典範——晚清女作家小說女性蛻變的歷程〉，
《東海中文學報》2007 年第 19 期，頁 239～268

吳宇娟從晚清女性小說書寫者的視角作觀察，以顧太清《紅樓夢影》、王
妙如《女獄花》、邵振華《俠義佳人》這三部女作家小說為研究文本，綜論晚
清女性蛻變的過程，試圖彰顯當是女性從此岸／傳統定位到彼岸／重塑形象
的轉化情形。從傳統中國的性別空間與文學空間透視，女性和小說總是處於
被壓縮的一方，經由晚清社會劇烈的催化，卻已然成為當時興國智民主思想
的兩大脈絡。

最後作者發現晚清女作家小說從顧太清在《紅樓夢影》以良母賢妻的形
象，來作為閨秀賢淑的描摹典範，轉變為王妙如在《女獄花》呈現「國民母」
為女性主流身分的思維，最後演變為邵振華《俠義佳人》所呼籲的自強女權，
必須脫離男性的庇蔭與同意的桎梏，強調女性實學的重要性，才能共享共盡
「國民」的權利與義務。而小說中描述女性身分變化的過程，可印證晚清社
會家國調整女性角色由傳統到革新進程。她提到：

> 顧太清是一位漢化極深的滿州貴族婦女，熟讀儒家典籍，賢妻良母的
> 架化也深烙其思想之中……顧太清在描繪《紅樓夢影》中的女性形象

〔註 27〕詹頌：〈女性的詮釋與重構：太清《紅樓夢影》論〉，《紅樓夢學刊》2006 年第
1 輯，頁 275。
〔註 28〕詹頌：〈女性的詮釋與重構：太清《紅樓夢影》論〉，頁 279。
〔註 29〕參見詹頌：〈女性的詮釋與重構：太清《紅樓夢影》論〉，頁 279～283。

時，都是以賢妻良母為塑造藍圖……太清對於文本中已婚女性的期
待，清楚定位在符合傳統家庭內妻子／主婦／母親的要求。〔註30〕
在顧太清筆下的女性缺乏自我價值與社會效能，只是侷限在母職／妻職的名
分。吳妙如顯然將《紅樓夢影》作為觀察晚清女性思想蛻變的起點，也是研
究的重要文本，再次體現《紅樓夢影》作為最早女性創作的章回小說，在女
性文學上的重要價值。

（5）吳宇娟：〈晚清女作家小說的書寫論述——以《紅樓夢影》、《女獄
　　　花》與《俠義佳人》為例〉，《嶺東通識教育研究學刊》2008 年第 4
　　　期，頁 39～72221

　　吳宇娟探討晚清女作家小說的書寫，她認為晚清女作家從詩詞到小說的
創作是漫長的過程，認為女性小說家的出現，代表清朝文學中兩性的制約定
數私人／公眾之別逐漸淡化。她以《紅樓夢影》、《女獄花》與《俠義佳人》為
探討對象，她提及《紅樓夢影》為晚清女性創作跨出極為重要的一步，代表
著女性作家正式投入小說的創作之中。

（6）黃錦珠：〈婦女本位：晚清（1840～1911）三部女作者小說的發聲
　　　位置〉，《中國文學研究輯刊》2011 年第 1 期

　　黃錦珠以晚清時期的女作家所創作的三部白話章回小說，即《紅樓夢影》、
《女獄花》、《俠義佳人》作為觀察對象，梳理當中以女性為本位書寫內容，
驗證小說女作者因性別不同，呈現異於男性作者的書寫內容，從中挖掘女性
小說的特殊性質。

（7）魏愛蓮：〈佳麗與書籍：19 世紀中國女性與小說〉，《復旦學報‧社
　　　會科學版》2015 年第 6 期，頁 31～36

　　魏愛蓮對十九世紀進行中國女性與小說二者之間關係做討論，認為當
時已有女性受到《紅樓夢》的影響，創作章回小說，成為古代中國女性文學
創作的第二個高峰。她還對十七世紀到十九世紀的女性與小說關係做觀察，
結論為此時期的女性作者尚缺乏晚清女性小說的變革思維，但是它們對女
性才華的讚美，甚至在男性作者的筆下，也顯示出女性影響得獨特聲部。

〔註30〕吳宇娟：〈走出傳統的典範——晚清女作家小說女性蛻變的歷程〉，《東海中文
　　　學報》2007 年第 19 期，頁 242。

（8）馬勤勤：〈歷史無聲卻有痕——評魏愛蓮教授《美人與書：19世紀中國的女性與小說》〉，《婦女研究論叢》2018年第4期，頁122～128

此篇論文是馬勤勤，她對魏愛蓮教授所著的《美人與書：19世紀中國的女性與小說》這本專書進行全面性的討論。

2. 敘事學研究

（1）范海倫：〈晚清家庭題材小說研究〉，西安：陝西師範大學中國古代文學研究所碩士論文，2017年

此篇碩士論文，以晚清用家庭為寫作題材的小說為研究對象，意欲解讀晚清家庭題材小說的小說藝術特徵及思想內容，范海倫從思想內容、文本人物形象、以及小說種體藝術特徵三個角度分析，其中顧太清的《紅樓夢影》是不能忽略的重要文本，因為故事內容大部分皆在描寫家庭生活，〔註31〕簡而言之，范海倫對晚清家庭題材小說進行研究時，也納入了顧太清的《紅樓夢影》，是了解晚清這類小說背後意涵的重要文本。

（2）李哲姝：〈《紅樓夢影》中薛寶釵的情感世界〉，《忻州師範學院學報》2006年第1期，頁19～21

李哲姝針對《紅樓夢影》中的女主角薛寶釵情感世界進行探討，提到原書《紅樓夢》寶釵無情的性格，到了《紅樓夢影》卻被顧太清刻劃成有血有肉的少婦形象，她認為轉變原因為寶釵身分變化，使得她情感世界發生變化，李哲姝從小說情節，逐步分析，得到結論為：寶釵是封建的典型賢淑少婦，寶釵以理性克制情感，使她內心充滿矛盾與衝突，與顧太清本人的身分、經歷和她所處時代有莫大關係。這篇論文對研究《紅樓夢影》人物性情有所幫助。

（3）聶欣晗：〈「溫柔敦厚」小說觀與《紅樓夢影》的詩性書寫〉，《紅樓夢學刊》2010年第2輯，頁77～89

聶欣晗認為沈善寶在《紅樓夢影》的序文的「溫柔敦厚」，是《紅樓夢影》的創作原則，並以此分係小說內容，詩教理性與書寫結合體現在下面三點：一、她認為作者用理性的態度將小說定位為現實世界，採用平實明智的敘事節奏，以女眷活動為敘事中心，是較為忠實原著的一部續書，二、作者按照溫柔敦厚的詩教觀對人物命運進行調適，男性人物淨化而張揚人性之善，而女性人物原

〔註31〕參見范海倫：〈晚清家庭題材小說研究〉，西安：陝西師範大學中國古代文學研究所碩士論文，2017年。

作中薄命被大幅改寫，極可能是當時女性接受《紅樓夢》時的悲憤心態有關，三、超越與教化功能的詩意追求，體現在（一）增加詩社風流文士活動，（二）描寫詩社活動與刊入詩詞，（三）構築清麗疏朗的詩情意境，（四）留下意味深長的結局。第三章對詩性書寫作探討，她提到三點：其一，女性與小說在文化象徵中皆被視為非主流的、邊緣性，女性從事小說創作更是受到時人所嚴重批評，因此作者本身強調詩教，除了本身受到的儒家影響，還是為了逃脫非議的方式。其二，強調小說中的情理足信，意圖增加小說現實因素，使小說從志怪走向寫實。其三，詩性書寫正是提高小說地位的一種策略，詩性書寫的溫柔敦厚，是儒家傳統思想相合，但也阻礙人物形象化發展。〔註32〕

　　這篇論文讓我們了解到顧太清《紅樓夢影》是以溫柔敦厚詩教觀進行創作，藉由以上分析可以證明與她身為女性有極大關連，也是《紅樓夢影》在諸多續紅之作中與眾不同之處

　　（4）李榮：〈冠蓋滿京華　斯人暗憔悴──《紅樓夢影》中的賈寶玉形象探究〉，《哈爾濱學院學報》2011 年第 32 卷第 10 期，頁 54～58

　　李榮發現《紅樓夢影》男主角賈寶玉的形象很具獨特性，因而以此作為研究對象，他分析小說的敘事結構，發現顧太清以家庭為敘事的視角，使得寶玉形象與地位受到壓抑而弱化，並認為這是作者對恢復傳統倫理的焦慮心情的體現，簡而言之，李榮對《紅樓夢影》中寶玉較為負面形象與顧太清本在大家族傳統倫理逐漸崩壞中的負面情緒有很大的關係，此篇論問是少數對《紅樓夢影》中單一人物形象作深入研究。

　　（5）李聆匯：〈顧太清《紅樓夢影》對賈寶玉形象的重塑〉，《哈爾濱師範大學社會科學學報》2012 年第 5 期，頁 63～65

　　此篇論文李聆匯探討顧太清為何在《紅樓夢影》對賈寶玉的形象重新形塑，經由文本分析，她發現賈寶玉從《紅樓夢》封建時代叛逆的形象，轉變成皈依於世俗生活的形象，認為背後原因是作者本身性別、社會地位、家庭身分都有很大的關聯性，她用自身婦女角度，想像了寶玉的夫妻生活，〔註33〕她深入文本探賈寶玉形象重塑與《紅樓夢影》作者顧太清本身的關係。

〔註32〕參見聶欣晗：〈「溫柔敦厚」小說觀與《紅樓夢影》的詩性書寫〉，《紅樓夢學刊》2010 年第 2 輯，頁 77～89。
〔註33〕參見李聆匯：〈顧太清《紅樓夢影》對賈寶玉形象的重塑〉，《哈爾濱師範大學社會科學學報》2012 年第 5 期，頁 63。

（6）岳凌：〈由《紅樓夢影》之賈寶玉反觀顧太清的情緣觀〉，《名作
　　欣賞》2014 年第 5 期，頁 48～50

　　岳凌從《紅樓夢影》中賈寶玉之個性與性情特質分析，藉此探討小說作者顧太清本身情緣觀，她發現賈寶玉比原作中更有男性化特質更凸顯，試圖把男主角賈寶玉與作者本身的價值觀彼此關係作討論。

（7）張雲：〈《紅樓夢》續書探微──以《紅樓夢影》為例〉，《中國礦業
　　大學學報》2015 年第 5 期，頁 108～112

　　此篇論文張雲針對《紅樓夢》續書中《紅樓夢影》這部續書作為研究對象，張雲提及《紅樓夢影》為現今留存的唯一由女性寫作的《紅樓夢》續書，深刻表達女性心理的評論《紅樓夢》作品，並認為其續寫策略有二，其一取象於月影的藝術構思，其二堅持現實生活、不為不切實際的影像所迷惑思想風格，可加深後人對顧太清續書理念的了解。

（8）安憶涵：〈論顧太清《紅樓夢影》的續寫策略〉，《紅樓夢學刊》2018
　　年第 2 輯，頁 318～331

　　安憶涵對顧太清在寫作《紅樓夢影》時所採用的敘寫策略作探討，提到她妥善處理黛玉的問題，尊重曹雪芹的原意，還發現她在書中寫到大量滿族人的風俗，包括育兒、騎射都有滿族文化的色彩，另外為了使小說溫柔敦厚的風格，而美化男角色，這些部分使《紅樓夢影》更具獨特性，都表示顧太清不凡的續寫能力。

（9）金芳萍、黃曉丹：〈《紅樓夢影》中理想世界的構築方式〉，《常州
　　工學院學報‧社科版》2018 年第 2 期，頁 21～25

　　此篇論文金芳萍與黃曉丹發現，作者藉由塑造理想中的男性與女性，在小說中構築作者理想中的世界，發現到顧太清理想中的男性必須入仕並為家族爭取榮耀，以及調整矛盾心情以維持家庭和睦，而她理想中的女性處理好家族事務，並且維持家族的運作。

（10）劉甜甜：〈《紅樓夢影》的「夢境」闡釋〉，《洛陽師範學院學報》
　　　2018 年第 3 期，頁 40～43＋51

　　此篇論文針對《紅樓夢影》中夢境情節作討論，認為顧太清注重夢境的描寫，是她虛描實寫的寫作方式的體現，藉由夢境來寄寓道理，另外又藉由夢來表述情感，總結來說此篇論文探討《紅樓夢影》特殊情節作討論，頗為特別。

3. 比較研究

（1）郭芳：〈艾米莉·勃朗特和顧太清小說的比較研究〉，湘潭：湖南
　　　科技大學中國語言文學研究所碩士論文，2015 年

　　郭芳將相同時代的東西方文人的小說進行比較研究，研究對象為英國的
艾米莉·勃朗特與中國的顧太清，即使二人在地域上、創作上風格的差異性很
大，但是兩人卻有共同之處，他們皆是女性小說家、他們的小說皆能引發讀者
對生命的探討。郭芳用平行比較的原理從小說對女性形象的詮釋、作家本人的
經歷、小說中夢境描寫這三個方面進行比較，研究東西方女性在創作中跨文化
的碰撞與融合，體會超越地域的精神，〔註34〕深刻去闡述文學的意義。

（2）張芙蓉：〈在中西比較中考察清代女性小說寫作的社會意蘊〉，《南
　　　京師大學報·社會科學版》2006 年第 2 期，133～138 頁

　　張芙蓉藉由比較中西方女性小說，找出清代女性小說的社會意涵，她認
為《紅樓夢影》是很有代表性的文本，反映出清代中期女性雖具有自我意識，
但仍舊深受社會上主流的男性觀點所壓抑，使得女性在通俗文學的發展緩慢，
並且與身自身悲情際遇結合，而創作出帶有悲劇色彩的小說。〔註35〕

4. 戲曲研究

（1）王漢民：〈檔子演藝初探〉，《戲曲研究》2008 年第 2 期，頁 231～
　　　239

　　王漢民探討清代「檔子」這種特殊的表演藝術，從清代的諸多小說作為
分析對象，當中包括《紅樓夢影》，當中檔子多樣演出內容與表演方式，以證
明檔子在清代乾隆時期流行的盛況。

（三）文化

1. 王科偉：〈論《紅樓夢影》的家庭觀〉，《現代交際》2016 年第 15 期，頁 89

　　王科偉針對《紅樓夢影》中的家庭觀進行研究，顧太清在故事內容中強
調從修身到齊家的家庭觀，在往外推擴為治國到平天下政治觀，王科偉認為

〔註34〕參見郭芳：〈艾米莉·勃朗特和顧太清小說的比較研究〉，湘潭：湖南科技大
　　　　學中國語言文學研究所碩士論文，2015 年，第三、四章。
〔註35〕張芙蓉：〈在中西比較中考察清代女性小說寫作的社會意蘊〉，《南京師大學
　　　　報·社會科學版》2006 年第 2 期，133～138 頁。

其家庭觀到現代仍具有很大的參考價值。

2. 彭利芝：〈真山真水寄生涯──《紅樓夢影》隱園管見〉，《紅樓夢學刊》2016 年第 5 期，頁 182～201

此篇論文對《紅樓夢影》一處充滿隱逸氛圍的庭園「隱園」作觀察，彭利芝認為即使隱園的規模不大，但是卻是貨真價實的隱居之地，而園中的山水相當自然，認為是顧太清參照自身生活的北京庭園而寫，體現北京地域文化的特色，固有文化上的價值。

3. 于向輝、張政雨：〈《紅樓夢影》中滿族風俗探析〉，《河北民族師範學院學報》2019 年第 2 期，頁 55～60

此篇論文從《紅樓夢影》的文本來分析，于向輝與張政雨欲討論小說當中出現集多的滿族風俗描寫，進而了解這部續書中在滿族文化上的意義。顧太清身為滿族貴族女性，描寫滿族貴族生活以及衣食住行都相當真實，故有探討的價值。

4. 于向輝：〈顧太清《紅樓夢影》中滿族風俗文化研究〉，《佳木斯職業學院學報》2019 年第 2 期，頁 245～246

于尚輝認為顧太清在《紅樓夢影》中體現滿族的日常生活、宗教、婚姻等價值觀，表示她尚未放棄本身民族的文化，加上她受漢族文化影響很深，故在創作中呈現滿漢兩族文化的結合，也因此使《紅樓夢影》具有文化上的魅力。

總之，有關《紅樓夢影》接受《紅樓夢》這方面的研究，經由分析發現，在顧太清的創作與考證方面研究，針對《紅樓夢影》作考證尚少，當中考證出小說作者為顧太清為最重要的成果，而在《紅樓夢》續書接受史之研究，學者在續書分類上尚無一定範式，多以固定幾部續書作為主要研究對象，討論其續寫方式、故事情節的安排、人物性格的營造，限於篇幅，難以對每部《紅樓夢》續書作深入的文本細讀，在以《紅樓夢影》為主研究中，多僅針對女性文學以及敘事學方面，或者涉及滿族文化方面去做探究，得出結果多數在見解上大同小異，對於《紅樓夢影》文本細讀，尚須用功，直接討論《紅樓夢影》對《紅樓夢》的繼承研究為少，故本文欲從《紅樓夢影》做深入的文本細讀，探究《紅樓夢》對其的影響。

第四節　研究章節及架構

　　關於《紅樓夢影》的研究確有許多可開發研究的空間，前人研究將之放置於《紅樓夢》續書群之下，探討《紅樓夢》續書現象，而《紅樓夢影》的專書研究，則多以女性視角作為切入點，探討《紅樓夢影》敘寫方式，多屬於女性文學研究範疇，較少探討《紅樓夢影》對《紅樓夢》的繼承及轉化關係，故本文欲以《紅樓夢影》為主要研究對象，分析顧太清對《紅樓夢》的繼承及轉化情形，本文分別從三個方向進行論述，其一先對顧太清的生平及時代背景作陳述，以對她真實生活有所了解，以利接下來論文的討論，分析顧太清與《紅樓夢影》的聯結，再來就情感而言，對《紅樓夢》當中論述最多「情」進行觀察，發現《紅樓夢》在倫理中的情感安置次序為夫妻、父子、手足，然而《紅樓夢影》在倫理中的情感安置是否也完成繼承《紅樓夢》，因此觀察《紅樓夢影》中父子（包含叔姪關係）、手足、夫妻關係依序探討，並且以中國儒家五倫的價值觀為主要判斷標準，其中寶玉夫妻間的互動，寶玉、賈環手足的互動，寶玉與賈政的關係，乃至寶玉及賈蘭的叔姪關係都與《紅樓夢》的關係原型有頗大差異，幾乎都由《紅樓夢》較為負面的互動模式，回歸儒家所規範的互動模式，因而使得彼此關係較為和諧，顧太清作出這樣改寫的原因為何，分析顧太清是否如同沈善寶在《紅樓夢影》序文中提到，似乎有意在續書中強調孝道的精神。其二就是對於《紅樓夢影》當中對於清代文人社會責任及自我責任的詮釋，以主人翁賈寶玉作為主要觀察的對象，分析他對於入仕為何抱持積極肯定的觀點，幾乎與《紅樓夢》寶玉的叛逆形象大相逕庭，以及他在工作上態度，還有他如何在家庭及社會作好自己的本分，來達成社會對於他的期許。其三《紅樓夢影》當中所給予的生命的答案，可藉由分析小說中人物性格的繼承及轉化（主要以寶玉、寶釵為觀察對象）、對時文科舉的解釋與定位、以及女性經驗的轉化與再現，其中女性經驗包括生產經驗，以及顧太清個人對遊歷、騎馬的愛好，應在續書中多有呈現，這也是《紅樓夢影》最異於曹雪芹《紅樓夢》的部分，需要特別討論，並依序與《紅樓夢》的重要人物性格、對時文及科舉的價值觀、男性作家的經驗作對照，找出顧太清改寫《紅樓夢影》為大團圓結局背後原因，以及對《紅樓夢》的繼承情況。希望藉由本文研究，了解顧太清創作續書動機，及當中因時代與性別差異，所反映的女性意識，並對《紅樓夢》續書在文學上的價值，重新去做探勘，凸顯《紅樓夢影》在紅樓續書中獨特的意義與價值。

第二章　對情的觀感：倫理中的
　　　　　情感安置

　　本章主要觀察顧太清在《紅樓夢影》有關「情」的描述，並以夫妻、手足、父子關係作為研究對象，分析小說中人物關係，如何在中國倫理中進行安置，進而了解顧太清是否繼承《紅樓夢》人物關係的原型，因此研究《紅樓夢影》中人物關係，是了解顧太清對《紅樓夢》繼承情形的重要途徑之一。

　　倫理，在中國意旨具多重意涵，《說文解字》提到倫字：「倫，輩也。從人，侖聲。一曰道也」，〔註1〕還提到理的字義為：「理，治玉也。從玉，里聲」。〔註2〕「倫」是指輩，廣義指生活中輩分。而「理」原是指治玉，「治」是指把璞變為玉，引申為依循修身養性發揚善念與德行。在中國文化中倫與理合用，即是「倫理」，是指人與人相處的道理，為人的道理，亦是人類社會生活關係中正當行為的道理，其中包含社會倫理與個人倫理。〔註3〕中國最早「倫理」出現，可追溯到殷商時期，由「禮」的儀式行為中，富含孝與德的倫理概念。而西周更重「禮」，發展出以血緣繼承的宗法制度，還有周公治禮作樂，讓中國倫理觀更加完善。而後孔子更提出一套相對完整的儒家倫理觀。沈善宏與王賢鳳提到：

　　　　至董仲舒以及後來的《白虎通義》，把這種以等級制來統一人情的

〔註1〕〔西漢〕許慎撰、〔清〕段玉裁注：《說文解字注》（臺北：頂淵文化，2008 年），
　　　　頁 372。
〔註2〕〔西漢〕許慎撰、〔清〕段玉裁注：《說文解字注》，頁 15～16。
〔註3〕樊浩：《中國倫理的精神建構》（臺北：文史哲出版社，1994 年），頁 20。

「禮」，集體化為「君為臣綱，父為子綱，夫為妻綱」這「三綱」，從而把「忠」與「孝」作為社會倫理的基本規範……進而他（董仲舒）又依據孔、孟，把仁、義、禮、智、信列為「五常之道」（見《舉賢良對策》一），以「五常」作為處理人與人關係的基本道德準則。〔註4〕

所以董仲舒確立「三綱五常」為中國倫理之準則，也是中國倫理之內容。倫理可以安置情感，但要如何安置，是重要的課題。《紅樓夢》倫理中的情感安置次序為夫妻、父子、手足。因為《紅樓夢》當中以男女關係中的情感，以及夫妻之倫成為敘事主軸，在第五回寶玉遊太虛幻境時，在孽海情天看見的對聯「厚天高地，堪嘆古今情不盡；癡男怨女，可憐風月債難償。」〔註5〕此聯說明「兒女之情」為紅樓夢重要主旨，寶玉、黛玉、寶釵三者愛情為小說最重要主線之一，敘事部分最多，夫妻倫理像賈政、王夫人，賈璉、王熙鳳，賈珍與尤夫人等諸多夫妻，在小說描寫篇幅很長，其次曹雪芹方談到父子、手足之情，父子、手足多是負面的陳述。至顧太清《紅樓夢影》倫理中情感安置的次序，可從敘及父子、手足（包含寶玉手足關係，以及其他手足關係）、夫妻關係論述的情節單元數量觀點，小說各回數統計如下：

表1 《紅樓夢影》中父子、手足、夫妻關係情節單元數量統計表

	父子關係	手足關係	夫妻關係
第一回	2	0	0
第二回	0	3	7
第三回	7	3	4
第四回	0	0	0
第五回	0	1	0
第六回	2	0	2
第七回	1	2	1
第八回	1	2	6

〔註4〕沈善宏，王賢鳳：《中國倫理學說史》（杭州：浙江人民出版社，1985年），頁22～23。

〔註5〕〔清〕曹雪芹，高鶚著、馮其庸校注：《紅樓夢校注》第五回（臺北：里仁書局，1984年），頁84。

第九回	2	0	6
第十回	1	0	2
第十一回	3	2	2
第十二回	2	2	2
第十三回	3	0	3
第十四回	1	0	1
第十五回	1	1	2
第十六回	3	0	2
第十七回	2	5	1
第十八回	0	0	1
第十九回	3	1	2
第二十回	4	2	1
第二十一回	5	0	2
第二十二回	4	0	1
第二十三回	4	2	4
第二十四回	2	1	0
總計情節單元數量	53	31	52

由表 1 統計的結果發現，依情節單元的數量排序之後為父子、夫妻、手足，在敘寫的篇幅上呈現亦如此，其中以父子與夫妻數量都佔很高比例，手足最少，與《紅樓夢》在倫理中情感安置的次序夫妻、父子、手足有所差異。《易經》〈序卦傳〉：「有天地然後有萬物，有萬物然後有男女，有男女然後有夫婦，有夫婦然後有君臣，有君臣然後有上下，有上下然後禮義有所錯。」〔註6〕說明夫婦乃是人倫之始，因此先談論夫妻，而父子關係數量比夫妻關係略多，總數上仍是最多，因而置於最後討論。因此本論文以父子、夫妻、手足關係之倫理次序，彰顯出《紅樓夢影》有哪些是接受《紅樓夢》的倫理結構，然而對於安置情感上有什麼差異。

　　《紅樓夢影》中夫妻、手足、父子關係的論述，大多合於儒家倫理規範，以賈寶玉為觀察對象，便會發現他個人的夫妻、手足、父子關係皆是正面的

〔註 6〕〔魏〕王弼，〔晉〕韓康伯注、〔唐〕孔穎達正義：《周易正義》（臺北：藝文印書館影《十三經注疏（重刻宋本）：附校勘記》嘉慶二十年江西南昌府學重刊本，1965 年），頁 187～188。

互動居多，夫妻秉持「妻內夫外」的分工模式，手足之間秉持互相友愛的「友悌」精神，父子彼此諒解的互動關係，這些部分多數與《紅樓夢》中父子、夫妻、手足關係的原型不同，《紅樓夢》對於夫妻、手足、父子多為負面的陳述，另外在討論《紅樓夢影》中夫妻、手足、父子關係之前，應先陳述顧太清生平及時代背景，了解作者經驗與小說中情感安置的影響，第一節便先討論作者生平及時代背景，第二節便以《紅樓夢影》的夫妻關係探究，第三節則以《紅樓夢影》的手足關係為分析對象，第四節就討論小說中的父子關係（包含叔姪關係），最後在與《紅樓夢》做比較。

第一節　作者生平及時代背景

　　《紅樓夢影》作者是雲槎外史，乃是顧太清的晚號。顧太清（1799～1877），原姓西林覺羅氏，後她改姓顧，名春，字梅仙，又字子春，道號太清，常自署西林太清春。她經歷了乾隆、嘉慶、道光、咸豐四朝，顧太清祖籍在遼寧，早年生平細節較為模糊，有許多說法，一是她來自一個顧姓的漢軍旗家庭，嫁給貝勒亦繪之後，才具有滿人身分。二是認為她生於滿軍旗之家，後養於顧氏。三是她與顧家有親屬關係，被收養是為了嫁給貝勒奕繪做準備，以上造成種種說法的原因，一般被認為是為了抹除她的先祖顎爾泰（1680～1745，清代大學士，死後因文字獄身敗名裂）和顎昌（乾隆朝被賜自盡，死於1755年）留給家族的恥辱。〔註7〕張菊玲《曠代才女顧太清》的太清生平略表提及：

> 滿洲鑲藍旗人。祖父鄂昌，系大學士鄂爾泰之侄，甘肅巡撫。乾隆中，因胡中藻案得罪賜死。父鄂實峰，因成罪人之後，不能在京城容身，與香山富察氏之女結婚，以遊幕為業。兄鄂少峰，妹霞仙。
> 因家學淵源深厚，兄弟姊妹都具有很高學術素養皆能詩文。〔註8〕

顧太清家族為罪臣之後，曾經在北京香山附近的滿軍營中落戶生活，另外顧太清的兄弟姊妹都能詩能文，才華出眾，說明其家族對孩子的教育很值重視，並不分男女。

　　顧太清於道光元年（1821年）入榮王府擔任郡王諸女之家庭教師，她與

〔註7〕（美）魏愛蓮著，馬勤勤譯：《美人與書：19世紀中國的女性與小說》，頁165～166。
〔註8〕張菊玲著：《曠代才女顧太清》（北京：北京出版社，2001年），頁1。

眾格格及奕繪詩詞唱和，遂生相慕之意。〔註9〕太清二十六歲時（1824年）嫁給貝勒奕繪作側室，其中因她是罪人之後，使得她與奕繪結婚遇到重重阻礙，但在奕繪堅持下，太清終於成為他的側室，〔註10〕她與奕繪琴瑟和諧，擁有許多共同朋友，奕繪曾於道光六年（1826年）清明時節，攜嫡妻與太清，遊西山寺，〔註11〕張菊玲提及：

> 太清寫七律《丙戌清明雪後，侍太夫人、夫人遊西山諸寺》；奕繪和
> 詩一首為：《清明後，太福晉攜家人稚子遊潭柘、戒台諸勝，遇雪；
> 夜晴，側室太清賦詩紀遊，因次其韻》。〔註12〕

此為奕繪、太清二人詩詞集中留存下的第一次和詩；值得注意得這是現今能夠見到的奕繪自己第一次用文字注明太清身份是「側室」的材料，時間在他與太清成婚兩年後，奕繪才特別註明太清是側室，可見太清在他心中已如正妻。〔註13〕他在嫡妻妙華夫人賀舍里氏過世前，就對太清疼愛有加，並且奕繪在出遊時，攜帶她與嫡妻同行，說明她即使是側室，卻已受到如同嫡妻的對待，而在妙華夫人賀舍里氏於道光十年（1830年）過世後，奕繪就不在納妾，與太清相守到老，可見太清在奕繪心中的重要性，等同嫡妻，而且顧太清雖是側室，她卻從不認為自己是側室。他與太清情投意合，他們時常賦詩填詞，例如：道光十三年（1833年）奕繪慶祝生日時，作詩自壽。有「癸巳春登已未人，勞生七十已平分」句。太清和之，有「同經三十五番春，百歲光陰剩幾分」句。〔註14〕另外他們夫妻也時常郊覽遊勝，例如：道光十六年（1836年）二月奕繪、太清聯騎遊石堂、孔水，得《開元殘碣》及《盧襄詩碣》。同年三月，奕繪、太清遊黑龍潭、翠微山諸寺，〔註15〕可見奕繪、太清夫妻鶼鰈情深，感情融洽，因此魏愛蓮稱他們的婚姻可堪稱古人婚姻中的「典範」。〔註16〕此外他們夫妻共同興趣還有《紅樓夢》，而且張菊玲於《曠代才女顧太清》中太清生平略表裡提到，太清道光十五年（1835年）四月遊

〔註9〕參見〔清〕顧太清撰、金啟孮，金適校箋：《顧太清集校箋》（北京：中華書局，2012年），頁766。

〔註10〕參見張菊玲著：《曠代才女顧太清》，頁3～4。

〔註11〕參見張菊玲著：《曠代才女顧太清》，頁4。

〔註12〕張菊玲著：《曠代才女顧太清》，頁4。

〔註13〕參見張菊玲著：《曠代才女顧太清》，頁4。

〔註14〕參見〔清〕顧太清撰、金啟孮，金適校箋：《顧太清集校箋》，頁772。

〔註15〕參見〔清〕顧太清撰、金啟孮，金適校箋：《顧太清集校箋》，頁774。

〔註16〕參見（美）魏愛蓮著，馬勤勤譯：《美人與書：19世紀中國的女性與小說》，頁166。

法源寺觀賞海棠：

> 四月，法源寺看海棠，遇阮許雲姜、許石珊枝、錢李紉蘭。（許雲姜，
> 錢塘人，大學士阮元子阮福之妻。石珊枝，吳縣人，按察使、獨學
> 老人石蘊玉女。李紉蘭，余杭人，戶部給事中錢儀吉子錢寶惠之妻。
> 阮、許、錢三家均名門望族。）自此，奕繪、太清夫婦與三家往來
> 頻繁。〔註17〕

而她與眾姊妹不斷互相贈詩、送畫，這段期間她所作詩作有：〈法源寺看海棠，
遇阮許雲姜、許石珊枝、錢李紉蘭，及次壁刻錢百福老人詩韻二首贈之〉、〈疊
前韻題畫海棠扇答雲姜三首〉、〈四月二十二，雲姜召同珊枝、素安、紉蘭過
崇效寺看牡丹、遇陸秀卿、汪佩之。是日，雲姜以折扇囑寫，歸來畫折枝梅，
遂書與扇頭〉等。〔註18〕而這些姊妹曾在太清三十九歲生日前來祝賀，可見
太清與這些閨中詩友的感情極好，即使太清因為是貝勒的側室，按規定不能
擅自離京，〔註19〕她與這些姊妹時常透過書信往來，來維繫彼此的友誼。透
過丈夫奕繪與阮許雲姜，她也因此與大學士阮元所有往來。

然而奕繪於道光十八年（1838年）七月七日逝世，正逢太清長子戴釗生
辰，〔註20〕太清時年四十歲，她悲痛萬分，她與奕繪的幸福婚姻生活就此結
束，張菊玲在太清生平略表提及：

> 十月十八日，即奉婆母之命，攜自己所生的兩兒（戴釗、戴初）兩
> 女（叔文、以文）移居郊外。無所棲遲，只得賣金釵，在西養馬營
> 賃房數間暫居。〔註21〕

太清表面上被婆母，實際上是被嫡妻之子趕出榮王府，她在痛不欲生之際，
艱苦撫養兒女，幸有「與眾姊妹交往，尤其是與雲（許阮雲姜）林（林素安）、
湘佩（沈善寶）的深厚友誼，大大地排解了太清心中的憂傷，使太清能較快
地從喪夫之痛中解脫出來」〔註22〕，而且這些詩友也提供她經濟上的協助，
讓她度過二十年的放逐生涯，直到1857年奕繪長子辭世，又沒後人，遂過繼
太清孫兒為繼承人，她才得以搬回王府。顧太清在榮王府的生活經驗，影響
《紅樓夢影》甚大，吳宇娟提到：

〔註17〕張菊玲著：《曠代才女顧太清》，頁9。
〔註18〕參見張菊玲著：《曠代才女顧太清》，頁9。
〔註19〕參見張菊玲著：《曠代才女顧太清》，頁10。
〔註20〕參見〔清〕顧太清撰、金啟孮，金適校箋：《顧太清集校箋》，頁775。
〔註21〕張菊玲著：《曠代才女顧太清》，頁16。
〔註22〕張菊玲著：《曠代才女顧太清》，頁17。

然而榮王府的生活經驗，卻對太清寫作《紅樓夢影》有著相當程度
的影響。《紅樓夢影》雖是《紅樓夢》的續書，但此書中有關榮國府
的描繪，有多處卻是複製太清在榮王府的生活場域。〔註23〕

說明《紅樓夢影》對於滿清的貴族家庭生活有一定的揭露與反應。另外雖然
《紅樓夢影》與家國大事沒有直接關聯，但金啟孮、金適校箋的《顧太清集
校箋》所附錄的顧太清（西林春）年譜曾提及道光二十年（1840年），太清四
十二歲，當年夏天：「太清訪富察蕊仙華夢，因定海失守，共論海防形勢（鴉
片戰爭中）」〔註24〕，她與富察氏共同討論鴉片戰爭的形勢，值得注意是「共
論」二字，可見她與富察氏並不是隨意聊及鴉片戰爭，而是對於家國大事有
一定地關注與關心，而且當年她生日時，還痛哭奕繪的逝世，顯然她仍未完
全走出喪夫之痛，在這種情形下，仍舊關心鴉片戰爭，亦可見她對家國大事
絕不是漠不關心。〔註25〕又她雖身處在清中後葉，《紅樓夢影》完成於她的晚
年，時代已屬晚清，晚清時期是中國的大變革，隨著清朝的衰落，西方列強
的強勢的強勢介入。

　　大清王朝在西元 1840 年即鴉片戰爭之前，就已經出現衰落的趨勢，在乾隆
末年就開始了，費正清與劉廣京提到：「這時期清王朝衰落的形象反映於地方政
府的敲詐盤剝、追求私利和顢頇無能：所有這些都促進了群眾性的叛亂活動。」
〔註26〕，其中人口大量增長，使得人口對於土地的壓力大幅提升，將會導致許
多社會問題，不只是農民種植作物的報酬減少，費正清與劉廣京提到：

　　它對政治制度的影響也同樣嚴重。這個時期的政治生活的特點是，
　　各級官員激烈地進行競爭，以謀求升遷和保全官職。這種競爭往往
　　採取違法形式：它也許是使人員流動升遷的正常機制落後於人口的
　　增長這一事實所決定的。〔註27〕

上述的違法方式，主要是像捐官，即所謂的買官的方式，這類方式選拔上的
官員，通常在道德修養、操守上參差不齊，使得官場上充斥著許多貪官汙吏。

〔註23〕吳宇娟：〈論太清《紅樓夢影》與《紅樓夢》的關係〉，《東海大學圖書館館訊》
　　　　2009 年第 98 期，頁 32。
〔註24〕〔清〕顧太清撰、金啟孮，金適校箋：《顧太清集校箋》，頁 776。
〔註25〕參見〔清〕顧太清撰、金啟孮，金適校箋：《顧太清集校箋》，頁 776。
〔註26〕（美）費正清，劉廣京編：《劍橋中國晚清史：1800～1911 年（上卷）》（北
　　　　京：中國社會科學出版社，1985 年），頁 100～101。
〔註27〕（美）費正清，劉廣京編：《劍橋中國晚清史：1800～1911 年（上卷）》，頁
　　　　103。

另外在這時期，出現「文化人生產過剩」〔註28〕的現象。另外在教育方面，仍以八股文取士，直到光緒年間才逐步廢除，且重視師生之間的紐帶關係，上級是先生（老師），下級是學生（門生）。在中英鴉片戰爭後，西方列強開始爭相與中國簽訂許多不平等的條約，激起國內知識分子的提出「師夷長技以制夷」的方式，開啟中國走向現代化的道路，使得西學傳入之勢更加全面。尤其在英法聯軍後，清朝中央府直接與列強打交道，大局勢動盪，費正清提到：

> 在 19 世紀 90 年代到 20 世紀 20 年代的第三個 30 年中，主要通過商埠向外擴散的外國影響像滾滾洪流，他大大加速了中國傳統的國家政體及社會制度的解體和改組。在這一時期，通商口岸內出現了資產階級和自由主義的萌芽。〔註29〕

由此看見外國在通商口岸行商，擴大了西洋文化與先進思維的傳入，以及物質文明提升，促使中國傳統價值觀的土崩瓦解。資產階級與自由主義影響之下，讓早在宋代出現的刻書事業，更加的興盛，坊刻規模擴大。同時為了降低成本，出現更多新的版刻形式與印刷技術，胡應麟《少室山房筆叢》：「吳會、金陵，擅名文獻，刻本至多，巨帙類書，咸薈萃焉。海內商賈所資，二坊十七，閩中十三，燕、越弗與也。」〔註30〕說明當時商人大量投資刻書，刻書業可謂是如日中天，其中戲曲與通俗小說銷路最好，使得這些作品一再翻印，《紅樓夢》多種刻本：程甲本、程乙本、程丙本、善因樓刊本等。〔註31〕說明當時《紅樓夢》深受讀者喜愛，帶來巨大商業利益。

　　明清時代，續書之風盛行，關於續書的定義，最早注意到續書現象是清代劉廷璣《在園雜志》：

> 近來詞客稗官家，每見前人有書盛行於世，即襲其名，著為後書副之，取其易行，竟成習套。有後以續前者，有後以証前者，甚有後與前絕不相類者，亦有狗尾續貂者。〔註32〕

〔註28〕造成文化人生產過剩的現象原因是：一為教育制度是為培養公職人員的；一為價值體系往往禁阻文化的干才從事其他事業；一為行政機構阻止它自身擴展或重新組成新形式，以適應周圍正在變動的社會。參照〔美〕費正清，劉廣京編：《劍橋中國晚清史：1800～1911 年（上卷）》，頁103。

〔註29〕（美）費正清、劉廣京編，《劍橋中國晚清史：1800～1911 年（上卷）》，頁103。

〔註30〕〔清〕胡應麟：《少室山房筆叢》（臺北：世界書局，1963 年），頁 55～56。

〔註31〕參見馮其庸編：《紅樓夢大辭典》之《紅樓夢》版本部分。

〔註32〕〔清〕劉廷璣撰：《在園雜志》（臺北：文海出版社，1969 年），頁 146。

這種對續書的定義為多數人所認同，少有人提出反對，而後人所習取的小說，除普通的小說之作，經典之作更被後人爭相倣效，所以經典之作的續書數量相當可觀。林依璇也提到：

> 小說環境提供孕育紅樓續書的機會，其來有自。古代小說家總是特別喜歡與名作家共襄盛舉，愛在受人歡迎、名稱響亮的作品後面，偽託其名，倣效其作。……明清二代，倣效之風越演越烈，蔚為風尚。……任何一部作品都可能出現倣效的作品。〔註33〕

而中國古典章回小說經典之作如《西遊記》、《金瓶梅》、《紅樓夢》，更是難逃被續倣的命運。張雲提到：

> 一般讀者習慣將《紅樓夢》續書分成三類看待，所謂「還魂類」，指寶玉還家、黛玉還魂再生的；「三界互通類」指人物活動在仙界、人間、鬼域，並可以互相往來者；「二代類」指寶玉、黛玉等投胎轉生為寶釵、湘雲等的兒女輩的。這種區分，是以人物關係和故事發生的時空為線索的……〔註34〕

這樣的分類方法，無法適用於所有紅樓續書，有些重要的紅樓續書很難用這樣分類方式進行分類，例如：《紅樓夢影》、《新石頭記》等。《紅樓夢影》難用普通分類方式歸類，凸顯此書在眾多續書之中的獨特性。另一種常用分類方式，第一類繼《紅樓夢》一百二十回續寫故事，第二類則是不接受高鶚所寫的後四十回，直接接續第八十回敘寫。《紅樓夢影》是屬於第一類，作者是接受高鶚續的後四十回。

　　《紅樓夢影》作為諸多《紅樓夢》續書之一，從書名分析，多一「影」字，暗示其創作藍圖承繼《紅樓夢》，所以用《紅樓夢》的影子作為小說命名，在《紅樓夢》中曹雪芹塑造出兩個世界，一個為現實世界，另一個則為曹雪芹的理想世界，也就是大觀園，余英時提到：

> 曹雪芹雖然創造了一片理想中的淨土，但他深刻意識到這片淨土其實並不能真正和骯髒的現實世界脫離關係。不但不能脫離關係，這兩個世界並且是永遠密切地糾纏在一起的。〔註35〕

〔註33〕林依璇：《無才可補天──紅樓夢續書研究》（臺北：文津出版社，1999年），頁27～28。

〔註34〕張雲：〈《紅樓夢》續書研究述評〉，《紅樓夢學刊》2013年第1期，頁178。

〔註35〕余英時：《紅樓夢的兩個世界》（臺北：聯經出版社，1979年），頁46。

不僅如此,這兩個世界是最乾淨與骯髒的強烈對比,他又提到:「《紅樓夢》中乾淨的理想世界是建築在最骯髒的現實世界的基礎之上。……最乾淨的其實也是在骯髒的裏面出來的。」〔註36〕從大觀園中的水推斷而得,「最乾淨的最後仍就要回到最骯髒的地方去的。」〔註37〕即使是為女子建立的大觀園,仍是無法逃脫現實的衝擊浸染,最終會幻滅。兩個世界各有自己的秩序,其中大觀園的秩序以「情」為主,書中的角色想保持乾淨的話,必須永駐在大觀園,余英時提到:

> 在主觀願望上,他們所企求的是理想世界的永恆,是精神生命的清澈;而不是說,他們在客觀認識上,對外在世界茫無所知。……她們一方面把兩個世界區別的涇渭分明,而另一方面又深刻意識到現實世界對理想世界的高度危害性。〔註38〕

由此推斷居住在理想世界的女性角色,渴求精神上的乾淨生活,然而理想世界在經歷賈妃省親等繁盛後,最終姊妹相繼離去,大觀園漸漸敗落,要注意的是,曹雪芹在刻劃這兩個世界時,「但是曹雪芹自己卻同樣地非常重視這個骯髒和墮落的現實世界,他對現實世界的刻畫也是一樣是費盡了心機的。」〔註39〕這兩個世界之間是動態的關係。《紅樓夢影》也有承繼這樣結構。

第二節　妻內夫外:分工的夫妻

　　本節將針對《紅樓夢影》中描述頗多的夫妻關係進行分析,尤其以賈寶玉本身婚姻關係作為主要的探究對象,以儒家對夫妻的倫理規範做為標準,分別討論正、負面的夫妻互動,再與《紅樓夢》中夫妻的互動原型作對照,進而了解顧太清是否承襲《紅樓夢》夫妻範型,以及她轉化與改寫夫妻互動模式背後的原因。

　　首先儒家對夫婦相處之規範,主要以「相敬如賓」為標準,理論上是夫妻雙方地位平等。但實際上《白虎通》說道:「夫婦者,何謂也?夫者扶也,以道

〔註36〕余英時:《紅樓夢的兩個世界》,頁48。
〔註37〕余英時:《紅樓夢的兩個世界》,頁48。
〔註38〕余英時:《紅樓夢的兩個世界》,頁51。
〔註39〕余英時:《紅樓夢的兩個世界》,頁72。

扶接也；婦者服也，以禮屈服。」〔註40〕，因為中國社會以男子為尊，丈夫地位較妻子高，作為婦女必須遵從丈夫。耿立羣說：「婦人除了要敬夫從夫，還要與丈夫共盡子媳之孝，料理家中大小瑣事，並協助丈夫管教子女」〔註41〕，因此婦女在家庭中的責任就是服從丈夫，並料理家內事務。徐秉愉提到：

> 「男外女內」可以說是中國人對男女之別的基本看法。一是所謂的「女治內，男主外」，是男女分工的原則，也區分了男女發揮才能的不同範圍；另一方面則是指男女不同的生活範圍，有嚴男女之防的意思。〔註42〕

中國傳統夫妻之道講究男女分工，但「男外女內」的觀念實際上帶有男尊女卑的意味，他得出結論是：「中國傳統社會對婦女的要求和期望是『正位乎內』，而類似『無非無儀，唯酒食是議』等理論或許便是『正位乎內』理想的註腳和補充。」〔註43〕由此可見婦女常被要求管理好家務，「內」是指對家庭內部而言。中國每個朝代對夫妻的要求，都不盡相同，如：「周代貴族婦女所享的尊貴，秦漢婦女逐漸受到平民化禮法的束縛，魏晉隋唐婦女自由活潑的社交生活，和宋元明清身心所受之壓抑等等。」〔註44〕，他又提及：

> 宋元以後中國社會逐漸平民化，以往高門貴族婦女所享有的地位和接受良好教育的權利也隨之消失。……宋元明清婦女的地位十分低落……雖然明代中葉以後，部分婦女在新生的經濟力量中占有一席之地……獲得以往任何時代婦女所沒有的經濟獨立和較為自由的生活，但終究抵不過婦女遭受壓抑與卑視的大趨勢。〔註45〕

婦女地位卑下到清末民初才有翻轉變革的可能。顧太清生活清代中晚期，正是宋元明清這波壓抑婦女地位的尾聲，受到傳統中國夫妻相處之道影響還頗大。《紅樓夢影》中根據情節單元數量，夫妻關係共有五十二個，比例次高。

〔註40〕〔東漢〕班固等撰、王雲五編：《白虎通》（臺北：臺灣商務印書館，1966 年），頁 205。

〔註41〕耿立羣：〈禮法、秩序與親情——中國傳統的長幼之倫〉，藍吉富、劉增貴編：《敬天與親人》（臺北：聯經出版社，1982 年），頁 501。

〔註42〕徐秉愉：〈正位於內——傳統社會的婦女〉，杜正勝編：《吾土與吾民》（臺北：聯經出版社，1982 年），頁 143。

〔註43〕徐秉愉：〈正位於內——傳統社會的婦女〉，杜正勝編：《吾土與吾民》，頁 144。

〔註44〕徐秉愉：〈正位於內——傳統社會的婦女〉，杜正勝編：《吾土與吾民》，頁 144。

〔註45〕徐秉愉：〈正位於內——傳統社會的婦女〉，杜正勝編：《吾土與吾民》，頁 171。

其中包含賈寶玉、薛寶釵夫妻關係，以及其他夫妻關係（賈赦與邢夫人、賈璉和平兒、賈珍及尤夫人等）等。

一、寶玉父子的夫妻互動

就賈寶玉夫妻的互動而言，由第二回寶玉那時失蹤，寶釵的反應中便可以略見：「且說賈府自寶玉去後，王夫人晝夜啼哭。虧了寶釵明白，百般的勸解。〔註46〕」寶釵見婆婆悲痛，強忍悲傷反倒盡心地勸慰王夫人，做好為家族內部分憂的妻子本分。而後王夫人知道寶玉回來的消息，便囑咐寶釵：

> 王夫人道：「還有一件，寶玉這一回來，你也勸著他用用功。明年還要會試，倘能中個進士，也贖贖咱們家的臉。別教他整日家和丫頭們一塊兒頑頑笑笑的。」寶釵笑道：「我還有一件事要求太太。我想麝月、鶯兒也都大了，卻倒很中用，莫若把這兩個也留下，就是使喚著也方便。秋紋就配了焙茗，剩下的幾個都小呢。」〔註47〕

寶釵答應王夫人要求，且她提出的意見也受王夫人同意，稱讚她為賢惠，王夫人後又要她準備寶玉衣服，她也答應。當寶玉回來後，寶釵不願讓公婆擔憂，就「略站了站，王夫人就教他回房去了。」〔註48〕，當寶玉返家當晚，寶釵提出要求：

> 寶釵道：「我這兩天夜裡不住起來，倒鬧的大家不安。你聽我說，以後你們倒三兒，一個服侍二爺、倆跟著我。」寶玉笑道：「這才公道呢。」〔註49〕

寶釵提出的要求，請多些人照顧她，寶玉很快就應允，因為寶釵懷有身孕，這樣的要求是合理，夫妻間守之以禮，合乎儒家的倫理。第六回，寶玉、寶釵正談心時、賈蘭進來，寶釵的送賈蘭旃檀香雕的臂隔，上刻著唐明皇游月宮之故事，不料寶玉接過一看，想起黛玉，寶釵的反應是：

> 此時寶玉心中真是千頭萬緒，呆呆的看那臂隔。不禁不由的就念出一句「能以精誠致魂魄」來。寶釵聽了，向賈蘭道：「快拿了去罷，不然你叔叔又要游月宮去了。」說的大家都笑了。〔註50〕

〔註46〕〔清〕雲槎外史撰、尉仰茄點校：《紅樓夢影》第二回，頁 12。
〔註47〕〔清〕雲槎外史撰、尉仰茄點校：《紅樓夢影》第三回，頁 17。
〔註48〕〔清〕雲槎外史撰、尉仰茄點校：《紅樓夢影》第三回，頁 21。
〔註49〕〔清〕雲槎外史撰、尉仰茄點校：《紅樓夢影》第六回，頁 44。
〔註50〕〔清〕雲槎外史撰、尉仰茄點校：《紅樓夢影》第六回，頁 44。

寶玉因為臂隔上刻得唐明皇游月宮，而想念黛玉，不能自己，寶釵能料中丈夫之心思，顯然她對丈夫的癡病很了解，便用笑話為丈夫化解尷尬，但話語中不免有醋意。第八回寶玉回家，正好遇上寶釵為襲人做壽，她私下也與眾人張羅，寶玉則在外用功，做好妻內夫外之角色分工，而且寶玉的關心、寶釵的回應，呈現相敬如賓的景象，亦符合儒家規範的夫妻互動模式。第六回寫到寶玉與寶釵夫妻同處的景象：

> 且說寶玉正在房裡同寶釵二人看著鶯兒喂蟈蟈兒，又叫麝月洗水仙。襲人說：「你多舀點兒水來，奶奶屋裡的梅花也得澆了，黃雀兒只怕也得添水了。」麝月說：「挑一擔來夠不夠？」襲人說：「那也用不了。」麝月說：「連你洗澡哇。」襲人說：「快去罷！回來還給奶奶拿首飾呢。」〔註51〕

夫妻二人正待在房裡，充滿閒情的意致，而後有小丫頭傳賈政的命令，要寶玉前去會客，寶釵識大體地讓寶玉立即前去，並無半句怨言，可見她以家庭和睦為考量。

然而寶玉認為寶釵太過端莊，雖是謹守夫妻之禮節，也是賢惠的妻子，卻讓他不能縱情，甚至為了祭黛玉二十冥壽，不敢與寶釵當面商量，他煩惱到天亮才睡去。隔天他囑咐焙茗準備花果，打算以祭花神名義，瞞過寶釵：

> 寶釵同襲人回來，看見花果，便問：「誰送的？」麝月就將寶玉的話述了一遍，寶釵想了想說：「是了，今日是林姑娘生日，還是二十歲呢。不要說破，只怕晚上還要往瀟湘館去呢。」襲人道：「那可使不得，屋子又潮濕，再搭著這陰天，還得奶奶攔他。」寶釵笑道：「不用攔他，也攔不住。索性叫老婆子去把屋子拾掇出來，籠上火盆，預備下茶水。屋子弄暖著點兒就是了。〔註52〕

她終究識破寶玉要祭黛玉，卻隨順寶玉不干涉他，而後寶玉以祭花神名義，向寶釵詢問該在何處祭祀：

> 寶釵笑道：「清淨中之最清淨者，莫過瀟湘館。然而祭花神須得一篇祭文，可別像祭芙蓉神的那些『共穴』、『同灰』、『情深』、『命薄』的字樣，用不得！芙蓉神原不大識字，這花神可是品學兼優的，倘或冒犯了，又得一篇後祭文賠不是。」寶玉說：「你怕我作的不好，

〔註51〕〔清〕雲槎外史撰、尉仰茹點校：《紅樓夢影》第六回，頁42。
〔註52〕〔清〕雲槎外史撰、尉仰茹點校：《紅樓夢影》第八回，頁58。

你就替我作一篇。」寶釵冷笑道：「又不是我祭，不犯盡著作那冒名頂替的事情。」說的寶玉無言可答，只好搭訕而已。〔註53〕

寶釵話語中帶著頗多醋意，即使如此，她仍然關心寶玉，為寶玉準備好在瀟湘館過夜的鋪蓋，唯恐寶玉凍著，體貼丈夫之意不言而喻。當他在瀟湘館終與黛玉魂魄相會，他說出自己的情意：

寶玉說：「妹妹還是惱我呢！」……（寶玉）說：「並非我負心，因是雙親之命。自你仙逝後，我時時在念，刻刻難忘。你若不信，拿出心來你看！」〔註54〕

寶玉在夢中說出他壓抑在心裡的真情，他是渴求與黛玉結縭，但他知道真相後，還是選擇遵從雙親之命，接受寶釵為正妻。當他隔日回怡紅院，寶釵問起寶玉可否見著花神，寶玉回應為：「什麼好不好，不過是心到神知罷了。」〔註55〕，是怕讓她知道夢中他與黛玉纏綿之事，是丈夫對妻子的懼怕。而後寶釵又詢問麝月、鶯兒：「這裡二人便將昨晚如何上祭，如何哭，今早又諄諄盤問他們的話，細細說了一遍。」〔註56〕這裡看出寶釵對丈夫之關心到很細微地步，寶釵回應：「不這麼樣，他也不依。倘或再發起呆性來，倒不好。」〔註57〕寶釵深知寶玉性情，體諒之下因而依從丈夫意願，雖是掌控寶玉行蹤有點太超過，但他們互動還是符合夫妻之倫。第十回寶玉過生日時，擺上酒菜款待眾人：

寶釵便問：「紫鵑怎麼沒來？」……寶玉笑道：「又不是我請善會，何必定要六位一桌呢。」說的眾人都笑了。寶釵說：「偏偏的紫鵑又病了。彩雲比不得跟太太的時候，如今在三爺房裡倒不便讓他過來。」李紈道：「就把那桌上的菜拿幾樣給他們，也是一樣。」寶釵說：「周姨奶奶四樣，三爺和蘭阿哥一桌，早就送去了。再拿四樣，每人一盤一碗就得了。」婆子們答應，送菜去了。〔註58〕

寶釵穩重地解決酒菜分配問題，隱約展現出管理家務的能力。總結來說，寶玉、寶釵各自都做好「妻內夫外」的分工，寶玉藉由科考進入仕途，寶釵在管

〔註53〕〔清〕雲槎外史撰、尉仰茄點校：《紅樓夢影》第八回，頁59。
〔註54〕〔清〕雲槎外史撰、尉仰茄點校：《紅樓夢影》第八回，頁61。
〔註55〕〔清〕雲槎外史撰、尉仰茄點校：《紅樓夢影》第九回，頁63。
〔註56〕〔清〕雲槎外史撰、尉仰茄點校：《紅樓夢影》第九回，頁62。
〔註57〕〔清〕雲槎外史撰、尉仰茄點校：《紅樓夢影》第九回，頁62。
〔註58〕〔清〕雲槎外史撰、尉仰茄點校：《紅樓夢影》第十回，頁77。

理好賈家家中事務，並且侍奉公婆，教育兒子賈芝，縱然寶釵管控丈夫太過嚴密，使得寶玉對於她是又敬又怕，但是出自她對丈夫的關愛，李哲妹提到：

（薛寶釵）作為封建賢妻，他要時刻勸諫丈夫用心功名，著意仕途，她雖然妻憑夫貴，但在這榮耀的背後卻不得不暗自品嘗由此帶來的苦果，她的勸戒、提點給寶玉帶來的感覺是冷峻的理性，這使得寶玉和寶釵在感情上大大地生分。〔註59〕

點出他們夫妻之間，始終無法更進一步情投意合，乃在於她過於理性互動也止於勸解，是儒家對妻子要求，卻讓作為丈夫的寶玉望而生畏，倍感壓力，夫妻兩人無法完全坦白相對，即使如此，他們夫妻彼此退讓，並未釀成衝突，而且維持著較為良好的夫妻互動，因此他們是合乎儒家對夫妻關係之倫理規範。

　　至於其他夫妻，由寶玉父母可反映更長久相處的模式，為寶玉夫妻的對照。賈政、王夫人在第四回寶釵產子時，王夫人與賈政的反應是：「王夫人道：『快叫人接姨太太去。』賈政問：『什麼事？』王夫人說：『只怕是媳婦要添了。』賈政道：『你快去看看！』……」〔註60〕而後鶯兒帶來寶釵順利產生下男嬰的消息，王夫人反應是：

王夫人看了看鍾，正是申初二刻，樂的扶了鶯兒就走，忙著回頭說：「快告訴老爺去！」到了這裡，薛姨媽迎著互相道喜。進屋來，見姥姥正斷臍帶。王夫人說：「好大個胖小子！」又問：「寶釵喝了定心湯沒有？」寶釵道：「才喝了白糖水了。」王夫人道：「暖著些，別著涼。」又笑道：「叫寶玉來瞧瞧他兒子。」早有小丫頭們跑去把寶玉叫來〔註61〕

賈政知道寶釵要產子後，立即就叫王夫人前去，合乎妻子正位於內的原則。王夫人得知產下男嬰後，先命人通知賈政，後來通知寶玉，處理事情合乎長幼倫理，且她又關心剛生下男嬰的寶釵，可謂有條理又全面照顧周全，第五回李先兒向王夫人提起蔡家有一位小姐蔡如玉，才貌雙全，王夫人便要她去說親，而後她回來向王夫人說：

〔註59〕李哲妹：〈《紅樓夢影》中薛寶釵的情感世界〉，《忻州師範學院學報》，2006年02月第1期，頁20。

〔註60〕〔清〕雲槎外史撰、尉仰茄點校：《紅樓夢影》第四回，頁24。

〔註61〕〔清〕雲槎外史撰、尉仰茄點校：《紅樓夢影》第四回，頁25。

> 王夫人道：「你是為親事來嗎？」李先兒說：「昨日到蔡老爺那裡，
> 一提就很願意。明日是個好日子，來拜咱們老爺，就見見三爺。」
> 王夫人道：「既是相看，該帶了去才是禮。」李先兒說：「我也是這
> 麼說，那蔡老爺又說：『沒夫人就是自己作主，何必費事！』」王夫
> 人說：「那也使得。」〔註62〕

王夫人深懂訂親禮節，當李先兒問起賈政對這椿親事之看法：

> 李先兒說：「咱們老爺願意嗎？」王夫人道：「老爺說只要姑娘沒殘
> 疾，人家願意就好。」於是說了一回閒話，又聽了回書。吃過晚飯，
> 王夫人賞了他一兩銀，一吊車錢。李先兒回家不提。〔註63〕

王夫人替賈政傳遞他之意願，並且識趣地給李先兒賞錢，為兩家立下良好的
互動基礎，隨後又把這件事告訴賈政：

> 且說賈政在書房吃了飯進來。王夫人就把李先兒的話述了一遍。賈
> 政問道：「這蔡公到底是那裡的人，叫什麼名字？知道了也得請出
> 位媒人來。難道李瞎子算保山不成？」王夫人道：「明日見了他自
> 然就知道他的籍貫名字，再請媒人不遲。」又叫了賈環來說：「明
> 日有人相看你，別那麼烏眉皂眼的，看人家笑話。」賈環答應著去
> 了。〔註64〕

王夫人將此訊息傳給賈政，作為妻子要依從丈夫意見，賈政如此審慎，可見
對兒女婚事的重視，在古代中國婚事是由父母為兒女做主，劉增貴提到：「聘
娶以『父母之命，媒妁之言』作為婚姻成立要件，父母之命是宗法社會注重
家族的表現」〔註65〕，另外中國傳統議婚流程，須經過六禮〔註66〕，其中問
名，具體細節為：

> 大體上是書寫雙方的父母與當事人姓名等，磋商初步條件。在宋代
> 有「草帖子」，就是初步的帖子，分男女兩張，寫明曾祖、祖、父三
> 代任官家世，當事人出生年月；女方的帖子上還註有「奩田若干，

〔註62〕〔清〕雲槎外史撰、尉仰茄點校：《紅樓夢影》第六回，頁42。
〔註63〕〔清〕雲槎外史撰、尉仰茄點校：《紅樓夢影》第六回，頁42。
〔註64〕〔清〕雲槎外史撰、尉仰茄點校：《紅樓夢影》第六回，頁42。
〔註65〕劉增貴：〈琴瑟和鳴——歷代的婚禮〉，藍吉富、劉增貴編：《敬天與親人》，
頁429。
〔註66〕六禮：指議婚須經過六禮的程序，尤其是納采、問名、納吉、納徵等階段。
參見劉增貴：〈琴瑟和鳴——歷代的婚禮〉，藍吉富、劉增貴編：《敬天與親人》，
頁442。

奩具若干」。男方得帖後卜於宗廟，得吉兆就去告訴女方，再交換「細帖子」，相當於後世的交換庚帖。……納吉在後世就演變成「訂婚」。〔註67〕

蔡家、賈家互相了解父母及當事人姓名，可說是傳統婚禮的問名階段，只是較為禮節簡略化，賈政與王夫人為賈環婚事奔波，也盡了為人父母之責。第九回賈政與王夫人一番談話中，王夫人將平兒夢見王熙鳳之事告知賈政，賈政便問平兒來歷：

> 王夫人說：「他就是跟我大哥的韋善的女兒，自幼兒就跟鳳姑娘，所以就陪了過來。」賈政笑道：「原來是他的女兒，這就怪不得了。那一年我扈駕北狩，還借過他幾天，是很樸實，官事也明白，比周瑞好多了。」王夫人笑道：「那是他們老爺的總鑰匙，他那兒子就不中用了。」賈政道：「有個好女兒就是了。等滿了月，就把這件事辦了。今日大老爺命名叫苓哥兒，十分歡喜，說要大辦呢！」〔註68〕

王夫人對家族之事知之甚詳，夫妻兩人對賈璉把平兒扶正都是贊同，相處融洽，夫妻間相敬如賓。在第九回，寶玉、賈蘭前往考場應試，王夫人擔憂過度，因而「原來王夫人許下心願，背著賈政買了口豬祭天。」〔註69〕，王夫人雖違背丈夫，但並非大事隱瞞賈政。在第十二回當皇上賞賜賈珍、賈環官職時，賈政回家後，特別「對王夫人細細說了一遍，一家人無不歡喜。」〔註70〕，細細一詞強調賈政欲將重要訊息完全地向妻子分享。第十七回，當賴尚榮、賴尚顯兄弟使勁地巴結賈家，賈政看出他是以搜刮百姓的銀兩來孝敬，賈璉回明此事給王夫人處理：

> 王夫人說：「叫他進來，我也要瞧瞧他。但是那東西老爺既不收，我也不好作主。就因那年老太太的事情，路費不夠，向他借五百銀，他寫了封告苦的信，送了五十兩銀。老爺賭氣，原封帶回，總說他沒良心，所以這個自然不肯收。再者，咱們也用不著這幾個錢。」〔註71〕

〔註67〕參見劉增貴〈琴瑟和鳴──歷代的婚禮〉，藍吉富、劉增貴編：《敬天與親人》，頁442。
〔註68〕〔清〕雲槎外史撰、尉仰茄點校：《紅樓夢影》第九回，頁68～69。
〔註69〕〔清〕雲槎外史撰、尉仰茄點校：《紅樓夢影》第九回，頁70。
〔註70〕〔清〕雲槎外史撰、尉仰茄點校：《紅樓夢影》第十二回，頁89。
〔註71〕〔清〕雲槎外史撰、尉仰茄點校：《紅樓夢影》第十七回，頁125～126。

王夫人不願違背賈政意願，故沒收下賴尚顯送來禮品，如此遵從丈夫之意，是傳統婦女行為的典範。總結來說，賈政與王夫人，彼此謹守夫妻之道，一方面夫尊妻卑，妻子遵從丈夫，不敢違背，縱使有所隱瞞，也是不足掛齒的小事。另一方面，又夫妻關係對等，相處和諧，賈政許多事都與王夫人商議，適時聽從妻子建議，相對於意氣相合的夫妻互動，賈珍夫妻則屬負面關係的描述。

二、作為負面對照的夫妻關係

顧太清描述賈珍夫妻的互動，在第十三回金氏來請求賈珍說官司，結果賈珍不在家，便由尤夫人先回應：「據我說，沒什麼要緊，不過是衙門裡想錢。」〔註72〕，而後賈珍：

> 只見賈珍進來，金氏迎著請安問好，彼此坐下。尤氏就將金氏的來意告訴賈珍。那金氏又站起來哀求了幾句，賈珍道：「沒要緊，蓉兒拿我個帖子打發常通告訴臧先生一聲兒就結了。那些官人你看著隨便賞他們幾個錢就是了。」賈蓉答應自去派人。這裡金氏說：「大老爺施了恩，還要拿出錢來。等榮兒出來，叫他過來磕頭。」賈珍笑道：「至親照應是該當的。」〔註73〕

尤夫人對於此非法之事，並未制止丈夫，她不明是非地順從賈珍的意思，是對丈夫愚忠，賈珍亦沒有在意自己做錯，或是做過太多藉助權勢財富，打發官司之事，習以為常。第十三回賈珍、尤夫人在用餐相談時，賈珍說有個案子居然有人自稱是蛋子和尚：

> 尤氏笑道：「我說呢！」賈珍接著道：「他有個師父，住在雲蒙山水簾洞，稱為猿公。這猿公神通廣大，法力無邊，善能呼風喚雨，噴雲布霧，常上天見玉皇大帝，要毀誰就毀誰。又究出那猿公好些不法的事來。如今行文去拿，拿著時就地正法。」尤氏笑道：「這不成了那書上的麼？」賈珍道：「可不，就是那些糊塗人聽了些小說、鼓兒詞就依法奉行，還算他能乾。」〔註74〕

賈珍對於那些糊塗官員，以小說《平妖傳》人物作風去處理官事，他不予以

〔註72〕〔清〕雲槎外史撰、尉仰茄點校：《紅樓夢影》第十三回，頁104。
〔註73〕〔清〕雲槎外史撰、尉仰茄點校：《紅樓夢影》第十三回，頁104。
〔註74〕〔清〕雲槎外史撰、尉仰茄點校：《紅樓夢影》第十七回，頁104～105。

制止，尤夫人也以玩樂心態看待此事，夫妻俱沒意識到此事嚴重性，夫妻二人互動不合儒家要求。第十三回薛蟠送禮給榮寧二府，賈珍與尤夫人的處理方式：

> 賈珍對尤氏說：「怎麼賞？」尤氏道：「只好四兩銀一個，賞用宮綢袍料。」又問進才：「幾個抬夫？」進才說：「八個。」尤氏說：「十六吊錢罷。」賈珍道：「拿個謝帖，說請安問好道謝，一兩天我還要瞧他們大爺去呢！見面再謝。」進才答應去打發賞錢。〔註75〕

賈珍對於賞錢之事，還須問妻子意見，尤夫人給予極佳建議，算是屬於處理好家事，因為有關家中錢財的支出，實屬小事。賈珍要親自拜謝，乃是對外應酬而言。因此夫妻在此做好男女分工，但在後來賈珍掀開禮箱後：

> 賈珍、尤氏等圍著桌子看東西，賈珍拿起表來打開一看，連忙扣上。對尤氏笑說道：「薛老大這麼大人了，還是這樣淘氣。」尤氏會意，說：「沒出息的人，到老也不能改的！」……〔註76〕

賈珍談話內容看出，薛蟠送來之物是不正經之物，側面反映出賈珍、尤夫人縱慾度日，夫妻間該當守禮節欲，而非恣性妄為，放縱情慾。總結來說，賈珍、尤夫人這對夫妻，賈珍未能做好丈夫的本分，貪贓枉法又吃喝嫖賭，尤夫人身為妻子，未有勸解隨順丈夫恣意妄為，是為愚忠，未盡到人妻責任，不符合中國儒家對夫妻的倫理要求。

顧太清之續書中正、反面描述夫妻關係，她意圖傳達個人所期待的人倫互動，可由《紅樓夢》的對照當中，更能夠予以凸顯。在《紅樓夢》當中，寶玉多鍾情於黛玉，因為書中提到二人前世已有相當深厚的因緣：

> 只因西方靈河岸上三生石畔，有絳珠草一株，時有赤瑕宮神瑛侍者，日以甘露灌溉，這絳珠草始得久延歲月。後來既受天地精華，復得雨露滋養，遂得脫卻草胎木質，得換人形，僅修成個女體，……只因尚未酬報灌溉之德，故其五內便鬱結著一段纏綿不盡之意。〔註77〕

即寶玉前世為神瑛使者澆灌絳珠仙草（林黛玉前世），因神瑛使者欲下凡，遂有絳株仙草下凡還淚的神話情節：

〔註75〕〔清〕雲槎外史撰、尉仰茄點校：《紅樓夢影》第十三回，頁105。
〔註76〕〔清〕雲槎外史撰、尉仰茄點校：《紅樓夢影》第十三回，頁105～106。
〔註77〕〔清〕曹雪芹，高鶚著、馮其庸等校注：《紅樓夢校注》第一回，頁6。

> 恰近日這神瑛侍者凡心偶熾，乘此昌明太平朝世，意欲下凡造歷幻
> 緣，已在警幻仙子案前挂了號。警幻亦曾問及，灌溉之情未償，趁
> 此倒可了結的。那絳珠仙子道：「他是甘露之惠，我並無此水可還。
> 他既下世為人，我也去下世為人，但把我一生所有的眼淚還他，也
> 償還得過他了。」〔註78〕

所以小說中稱寶玉、黛玉情緣為「木石前盟」，這種鍾情是屬於情感上的憧憬，
在第五回大虛幻境曲演紅樓夢的情節中，〔枉凝眉〕這支曲內容：

> 〔枉凝眉〕一個是閬苑仙葩，一個是美玉無瑕。若說沒奇緣，今生
> 偏又遇著他；若說有奇緣，如何心事終虛化？一個枉自嗟呀，一個
> 空勞牽掛。一個是水中月，一個是鏡中花。想眼中能有多少淚珠兒，
> 怎經得秋流到冬盡，春流到夏！〔註79〕

可看出寶玉確實十分鍾情黛玉，另一支曲〔終身誤〕可預見：

> 〔終身誤〕都道是金玉良姻，俺只念木石前盟。空對著，山中高士
> 晶瑩雪；終不忘，世外仙姝寂寞林。嘆人間，美中不足今方信。縱
> 然是齊眉舉案，到底意難平。〔註80〕

前八十回未寫到寶玉婚配，但此曲已預言寶玉、寶釵終會成為婚姻伴侶，寶
玉對黛玉鍾情之深，甚至到他與寶釵結縭後還無法忘懷，並且在現實當中
他們情意上即使黛玉性格是違謬的，但根據《紅樓夢》的定見，愛情關係本
來就沒有所謂的是與非的評斷。這與顧太清的想法是完全相對，也不是她
論述的重點，可見《紅樓夢影》只是藉由《紅樓夢》談到她個人夫妻的倫理
關係。然而在《紅樓夢》裡面暴露出長輩們對於黛玉不甚喜愛，對於寶玉未
來婚配對象是鍾情於寶釵。可從王夫人對晴雯厭惡中看出，當王夫人查起
寶玉身邊的丫頭，表達出對晴雯厭惡的原因：

> 王夫人聽了這話，猛然觸動往事，便問鳳姐道：「上次我們跟了老太
> 太進園逛去，有一個水蛇腰、削肩膀、眉眼又有些像你林妹妹的，
> 正在那裏罵小丫頭。我的心裏很看不上那狂樣子，因同老太太走，
> 我不曾說得。後來要問是誰，又偏忘了。今日對了坎兒，這丫頭想

〔註78〕〔清〕曹雪芹、高鶚著、馮其庸等校注：《紅樓夢校注》第一回，頁6。
〔註79〕〔清〕曹雪芹、高鶚著、馮其庸等校注：《紅樓夢校注》第五回，頁91。
〔註80〕〔清〕曹雪芹、高鶚著、馮其庸等校注：《紅樓夢校注》第五回，頁91。

必就是他了。」〔註81〕

可見王夫人對黛玉的樣貌頗不喜歡，後文亦提到：

> 王夫人道：「寶玉房裏常見我的，只有襲人、麝月，這兩個笨笨的倒
> 好。若有這個，她自不敢來見我的。我一生最嫌這樣的人，況且又
> 出來這個事。好好的寶玉，倘或叫這蹄子勾引壞了，那還了得！」
> 〔註82〕

當王夫人怕晴雯勾引寶玉，而且極度擔憂，黛玉與晴雯樣貌極像，亦可推斷
如果黛玉嫁給寶玉，王夫人不可能忍受得了，與這樣妖嬈面孔的兒媳婦，日
夜相處，因為她命晴雯來見她時，言語中說明她出自真心厭惡晴雯：

> 王夫人一見他釵軃鬢鬆，衫垂帶褪，有春睡捧心之遺風，而且形容
> 面貌恰是上月的那人，不覺勾起方才的火來。王夫人原是天真爛漫
> 之人，喜怒出於心臆，不比那些飾詞掩意之人，今既真怒攻心，又
> 勾起往事，便冷笑道：「好個美人！真像個病西施了。你天天作這輕
> 狂樣兒給誰看？你幹的事，打量我不知道呢！我且放著你，自然明
> 兒揭你的皮！寶玉今日可好些？」〔註83〕

到最後王夫人甚至大喝：「去！站在這裏，我看不上這浪樣兒！誰許你這樣花
紅柳綠的妝扮！」〔註84〕她對晴雯大聲怒罵，可推斷王夫人也是不會喜歡黛
玉。賈元春在端午節賞賜賈府眾人禮物時：

> 寶玉見了，喜不自勝，問：「別人的也都是這個？」襲人道：「老太
> 太的多著一個香如意、一個瑪瑙枕。太太、老爺、姨太太的只多著
> 一個如意。你的同寶姑娘的一樣。林姑娘同二姑娘、三姑娘、四姑
> 娘只單有扇子同數珠兒，別人都沒了。大奶奶、二奶奶她兩個是每
> 人兩匹紗、兩匹羅、兩個香袋、兩個錠子藥。」〔註85〕

元春刻意賜給寶玉、寶釵二人相同的禮物，而且賜給黛玉的禮物僅與其他姊
妹相同，可說明元春更喜歡寶釵，只把黛玉當作與其他姊妹相同看待。賈母
在第二十二回，與王熙鳳商議，盛大張羅薛寶釵的十五歲生日：

〔註81〕〔清〕曹雪芹，高鶚著、馮其庸等校注：《紅樓夢校注》第七十四回，頁1156
　　　～1157。

〔註82〕〔清〕曹雪芹，高鶚著、馮其庸等校注：《紅樓夢校注》第七十四回，頁1157。

〔註83〕〔清〕曹雪芹，高鶚著、馮其庸等校注：《紅樓夢校注》第七十四回，頁1157。

〔註84〕〔清〕曹雪芹，高鶚著、馮其庸等校注：《紅樓夢校注》第七十四回，頁1158。

〔註85〕〔清〕曹雪芹，高鶚著、馮其庸等校注：《紅樓夢校注》第二十八回，頁446。

> 誰想賈母自見寶釵來了，喜她穩重和平，正值他才過第一個生辰，
> 便自己蠲資二十兩，喚了鳳姐來，交與他置酒戲。鳳姐湊趣笑道：
> 「一個老祖宗給孩子們作生日，不拘怎樣，誰還敢爭，又辦什麼酒
> 戲。既高興要熱鬧，就說不得自己花上幾兩。巴巴的找出這霉爛的
> 二十兩銀子來作東道，這意思還叫我賠上。……〔註 86〕

賈母甚至拿出私房錢為寶釵辦生日，還詢問薛寶釵的喜好：「到晚間，眾人都
在賈母前，定昏之餘，大家娘兒姊妹等說笑時，賈母因問寶釵愛聽何戲，愛
吃何物等語。」〔註 87〕可見賈母對寶釵疼愛有加，最重要是賈母喜愛薛寶釵
的穩重，很可能是她日後支持寶玉、寶釵婚姻結合的重要原因之一。薛姨媽
更是對王夫人提過「金鎖是個和尚給的，等日後有玉的方可結為婚姻」〔註 88〕，
可見她也是不贊同寶、黛的婚姻結合，即使她在第五十七回探望黛玉時曾說：
「我想著，你寶兄弟老太太那樣疼他，他又生的那樣，若要外頭說去，斷不
中意。不如竟把你林妹妹定與他，豈不四角俱全？」〔註 89〕，但她未付諸行
動，因此這段話只是她的玩笑話，或者只是為安慰病症加重的林黛玉。所以
足見《紅樓夢》是更合於現實的考量，個人情意的抒發跟他所鍾情的對象，
往往不是後來與他締結婚姻關係的對象，所以在這敘述當中，可見《紅樓夢》
必然走向寶玉、黛玉無法結合、這是《紅樓夢》著重之處，換言之，寶釵跟寶
玉在後來，很可能步入婚姻關係。因此顧太清藉此去予以發揮，表現出她個
人獨特的婚姻觀。又顧太清個人的婚姻生活相當幸福愜意，她的孫女金適提
到：「奕繪既是太清的丈夫，又是老師和詩友，他們家庭和睦，相愛甚篤，聯
轡郊遊，詩酒酬唱，度過了十四年的幸福生活」〔註 90〕因此她在續書中塑造
許多正向的夫妻關係，亦是她現實中婚姻生活經驗的呈現。

　　總而言之，顧太清描寫的夫妻關係大多合於儒家規範，她不接受《紅樓
夢》中夫妻互動的原型，而做出部分改寫，改寫為最合於現實、她個人真實
夫妻相處經驗中理想的夫妻關係，即是和諧且分工的夫妻相處模式，而且必
須合於儒家倫理規範。

〔註 86〕〔清〕曹雪芹，高鶚著、馮其庸等校注：《紅樓夢校注》第二十二回，頁 340。
〔註 87〕〔清〕曹雪芹，高鶚著、馮其庸等校注：《紅樓夢校注》第二十二回，頁 340。
〔註 88〕〔清〕曹雪芹，高鶚著、馮其庸等校注：《紅樓夢校注》第二十八回，頁 447。
〔註 89〕〔清〕曹雪芹，高鶚著、馮其庸等校注：《紅樓夢校注》第五十七回，頁 897
　　　～898。
〔註 90〕〔清〕顧太清撰、金啟孮，金適校箋：《顧太清集校箋》，頁 2。

第三節　手足友愛：互助的手足

　　本節將針對《紅樓夢影》中描述最少的手足關係進行分析，尤其以賈寶玉與其他兄弟關係作為主要的探究對象，並以儒家對手足的倫理規範做為標準，分別討論正、負面的手足互動，再與《紅樓夢》中手足的互動原型作對照，進而了解顧太清是否承襲《紅樓夢》中手足關係範型，以及她轉化與改寫手足互動模式背後的原由。

　　中華儒家對手足的要求，蔡仁厚以《論語・陽貨》裡孔子所說的：「子生三年然後免於父母之懷。夫三年之喪，天下之通喪也。予（宰我）也，有三年之愛於其父母乎？」〔註91〕為例，說明儒家手足關係的要求：

> 行「三年之喪」雖仍然不可只作「責任」看，但從孔子的言說裏，我們可以理解一個道理：人自出生，即開始接受家庭與社會各種直接間接的助力，而每一種助力亦都是一種恩情和惠愛，因此，人對社會理所當然地有一份酬恩的責任，亦可說終其生都負有一份對他人的責任（普遍責任）。這普遍的責任落在具體的人倫關係中，便是「對父母之孝，對子女之慈，兄弟間之友悌，夫妻間之恩情相待……」〔註92〕

可見儒家對兄弟要求是以「友悌」為標準。而手足包含兄弟在內，家族中同輩之人的關係，「友悌」即是兄友弟恭的意思，耿立羣對「友悌」的詮釋為：

> 兄弟之間講求「兄友弟恭」，也就是一個「悌」字。兄弟是手足，且輩分相同，因此感情較濃，繁瑣的規矩較少；但因我國講究「長幼有序」……做弟弟的須對哥哥孝敬有禮，而做哥哥的要友愛弟弟。並為弟弟樹立好榜樣，教導弟弟。〔註93〕

所謂兄弟繁瑣規矩較少，可拿父子關係來比較，父子間有「父子不同席」等規矩，兄弟之間則無此規矩，加上輩分相同，因此較為親近。魏書記載楊播〔註94〕與他二位弟弟，楊椿、楊津，兄弟彼此友愛的情形：

〔註91〕〔宋〕朱熹撰：《四書集注・論語集注・陽貨第十七》（臺北：漢京文化，1987年），頁181。

〔註92〕蔡仁厚：《孔孟荀哲學》（臺北：臺灣學生書局，1982年），頁144。

〔註93〕耿立羣：〈禮法、秩序與親情——中國傳統的長幼之倫〉，藍吉富、劉增貴編：《敬天與親人》，頁497。

〔註94〕楊播，字延慶，自云恆農華陰人也。播本字元休，太和中，高祖賜改焉。播少修整，奉養盡禮。擢為中散，累遷給事，領中起部曹。以外親，優賜亞加，

椿年老,曾他處醉歸,津扶持還室,仍假寐閣前,承候安否,椿、
津年過六十,並登台鼎,而津嘗但暮參問,子姪羅列階下,椿不命
坐,津不敢坐。椿每近出,或日斜不至,津不先飯,椿還,然後共
食,⋯⋯椿命食,然後食。〔註95〕

楊家兄弟感情濃厚之外,確實也謹遵兄弟間長幼倫序的禮節。中華文化對手
足的期待是兄友弟恭,當中陳述的是對於家庭秩序的維繫,這家庭維繫往往
跟財產、權力的分配有關。所以兄弟友悌維繫不易,耿立羣提到:「通常,兄
弟本來友情甚薦,但各自結婚生子後,常逐漸疏遠,一因各人專注於自己的
家庭,二因受妻子影響。」〔註96〕,依照中國禮教傳統觀念,男尊女卑,不
可因夫妻的私情破壞手足友愛,即先兄弟而後夫妻,但在情感上,往往夫妻
較兄弟之情緊密,這是倫理與情感上不符合之處。

　　《紅樓夢影》當中寶玉和其他手足往往在陳述上共有三十一個情節單元,
所占比例最少。其中寶玉、賈璉有五個互動,寶玉、賈環有四個,寶玉、賈珍
則有二則,其他手足情節描述:賈赦、賈政有七則,而這樣的敘事手法本身
就具有對照的作用,那就以寶玉、其他手足互動而言。

一、寶玉手足的正向互動

　　最明顯的是賈璉、寶玉,首先在第二回,寶玉被找回的消息傳遍賈府之
後:「此時榮寧兩府,上上下下,無人不知寶玉回來的信。此刻賈璉也下了衙
門,見過了鮑喜,便進來給王夫人道喜,又見了李紈、寶釵彼此都道了喜。」
〔註97〕賈璉一下衙門,就去給王夫人、寶釵道喜,可推斷賈璉與寶玉的交情
頗好。當寶玉第一次返回賈府時:

將車趕進店門,早見賈璉戴著貂帽,穿著寶藍大毛袍子,翻穿海龍
馬褂,拿著個明角小提燈,站在屋門口指揮眾人。見車進來,把燈
遞給跟班的,跑下台階,迎著車,給父親、叔叔都請了安。寶玉跳

前後萬計。進北部給事中。詔播巡行北邊,高祖親送及戶,戒以軍略。未幾,
除龍驤將軍、員外常侍,轉衛尉少卿,常侍如故。參見〔北齊〕魏收著:《魏
書》(北京:中華書局,2017 年),頁 1399。
〔註95〕〔北齊〕魏收著:《魏書》,頁 1422。
〔註96〕耿立羣:〈禮法、秩序與親情——中國傳統的長幼之倫〉,藍吉富、劉增貴編:
《敬天與親人》,頁 498。
〔註97〕〔清〕雲槎外史撰、尉仰茄點校:《紅樓夢影》第二回,頁 14。

下車給賈璉請安。……二位老爺就在東邊順山大炕上坐了，賈璉替

太太們眾人都說了請安問好的話，又張羅著擺飯。〔註98〕

寶玉見到賈璉給賈赦、賈政請安，立刻跳下車給賈璉請安，謹遵中國倫理弟弟對哥哥孝敬有禮之規範。寶玉、賈璉如此遵循禮法，主要原因是賈府極遵詩書禮法。賈府在《紅樓夢》中原型是滿清貴族，又是「詩書舊族」（第十三回），滿清貴族世家遵循漢人禮法，作為維繫大家族秩序的方法，歐麗娟提到：

由於地位崇高、人口眾多、關係複雜，「禮法」本就是維持大家族秩

序不可或缺的儀則，因此處處表現出「大家規範」、「大族規矩」、「大

家風範」、「大人家規矩禮法」。……而「規矩禮數」的涵蓋面普及生

活中的各種待人接物上……在禮節與稱謂上有著神聖不可異的種

種規矩……〔註99〕

因此賈府的長幼、主僕互動，都嚴格遵守各種繁瑣的禮教，對長輩要絕對服從。即便是同輩的手足之間，年齡長者較年齡低者為尊，《紅樓夢》第二十回即有言明：「他家規矩，凡作兄弟的，都怕哥哥」〔註100〕，顧太清在賈府規矩的描寫上顯然是遵循曹雪芹的原意。他們的互動符合倫理，當賈赦與寧國府眾人要遷往隱園時，賈家兄弟彼此幫忙：

此時早有家人飛馬報信，所以剛過山口，就有賈珍、賈璉、寶玉、

賈環帶領賈蓉、賈蘭迎過板橋，在賈赦馬前請安，又到邢夫人車邊

請了安，便張羅大老爺去了。賈璉向邢夫人道：「給太太預備下小

轎，請換上轎，還有好多的路呢。」就有跟車上的僕婦、丫環攙扶

下車上轎。四個小廝抬起，賈蘭隨在後邊緩緩而行。〔註101〕

最年長的賈赦在目的地等待，再次是玉字輩子弟賈珍、賈璉、寶玉等在前面帶領眾人，而較年輕的草字輩子弟賈蓉、賈蘭在後護隨女眷等人，年紀最輕的賈蘭走在最後面，長幼有序，同輩間也是以年紀較長者在前，負起引領責任。其中賈璉、寶玉又相互幫助：

這裡賈璉、寶玉攙著邢夫人下轎……邢夫人向寶玉道：「這倒像你那

院子的樣兒。」寶玉答應：「是！」賈璉指著西廂房說：「這幾天他

〔註98〕〔清〕雲槎外史撰、尉仰茄點校：《紅樓夢影》第三回，頁19。

〔註99〕歐麗娟：《大觀紅樓（綜論卷）》（臺北：臺大出版中心，2014），頁106。

〔註100〕〔清〕曹雪芹，高鶚著、馮其庸等校注：《紅樓夢校注》第二十四回，頁319。

〔註101〕〔清〕雲槎外史撰、尉仰茄點校：《紅樓夢影》第十二回，頁92。

們娘兒們就在這屋裡住。」說著進入上房……邢夫人點點頭，便向賈璉、寶玉說道：「你們歇歇去罷！」賈璉說：「太太用了點心，過西院逛逛。」邢夫人道：「索性等消停了，請了二太太和姑娘、奶奶們來，大家逛著熱鬧。」賈璉、寶玉答應著退出。〔註102〕

賈璉、寶玉展現堂兄弟互助的精神，引導邢夫人入住隱園，主要由賈璉回應邢夫人問題，寶玉則是負責隨時支援賈璉，這是符合兄長為尊，兄友弟恭的規範。另外寶玉、賈環這對兄弟也值得多探討，因為賈環身為寶玉的同父異母的弟弟，血緣關係是最接近寶玉，在小說中有不少陳述，在第十一回，史湘雲與賈家眾姊妹看到寶玉、賈蘭帶著他們的書僮一起放水鴨子，此時遠處來了二人：

只見遠遠跑了兩個人來，走近了見是賈環帶著常壽兒，提著一大筐水老鼠、水起花、水鴨子等類。賈環說：「姐姐們，瞧這水鴨子放起來最有趣兒。」湘雲問：「那裡買的這些？」賈環說：「不是買的，是常壽兒他丈人作的，年年家裡放的煙火，連送人的，都是他作。前日璉二哥哥教他作了好些，拿到新園子裡放去。」……叔姪三人帶著人就放將起來。正看的高興，見水面上紫金蛇亂掣。〔註103〕

雖未寫到寶玉、賈環二人對話內容，但最後賈環與寶玉、賈蘭三人一起放水鴨子之類的炮竹，可見兄弟二人交情頗好，相互友愛。在寶玉、賈蘭將赴梅瑟卿之約前，遭遇賈環：

（寶玉、賈蘭）將要上馬，見賈環下班回來，下了馬先與寶玉請了安，賈蘭又與賈環請安。賈環問道：「這麼早，那兒去？」寶玉道：「梅瑟卿請吃早飯。」於是賈環進內。〔註104〕

寶玉、賈環彼此請安，身為弟弟的賈環主動關心兄長，是手足「悌道」精神的呈現。寶玉與賈環，彼此關懷，並且符合中國兄友弟恭的倫理規範。總結來說他們的互動符合前述儒家對於手足之間的一切要求。

《紅樓夢》中賈寶玉、賈環兄弟互動情節，可從第二十回了解，賈蘭與寶釵的丫鬟鶯兒賭錢，結果賈環連輸，在情急之下與鶯兒爆發衝突，寶釵急忙相勸，卻見鶯兒說：

鶯兒滿心委屈，見寶釵說，不敢則聲，只得放下錢來，口內嘟囔說：

〔註102〕〔清〕雲槎外史撰、尉仰茄點校：《紅樓夢影》第十二回，頁92～93。
〔註103〕〔清〕雲槎外史撰、尉仰茄點校：《紅樓夢影》第十一回，頁84。
〔註104〕〔清〕雲槎外史撰、尉仰茄點校：《紅樓夢影》第十七回，頁133。

「一個做爺的，還賴我們這幾個錢！連我也不放在眼裏。前兒我和
寶二爺頑，他輸了那些，也沒著急。下剩的錢，還是幾個小丫頭子
們一搶，他一笑就罷了。」寶釵不等說完，連忙斷喝。賈環道：「我
拿什麼比寶玉呢。你們怕他，都和他好，都欺負我不是太太養的！」
說著，便哭了。〔註105〕

賈環說出藏在內心對寶玉得寵的不滿，當寶玉來問發生何事時，賈環不敢說
出真相，寶釵以為寶玉會依賈家規矩，以兄長威嚴教訓賈環，卻沒想到寶玉
心想：「弟兄們一併都有父母教訓，何必我多事？反生疏了。況且我是正出，
他是庶出，饒這樣還有人背後談論，還禁得轄治他了。」〔註106〕，寶玉不願
嚴罰賈環，因為他在姊妹中長大，認為天地間靈淑之氣都只鍾於女子，獨特
的價值觀之下：

因有這個呆念在心，把一切男子都看成混沌濁物，可有可無。只是
父親伯叔兄弟中，因是孔子是亘古第一人說下，不可忤慢，只得要
聽他這句話。所以，弟兄間不過盡其大概的情理就罷了，並不想自
己是丈夫，須要為子弟之表率。是以賈環等都不怕他，卻怕賈母，
才讓他三分。〔註107〕

寶玉因此失去作為兄長的威嚴，賈環並不怕他，因有賈母寵愛，才表面上讓
他，哥哥不能為弟弟之表率。在第二十四回，寶玉在邢夫人房中，賈環、賈蘭
來他房中請安，賈環見到邢夫人撫摸寶玉，他的反應：

正說著，只見賈環、賈蘭小叔侄兩個也來了，請過安，邢夫人便叫
他兩個椅子上坐了。賈環見寶玉同邢夫人坐在一個坐褥上，邢夫人
又百般摩挲撫弄他，早已心中不自在了，坐不多時，便和賈蘭使眼
色兒要走。〔註108〕

賈環的反應很不佳，嫉妒寶玉得到邢夫人的寵愛，寶玉見他們要走，本欲與
他們一起走，這時邢夫人卻說：

邢夫人笑道：「你且坐著，我還和你說話呢。」寶玉只得坐了。邢夫
人向他兩個道：「你們回去，各人替我問你們各人母親好。你們姑

〔註105〕〔清〕曹雪芹，高鶚著、馮其庸等校注：《紅樓夢校注》第二十二回，頁319。
〔註106〕〔清〕曹雪芹，高鶚著、馮其庸等校注：《紅樓夢校注》第二十回，頁319。
〔註107〕〔清〕曹雪芹，高鶚著、馮其庸等校注：《紅樓夢校注》第二十回，頁319～
　　　　320。
〔註108〕〔清〕曹雪芹，高鶚著、馮其庸等校注：《紅樓夢校注》第二十四回，頁375。

> 娘、姐姐、妹妹都在這裏呢，鬧的我頭暈，今兒不留你們吃飯了。」
>
> 賈環等答應著，便出來回家去了。〔註109〕

邢夫人只留寶玉，突顯出她對於寶玉鍾愛，這使得身為弟弟的賈環感到內心不平衡，實際上賈環因為是庶出，在賈府時常受到眾人的忽視。這使得他們兄弟二人關係不好，在第二十五回，賈環見到丫鬟彩雲與寶玉要好，他終於行動：

> 因而故意裝作失手，把那一盞油汪汪的蠟燈向寶玉臉上只一推。只聽寶玉「嗳喲」了一聲，滿屋裏眾人都唬了一跳。連忙將地下的戳燈挪過來，又將裏外間屋的燈拿了三四盞看時，只見寶玉滿臉滿頭都是蠟油。〔註110〕

賈環竟以蠟油來燙寶玉，可見他心中相當憎恨寶玉，小說寫到他當時心理狀態「素日原恨寶玉，如今又見他和彩霞鬧，心中越發按不下這口毒氣。雖不敢明言，卻每每暗中算計，只是不得下手……」〔註111〕，弟弟對哥哥痛下毒手，在後面的情節，賈環甚至還向賈政造謠：

> 賈環忙上前拉住賈政的袍襟，貼膝跪下道：「父親不用生氣。此事除太太房裏的人，別人一點也不知道。我聽見我母親說……」說到這裏，便回頭四顧一看。賈政知其意，將眼一看眾小廝，小廝們明白，都往兩邊後面退去。賈環便悄悄說道：「我母親告訴我說，寶玉哥哥前日在太太屋裏，拉著太太的丫頭金釧兒強奸不遂，打了一頓。那金釧兒便賭氣投井死了。」〔註112〕

賈政因此更怒，他間接造成之後賈政笞撻寶玉之事，寶玉被打成重傷，直去了半條命。總結來說，寶玉、賈環在《紅樓夢》中身為哥哥的寶玉不被賈環所敬重，弟弟賈環也不尊敬哥哥，是不合中國兄友弟恭的倫理規範。再來談到賈璉、寶玉在《紅樓夢》的關係，在第二十四回寶玉正欲離去「剛欲上馬，只見賈璉請安回來，正下馬。二人對面，彼此問了兩句話，只見旁邊」〔註113〕堂兄弟彼此守禮，而後賈芸出來請安：

〔註109〕〔清〕曹雪芹，高鶚著、馮其庸等校注：《紅樓夢校注》第二十四回，頁375。

〔註110〕〔清〕曹雪芹，高鶚著、馮其庸等校注：《紅樓夢校注》第二十五回，頁391。

〔註111〕〔清〕曹雪芹，高鶚著、馮其庸等校注：《紅樓夢校注》第二十五回，頁391。

〔註112〕〔清〕曹雪芹，高鶚著、馮其庸等校注：《紅樓夢校注》第三十三回，頁509～510。

〔註113〕〔清〕曹雪芹，高鶚著、馮其庸等校注：《紅樓夢校注》第二十四回，頁374。

> 賈璉笑道：「你怎麼發呆？連他也不認得？他是後廊上住的五嫂子
> 的兒子芸兒。」寶玉笑道：「是了，是了，我怎麼就忘了！」因問他
> 你母親好，這會子什麼勾當。賈芸指賈璉道：「找二叔說句話。」寶
> 玉笑道：「你倒比先越發出挑了，倒像我的兒子！」賈璉笑道：「好
> 不害臊！人家比你大五六歲呢，就替你作兒子？」〔註114〕

賈璉接連與寶玉開玩笑，他們守著手足禮節之外，亦有親近相處的一面。第
四十四回，王熙鳳生日當天，賈璉與鮑二家的老婆偷情，東窗事發後，賈璉、
王熙鳳都打平兒出氣，平兒只好跑到怡紅院來，寶玉就藉機親近平兒，設想
周到，讓平兒覺得：

> 平兒素習只聞人說寶玉專能和女孩兒們接交；寶玉素日因平兒是賈
> 璉的愛妾，又是鳳姐兒的心腹，故不肯和他廝近，因不能盡心，也
> 常為恨事。平兒今見他這般，心中也暗暗的戥戥：果然話不虛傳，
> 色色想得周到。〔註115〕

此處寫到寶玉對於賈璉的陪房丫頭平兒，平時不敢越禮親近。體現他對賈璉
的敬重，這次機會讓寶玉：

> 不想落後鬧出這件事來，竟得在平兒前稍盡片心，亦今生意中不想
> 之樂也。因歪在床上，心內怡然自得。忽又思及賈璉惟知以淫樂悅
> 己，並不知作養脂粉。又思平兒並無父母兄弟姊妹，獨自一人，供
> 應賈璉夫婦二人。賈璉之俗，鳳姐之威，他竟能周全妥貼，今兒還
> 遭荼毒，……便又傷感起來，不覺洒然淚下。〔註116〕

寶玉得遂心願為平兒盡心，設想平兒處境時，感同身受地認為堂兄賈璉是追
求肉體淫樂之徒，深為平兒擔憂，寶玉對於賈璉多少有不滿。總結來說，賈
璉、寶玉的兄弟互動，多數都符合中國倫理的手足規範，雖說寶玉對賈璉不
愛惜平兒有所貶抑，但仍未有所表態，可見《紅樓夢影》寶玉手足間的互動，
不完全接受《紅樓夢》寶玉手足的關係原型。

二、其他手足的關係

　　《紅樓夢影》中尚有對其他手足的陳述，舉例來說：賈赦、賈政這對兄

〔註114〕〔清〕曹雪芹，高鶚著、馮其庸等校注：《紅樓夢校注》第二十四回，頁374。
〔註115〕〔清〕曹雪芹，高鶚著、馮其庸等校注：《紅樓夢校注》第四十四回，頁681。
〔註116〕〔清〕曹雪芹，高鶚著、馮其庸等校注：《紅樓夢校注》第四十四回，頁682。

弟在小說中有七個情節單元的互動,第三回賈政找回寶玉,與賈赦返回賈府途中,賈赦問起賈政,寶玉為何丟失:

> 賈赦道:「本來咱們這樣人家,就不該招惹那些人。老太太原是好善,最可惡那些姑子們,倒像是他的家,一去了就滿道是處的混鑽。咱們到了家,嚴嚴的傳給門上,那些東西們永遠不許進府,少好些是非。」賈政道:「哥哥說的很是。這一到家,有好些得整理的呢。」說著夜已深了,各自安歇。〔註117〕

賈赦的建議被弟弟賈政所接受,且答應要履行,兄弟互助,且弟弟敬重哥哥。隔日大雪未止,騾夫要求他們要多留一天時:「依賈政還要趕路,賈赦說:『多住一天也使得,下站叫他們多辛苦些兒就有了。』於是又住了一天。」〔註118〕賈政本來執意要趕路,賈赦表示意見後,賈政也就接受,兄弟未因意見不同而起爭執,關係融洽。在賈赦得知賈薔、賈芸、賈環賣掉巧姊之事,頓時震怒:

> 賈赦道:「那老少二位舅老爺呢,向來就是見利忘義的手!那三個東西難道把姪女妹子換了錢使,從此永不見人了嗎?將來怎麼見祖先?可見是利令智昏了!」又向賈政道:「還有你嫂子,越老越昏。難道兒子不是他生的,就該信著自己的兄弟作出這忍心害理的事來!」賈政道:「也不必生氣了,到家再說罷。」〔註119〕

賈政勸慰怒火中燒的賈赦,身為弟弟及時的寬慰,此使賈赦年歲大,不宜如此大動肝火,賈政設身處地為兄長健康著想。在賈府除夕祭宗祠時,賈赦曾對賈政說過為了祖宗與君恩,更須努力報效朝廷,〔註120〕賈赦傳遞他的政治觀給賈政,顯然有兄弟共同勉勵的意思。第六回賈政、王夫人為賈環訂親,賈赦得知訊息後,欲親身前來道喜:

> 只見賈赦那邊打發人來說:「奴才老爺、太太給二老爺、二太太道喜。今日天晚了,明日親身過來。」賈政道:「明日我還要過去呢,倒不要勞動大老爺過來。」〔註121〕

賈赦給弟弟道喜合乎禮節,而賈政不想讓哥哥多走一趟,合乎手足倫理的規範。當賈赦搬入隱園一段時日後,因為生病,漸漸成為半身不遂的病症,而

〔註117〕〔清〕雲槎外史撰、尉仰茄點校:《紅樓夢影》第三回,頁19。
〔註118〕〔清〕雲槎外史撰、尉仰茄點校:《紅樓夢影》第三回,頁19。
〔註119〕〔清〕雲槎外史撰、尉仰茄點校:《紅樓夢影》第三回,頁20。
〔註120〕參見〔清〕雲槎外史撰、尉仰茄點校:《紅樓夢影》第五回,頁31。
〔註121〕〔清〕雲槎外史撰、尉仰茄點校:《紅樓夢影》第六回,頁45。

後派賈璉到榮國府：

> 這日，正與王夫人閒坐，賈璉進來請了安，回道：「我父親這兩日甚
> 想叔叔，要請到園子去談談。」賈相說：「我也要去呢，還要和你商
> 量，莫若把大老爺接進城來，弟兄們倒可以朝夕相處。再者，倘有
> 不諱，也好辦事。」賈璉道：「姪兒想著也是進城好，看那光景不大
> 好，莫若早些接來。」〔註122〕

賈政此時已官至相國，沒有絲毫傲慢，對於兄長還是很孝敬，而且兄弟互相
想念對方。在最後一回，賈政已辭去宰相之位，並且領著寶玉、賈環、賈蘭等
人前來探望，不敢把夢見賈母之事告訴賈赦：

> 賈相說：「因告病不便出門，今日來給哥哥、嫂子請安，還有件事商
> 議。」大老爺就問：「什麼事？」賈相說：「我想天氣漸漸冷了，莫若
> 搬進城去，明年春天再回園子來。就是早晚弟兄們也好盤桓，孩子們
> 也好侍奉。」大老爺說：「好卻好，我這動轉維艱，恐怕不能顛這麼遠
> 路。」賈相說：「家裡現成的行轎，慢慢走著，很可以。」〔註123〕

賈政履行對賈璉商議之事，並且問過賈赦意見後才去做，並且當賈赦提出走
動不變得困難，賈政想出良好的解決之道。而後特別命令寶玉、賈環去接哥
哥。不僅如此，賈赦回到賈府後：

> 賈大老爺自進了城，賈相隔一兩天必過來問安。寶玉等輪流了伺候。
> 那璉二奶奶在公婆跟前卻又十分孝順，又有太醫院堂官送來的再造
> 丸，病症似乎減了幾分。自己也覺歡暢，有時也坐了小竹轎到西院
> 及園子裡各處逛逛散心。〔註124〕

賈政照顧賈赦極為盡心，可說是無微不至，另病痛在身的賈赦心裏愉悅。顧
太清在《紅樓夢影》中營造的手足互動多是正向的陳述，手足之間兄友弟恭，
彼此互助，不符合曹雪芹在《紅樓夢》形塑的原型。

　　《紅樓夢》中其他手足的關係，以賈赦、賈政為例，第二回冷子興以旁
觀角度說出，賈代善有二子，娶金陵史家小姐為妻，生有二子，長子賈赦，次
子為賈政：

> 如今代善早已去世，太夫人尚在，長子賈赦襲著官；次子賈政，自

〔註122〕〔清〕雲槎外史撰、尉仰茄點校：《紅樓夢影》第二十三回，頁189。
〔註123〕〔清〕雲槎外史撰、尉仰茄點校：《紅樓夢影》第二十四回，頁190。
〔註124〕〔清〕雲槎外史撰、尉仰茄點校：《紅樓夢影》第二十四回，頁191。

> 幼酷喜讀書，祖父最疼，原欲以科甲出身的，不料代善臨終時遺本
> 一上，皇上因恤先臣，即時令長子襲官外，問還有幾子，立刻引見，
> 遂額外賜了這政老爹一個主事之銜，令其入部習學，如今現已升了
> 員外郎了。〔註125〕

兄弟二人志向迥異，賈政酷愛讀書，得祖父喜愛之外，又因母親賈母選擇與
賈政二房同住，而非與賈赦長房一家人同住，可看出賈母偏愛二房。賈赦人
品可從第四十六回他看上丫鬟鴛鴦，請邢夫人去辦，她暗中與王熙鳳商量此
事，王熙鳳卻說：

> 況且平日說起閒話來，老太太常說，老爺如今上了年紀，作什麼左
> 一個小老婆右一個小老婆放在屋裏，沒的躭誤了人家。放著身子不
> 保養，官兒也不好生作去，成日家和小老婆喝酒。〔註126〕

賈母確實不喜歡賈赦風流好色的性格，也認為他應該好好當官，連一向不
講主人是非的襲人都說：「真真這話論理不該我們說，這個大老爺太好色了，
略平頭正臉的，他就不放手了。」〔註127〕賈赦如此上下失心，對於賈政得
寵不免心生不滿。第二十五回，寶玉、王熙鳳中了馬道婆魘魔法，性命垂
危：

> 賈赦還各處去尋僧覓道。賈政見都不靈效，著實懊惱，因阻賈赦道：
> 「兒女之數，皆由天命，非人力可強者。他二人之病出於不意，百
> 般醫治不效，想天意該如此，也只好由他們去罷。」賈赦也不理此
> 話，仍是百般忙亂，那裏見些效驗。〔註128〕

賈政不同意賈赦繼續請僧道來化解賈寶玉、王熙鳳之劫，看出兄弟二人處理
事情方法不同，關係似乎不甚融洽。第七十五回擊鼓傳花情節中，賈母、賈
赦、賈政、寶玉、賈環等人群聚開筵席，傳到賈赦時，他講了一則笑話：

> 一家子一個兒子最孝順。偏生母親病了，各處求醫不得，便請了一
> 個針灸的婆子來。婆子原不知道脈理，只說是心火，如今用針灸之
> 法，針灸針灸就好了。這兒子慌了，便問：「心見鐵即死，如何針
> 得？」婆子道：「不用針心，只針肋條就是了。」兒子道，「肋條離

〔註125〕〔清〕曹雪芹，高鶚著、馮其庸等校注：《紅樓夢校注》第二回，頁30。
〔註126〕〔清〕曹雪芹，高鶚著、馮其庸等校注：《紅樓夢校注》第四十六回，頁703。
〔註127〕〔清〕曹雪芹，高鶚著、馮其庸等校注：《紅樓夢校注》第四十六回，頁708。
〔註128〕〔清〕曹雪芹，高鶚著、馮其庸等校注：《紅樓夢校注》第二十五回，頁398。

心甚遠，怎麼就好呢？」婆子道：「不妨事。你不知天下父母心偏的
多呢。」〔註129〕

這則笑話看似無心，實際上此則笑話中最孝順的兒子暗指賈政，兒子的母
親是賈母，另一個兒子則是指自己，最後那句話說出他對於賈母偏心的不
滿，使得賈母會意說出：「我也得這個婆子針一針就好了」〔註130〕，賈赦因
此「便知自己出言冒撞，賈母疑心，忙起身笑與賈母把盞，以別言解釋。」
〔註131〕，賈赦確實無意中將心中不滿表現出來。而後賈政讓寶玉、賈環做
詩詞，賈政看到寶玉、賈環兄弟之詩，他認為他兄弟的詩句，都有著不喜愛
讀書之意思，而且認為他們的詩風太邪派，將來必成不守規矩之輩，而又接
續評論：

> 妙在古人中有「二難」，只是你兩個的「難」字，卻是作難以教訓之
> 「難」字講才好。只是哥哥是公然以溫飛卿自居，如今兄弟又自為
> 曹唐再世了〔註132〕

賈政不甚滿意，認為他二人的詩難以教訓，評寶玉詩風如溫庭筠，賈環詩如
同曹唐，曹唐是唐代詩人，曾為道士，作品因此大多是遊仙詩。〔註133〕但賈
赦看了以後卻說：

> 這詩據我看甚是有骨氣。想來咱們這樣人家，原不比那起寒酸，定
> 要『雪窗熒火』，一日蟾宮折桂，方得揚眉吐氣。咱們的子弟都原該
> 讀些書，不過比別人略明白些，可以做得官時就跑不了一個官的。
> 何必多費了工夫，反弄出書呆子來。所以我愛他這詩，竟不失咱們
> 侯門的氣概。〔註134〕

賈赦還讚許賈環能承襲祖宗的世職，但是賈政卻說：「不過他胡謅如此，那裏就
論到後事了。」〔註135〕，他們兄弟二人對於寶玉、賈環之詩各有見解，但是賈

〔註129〕〔清〕曹雪芹，高鶚著、馮其庸等校注：《紅樓夢校注》第七十五回，頁1184。
〔註130〕〔清〕曹雪芹，高鶚著、馮其庸等校注：《紅樓夢校注》第七十五回，頁1184。
〔註131〕〔清〕曹雪芹，高鶚著、馮其庸等校注：《紅樓夢校注》第七十五回，頁1184。
〔註132〕〔清〕曹雪芹，高鶚著、馮其庸等校注：《紅樓夢校注》第七十五回，頁1184。
〔註133〕參見〔清〕曹雪芹，高鶚著、馮其庸等校注：《紅樓夢校注》第七十五回，
　　　　頁1197。
〔註134〕〔清〕曹雪芹，高鶚著、馮其庸等校注：《紅樓夢校注》第七十五回，頁1184
　　　　～1185。
〔註135〕〔清〕曹雪芹，高鶚著、馮其庸等校注：《紅樓夢校注》第七十五回，頁1185。

政不認同兄長賈赦看法，還直接說出，不夠敬重兄長賈赦，賈赦也不同意賈政看法，兄弟互動違反中國兄弟的倫理。嫡長子在中國古代家庭地位十分重要：

> 中國自周代宗法社會以來，就重視嫡長子，把嫡長子看成主要延續
> 世系和繼承香煙的人，因此嫡長子在家中的地位特別重要。〈儀禮〉
> 「喪福」中規定，父親為眾子和未出嫁的女兒服不帳期的喪服，但
> 若父親本身是長子，就要替他自己的長子反服斬衰，因其長子繼承
> 祭祖的責任與義務。再者，當父親過世後，長子常繼為家長，主持
> 家政，因此諸弟對長兄自然禮敬有加了。〔註136〕

嫡長子地位崇高，賈赦是榮國府爵位繼承者，又是嫡長子，但賈母卻將當家之責交給賈政，後院管家權交給二房王夫人，王夫人又將管家權力交給王熙鳳，但王熙鳳雖是賈赦媳婦，處事卻又多站在賈政二房著想。總結來說，賈赦身為長子，理應承繼賈府家政實權，卻失去賈母的信任，丟失賈府當家之位，其兄長為尊的地位不能彰顯，賈政身為次子卻得寵，被賦予家政之責，亦不符合中國家族倫理準則。賈赦暗自對賈政不滿，而弟弟賈政對兄長不夠孝敬，兄弟不睦，故曹雪芹筆下賈赦、賈政的手足關係，是負向的陳述。

　　總結顧太清在《紅樓夢影》中塑造的寶玉及其他手足關係，多數是脫離《紅樓夢》曹雪芹所塑造寶玉及其他手足互動的原型，即是她不接受《紅樓夢》負面手足原型，顧太清筆下的兄弟手足關係，秉持兄友弟恭的友愛原則，正是儒家所期待的手足互動，未必是顧太清所刻意強調，極可能是她在無意之下，強調了友悌精神，因為她深受儒家思想的影響，生活周遭兄弟及手足互動皆是友愛互助，故轉化了《紅樓夢》負向的手足陳述。

第四節　父慈子孝：和解的父子

　　本節將針對《紅樓夢影》中描述最多的父子關係進行研究，尤其以賈寶玉父子關係作為主要的探究對象，並以儒家對父子倫理規範做為標準，分別討論正、負面的父子關係，再與《紅樓夢》中父子互動的原型作對照，進而了解顧太清是否接受《紅樓夢》中父子關係範型，以及她轉化與改寫父子互動模式背後的原因。另外《紅樓夢影》中叔姪關係描述也偏多，叔姪關係輩分

〔註136〕耿立羣：〈禮法、秩序與親情──中國傳統的長幼之倫〉，藍吉富、劉增貴編：
　　　　《敬天與親人》，頁498。

的差距與父子間的差距相似，屬於廣義的父子關係，故納入父子關係討論，最後在與《紅樓夢》的叔姪關係作對照。

一、彼此和解的父子關係

　　顧太清《紅樓夢影》所建立的關係，父子方面論述極多，卻是因涉及入世議題而具重要性。小說中提到的父子關係，包含正向的敘事與負向的描繪而以賈寶玉作為敘事主線，分別其意寫賈政、賈寶玉父子的互動，已由第一回賈政處理賈母墳墓途中，接獲家書，得知寶玉中舉而高興，而後知道寶玉失蹤而煩惱，隨後他救下被一僧一道帶走的寶玉，對於兒子安危擔憂，是正向的父子關係。此敘寫乃承自《紅樓夢》最末回而來，在寶玉清醒後：

> 賈政送了知縣，回進後艙。見寶玉仍然睡著，賈政便在對面坐了，呆呆的看他。只見寶玉翻身醒來，此時心中已經明白，瞧見父親，慌忙跳下牀來，抱著父親的腿，放聲痛哭。賈政道：「我的兒，幾乎把為父的坑死！」便也哭起來了。〔註137〕

賈政守著寶玉，寶玉連忙下床，出自他對父親之敬重，符合五倫當中父尊子卑的規範，寶玉詳述了自己被妖僧迷惑、控制的整個過程，據實以告，不敢有絲毫的隱瞞，對父親表現敬畏的態度，而且兩人抱著痛哭，父子應是能各自理解彼此的擔憂。當他們準備回賈府的路上，因風雪關係必須待在酒家時，他們看到一副對聯，內容是關於鼓勵讀書人進入仕途，賈政覺得很有道理，而寶玉當下沒有反駁，只是轉移了話題到這副對聯的字跡上，賈政肯定積極入仕的政治觀，寶玉雖然沒有直接回應，而且岔開話題。〔註138〕但是他並未直接反對父親的政治觀，估計是默認。父子互動是較正向。當寶玉父子返回賈府時：

> 這裡賈政父子略坐了坐，也就過來了。王夫人正在坐等，聽見說老爺過來了，王夫人站起身來迎到屋門口，拉著寶玉痛哭，眾人無不落淚。……王夫人命寶玉坐在身邊，摘下帽子來，摸著他的頭髮道：「這不僧不俗的可怎麼好呢？」賈政道：「只好除了至親一概不會客，就說用功呢。到明年會試的時候，也就長起來了。」……王夫人就教寶玉：「歇著去罷，老爺也乏了。」寶玉答

〔註137〕〔清〕雲槎外史撰、尉仰茄點校：《紅樓夢影》第一回，頁5。
〔註138〕〔清〕雲槎外史撰、尉仰茄點校：《紅樓夢影》第三回，頁18。

應著出來。〔註139〕

對於父親的安排，寶玉沒有反對，即使是為應付外人，將用功科考作為藉口來敷衍外人，但寶玉在第七回，好友柳湘蓮來探望他：

> 湘蓮坐了好久，就往賈府來拜寶玉。且說寶玉因場期將近，這日正在內書房抱佛腳。忽見焙茗答應飛跑出去，寶玉整整衣冠迎接出來，二人見面，執手寒溫，進房坐下，焙茗倒了茶來。寶玉就問他這幾年行止。〔註140〕

他是努力準備科考，代表他確實接受了父親的安排，以及父親教導他的政治觀，因此他在書房專心的讀書，當寶玉知道考上會試後，向賈政告知喜訊，而後當賈政因公事出遠門時：

> 不知不覺到了六月初一，賈、週二位大人請下訓來，賈府的子姪都來送行。賈大人都囑咐了一番，又向寶玉道：「你們都不用遠送，就教璉哥送一站就是了。你和蘭兒在家好好用功，練練字，明年還考散館呢。」他叔姪二人垂手遵命。〔註141〕

寶玉垂手恭敬地接受賈政的囑咐，隔天賈政離開時，甚至「寶玉等送到郊外方回。」〔註142〕，符合為人子的卑順。賈政希望寶玉繼續考試，爭取更高的官職，而寶玉虛心接受。在小說中寶玉與眾姊妹在櫳翠庵一起作詩時：

> 寶玉從懷裡掏出一張箋紙，寫著消寒九首的題目，說：「這是老爺擬的，知道今日姐姐、妹妹都在這裡，說不必拘，每位作一首也可，作九首也可。派了大奶奶謄錄，璉二奶奶辦供給，作得了交上去，老爺評定甲乙。璉二嫂托我說，他在蘆雪亭等你們。快走罷，天不早了，鬧到點燈就要搶卷子了。」〔註143〕

寶玉與眾姊妹們的詩題竟由賈政所擬，而且賈政還知道他們要在此作詩，甚至還要為他們評論詩之好壞，顯然寶玉將此事事先告知賈政，而他不反對他們作詩，反而是贊成，才會說不必拘束，寶玉將此消息不畏懼的告知賈政，而賈政也能理解並接受寶玉喜愛作詩之興趣，在賈蘭傳達梅瀚卿的邀請，他的反應是：

〔註139〕〔清〕雲槎外史撰、尉仰茄點校：《紅樓夢影》第三回，頁21。
〔註140〕〔清〕雲槎外史撰、尉仰茄點校：《紅樓夢影》第七回，頁53。
〔註141〕〔清〕雲槎外史撰、尉仰茄點校：《紅樓夢影》第十一回，頁87。
〔註142〕〔清〕雲槎外史撰、尉仰茄點校：《紅樓夢影》第十一回，頁87。
〔註143〕〔清〕雲槎外史撰、尉仰茄點校：《紅樓夢影》第十九回，頁153。

> 賈蘭進房給寶玉、寶釵請了安，把字兒遞與寶玉，說道：「叔叔想明日還是去不去呢？」寶玉道：「不去不是勁兒。去罷，又怕老爺知道。」賈蘭笑道：「要不是有蔣家這層，卻倒無妨。」寶玉道：「可不是為這個，咱們外頭商量去。」〔註144〕

寶玉很怕賈政知道，他去梅家飲酒作樂，即使是如此，顧太清所建立的父子關係，是相互理解的父子關係，因為寶玉害怕賈政的例子，負面的描述很少，多數的情形是他們父子能夠互相了解對方，賈政希望寶玉能夠光宗耀祖，獲取功名，而寶玉則聽從父親的命令，全力在科考，過關斬將，爭取更好的成績，最後寶玉也確實入了翰林。寶玉願意符合父親期待參加科舉考試後，父子可以相互體諒，主要是兒子能體會父親的苦心。另外，賈寶玉已經不與姊妹寫詩為重心，換句話說，他認同父親的價值觀，而這個關鍵就是體諒，體諒的內容為參加科舉是文人入仕的人生目標，也符合儒家的期待。由之對照，在看小說中賈赦、賈璉的父子關係，可見《紅樓夢影》的所提的父子互動。在第三回當賈赦被赦免返回賈府時，問起賈赦家裡發生的事情：

> 賈赦問賈璉：「家裡除了寶玉的事，還有什麼新鮮事？」賈璉摸不著頭腦，又不敢說有無。賈赦道：「我在口外遇見個藩王，卻不認識。只是和我說：『千萬別見怪。來人原說是府上的使婢，後來知道是令孫女，趕著把庚帖送回去了，把自己的家臣也革了』只是陪不是。我們不在家，怎麼就鬧到這步田地？」賈璉聽了，走過來跪在父親面前，哭著說道：「老爺不問，兒子也不敢說。」便將巧姐兒的事細細說了一遍。二位老爺聽了，氣得目瞪口呆。〔註145〕

賈璉的反應，判斷出他極度敬畏父親，當賈赦說出他知道巧姐被賣之事，賈璉甚至跪下認錯，不敢有隱瞞，符合中國的五倫，因此賈赦、賈璉這次互動自屬於較正向。而賈赦處理此事的方式為：

> 賈赦教把賈環、賈薔、賈芸帶來。賈璉答應，帶了三人進來，跪在賈赦面前。賈赦道：「你們做的好事，幾乎把我的孫女兒逼死。難道你們還不及平兒嗎？賈氏門中如何有這樣子弟！」說著教賈璉把他們帶到祠堂，每人重打二十板子。賈璉領命，自去打人。〔註146〕

〔註144〕〔清〕雲槎外史撰、尉仰茄點校：《紅樓夢影》第十六回，頁131。
〔註145〕〔清〕雲槎外史撰、尉仰茄點校：《紅樓夢影》第三回，頁19～20。
〔註146〕〔清〕雲槎外史撰、尉仰茄點校：《紅樓夢影》第三回，頁19。

賈赦責罰犯錯的賈府子弟，是賞罰分明的處理方式。而後賈赦不想在管賈府之事，賈璉提到一處宅第：

> 賈璉說：「是個內相的，本人沒了，這是他姪兒賣。然而他們腦中有什麼邱壑，恐其局面不大。」賈赦道：「我原不要大，只要合適就好。」……賈赦道：「我只交給你三千銀辦去，賺不賺將來也是你的。」〔註147〕

賈璉擔憂此宅第不大，是考慮到賈赦養老需要更大宅第，是孝順父親的行為，賈赦將此事交於賈璉去辦，是因為信任他，最後他也成功將安置在這個名為隱園的宅第。在第十二回賈赦與邢夫人母子討論辦生日時：

> 賈赦這日在上房向邢夫人母子說道：「我想，生日那兩天，只怕客多。倒不如三月初三，請二太太和親家太太們出城來逛逛。」又對賈璉道：「如有送戲的，一概辭謝。就說園子裡沒地方。」〔註148〕

賈赦說完後，就把事情交給平兒與邢夫人討論，邢夫人提出與賈璉生日共同慶祝的主意後，要賈璉去問父親意思，賈赦的反應是：「賈赦笑道：『我老糊塗了，我連你的生日都忘了。也不用下帖子，二太太生日你們兩個自然是進城自處，都口請罷。』」〔註149〕，而賈璉面對父親忘掉自己的生日，並沒有感到氣憤，對於父親安排都言聽計從，符合倫理規範。在小說後段，隱園遭竊，起因是賈赦生重病，而賈璉又因官務繁忙，加上又要管榮國府的事情，因此將隱園交給吳振志、林忠二人：

> 這兩位奴少爺自幼見的都是些王孫公子，講的都是些吃穿花用，所以把那紈袴習氣熏染個透熟，如何能老誠持重約束下人。終日裡兩個人吃酒，看牌，吸食鴉片。所有那些散眾也就效尤，先還是偷著耍錢，後來就開局聚賭，抽頭錢。常言賭近盜，此話不虛，輸急了商量偷竊。〔註150〕

賈璉雖是因諸事纏身，而無法照顧家事，但他識人不明，竟將隱園家務交由兩位紈褲子弟，以致險些釀成大禍，雖然賈赦因為生病，而不管此事，但有可能是賈赦生氣賈璉用錯人，在此父子關係明顯是負向的，賈璉沒照顧好

〔註147〕〔清〕雲槎外史撰、尉仰茄點校：《紅樓夢影》第三回，頁19。

〔註148〕〔清〕雲槎外史撰、尉仰茄點校：《紅樓夢影》第十二回，頁94。

〔註149〕〔清〕雲槎外史撰、尉仰茄點校：《紅樓夢影》第十二回，頁95。

〔註150〕〔清〕雲槎外史撰、尉仰茄點校：《紅樓夢影》第二十回，頁158。

整個寧國府。

> 賈珍說：「但是那兩個活死人管作什麼的？可見素日不能約束眾人，才弄出這樣事來。」賈璉說：「總得重重的打。」……賈珍說：「這也不管他，倒是你好好的派兩個妥當人要緊，把那兩個沒用的換回去。今日你到韋、杜兩處去道乏就是。那趕車的可得賞他幾兩銀子。」賈璉說：「我想著也是這麼，賞這一個，打那兩個。」賈蘭笑道：「打什麼？已竟成了鬼了，叔叔沒瞧見？直走了人樣子了！」〔註151〕

賈璉處理吳、林二人的方式，還是太輕了。第二十三回，當賈璉選了稅差，想離家去邊地工作，他向平兒提起時，他說：「老爺現在病著，未必肯去。你想怎麼樣？」〔註152〕，在平兒曉之以理下，說公公、婆婆都年歲很大了、還帶他們東奔西跑，而且為了錢財而拋棄父母，將來自己也會受到同樣對待，賈璉頓時領悟，而說：

> 賈璉聽了平兒這一夕話，不但酒醒，竟出了一身冷汗，不禁滴下淚來說：「早要像你這樣的話，斷不能鬧出那些事來。我明日寫一張告親老的呈子帶著。如果真，就遞上去辭差。你想好不好？」
> 〔註153〕

由此看出，賈璉不夠孝順，多為自己個人利益著想，而棄卻奉養父母，懺悔後，決定不去做稅差，選擇待在父母與妻兒身邊。賈璉都是接受父親的教育，父親的要求，而後他們的關係能夠繼續維繫的主要原因，在於兒子身為弟子對於父親的體諒大過於未能了解父親的苦心，所以顧太清藉由這樣的比照下，可以得見顧太清，對於這對父子的關係仍是正面的稱許。雖然賈璉有時沒有完全體諒父親，然而最後還是回到對於父親應有的態度，就是父子之間互相理解上，所以在整體而言，她還是正面稱許他們的互動。然而後面是批評多於正面稱許。即賈珍、賈蓉父子關係描述頗多，在第十二回，賈珍因皇上開恩而得京營總兵的官職：

> 正說笑著，見賈珍帶著賈蓉進來道喜。……（賈政）又對賈蓉說：「你三叔有什麼不知道的差使，還要你照應些。」賈蓉笑道：「爺爺怎麼這麼說呢？」賈政道：「這倒不是我謙遜，皆因你當了這些年

〔註151〕〔清〕雲槎外史撰、尉仰茄點校：《紅樓夢影》第二十回，頁160。
〔註152〕〔清〕雲槎外史撰、尉仰茄點校：《紅樓夢影》第二十三回，頁187。
〔註153〕〔清〕雲槎外史撰、尉仰茄點校：《紅樓夢影》第二十三回，頁187。

了，諸事自然熟悉，總別教他外頭得罪人。」賈蓉答應了幾個「是」，
隨著賈珍進內給邢、王二位夫人磕頭道喜去了。〔註154〕

賈珍、賈蓉父子二人因此謝恩，估計是賈珍要求賈蓉一起去謝恩，而賈政還
提醒賈蓉要多照應賈珍，賈蓉都一一答應，作為兒子的賈蓉，對父親盡孝道，
符合倫理，因此這是正向的互動。在十三回，當璜大爺賣贓貨之事，金氏向
賈珍夫妻求救：

> 尤氏就將金氏的來意告訴賈珍。那金氏又站起來哀求了幾句，賈珍
> 道：「沒要緊，蓉兒拿我個帖子打發常通告訴臧先生一聲兒就結了。
> 那些官人你看著隨便賞他們幾個錢就是了。」賈蓉答應自去派人。
> 這裡金氏說：「大老爺施了恩，還要拿出錢來。等榮兒出來，叫他過
> 來磕頭。」賈珍笑道：「至親照應是該當的。」說著便對胡氏道：「請
> 大嬸娘你們那邊坐坐，我吃了飯還得上衙門呢。」〔註155〕

賈珍答應幫助，而且用錢收買官府，這樣是非法行為。賈蓉在旁竟未阻止，
甚至遵從父親命令去辦此事，賈珍在兒子前做了不好的示範，他竟還說：

> 賈珍笑道：「至親照應是該當的。」說著便對胡氏道：「請大嬸娘你
> 們那邊坐坐，我吃了飯還得上衙門呢。」金氏搭訕了兩句，便同胡
> 氏去了。這裡賈珍笑道：「我不看著薛老大的面上，叫這小兔子兒再
> 開一回！」張佩鳳站在地下笑著望窗外努嘴兒，賈珍笑道：「怕什
> 麼，誰不知道！」〔註156〕

可見他對王法漠視，已經習慣以權勢來化解官司，才會不怕讓人知道此事，
賈珍人品與身教，恐賈蓉耳濡目染之下，終也成為藐視國法之徒，所以這次
賈珍、賈蓉的父子關係是負向。同一回中，薛蟠送給寧府重禮時，賈珍本不
想全收，但不全收，僕人便需挨打，賈珍只好全收了，當他開啟禮物，就連忙
扣上，說明薛蟠所送之物，是不正經的東西，說明賈珍常做不正當之勾當，
並非正人君子，賈蓉進來後：

> 賈珍道：「我也不管好不好。看看外頭齊了，我可得走了。」賈蓉道：
> 「都伺候著呢。」賈珍換了衣賞，上衙門去了。這裡賈蓉接著說：
> 「薛大叔帶了兩個廣東人來，姓何叫何其能，兒子阿巧，現在跟班。

〔註154〕〔清〕雲槎外史撰、尉仰茄點校：《紅樓夢影》第十二回，頁90～91。
〔註155〕〔清〕雲槎外史撰、尉仰茄點校：《紅樓夢影》第十三回，頁106。
〔註156〕〔清〕雲槎外史撰、尉仰茄點校：《紅樓夢影》第十三回，頁106。

他老子專會收拾鐘錶，要看龍舟須得他父子，別人不能。」〔註157〕
賈蓉做好賈珍所吩咐之事，為慶祝端午節而找到可做龍舟的人，賈珍因此可
無憂慮工作，父子之間，各自做好本分，符合父子倫理，這此互動是正向。第
十七回，柳湘蓮娶妻時：「次日便是柳家喜事，寶玉、賈蘭、賈環、並賈珍父
子、甄寶玉、梅瑟卿等諸人都去賀喜鬧房。」〔註158〕，賈蓉與父親共同去鬧
洞房，除了不成體統之外，恐也使賈蓉養成好逸玩樂之性格，隱園失竊時，
賈蓉父子前來關注，賈蓉問到如何處理時：

> 只見賈蓉走過來說：「外頭回進來，千總請示。」賈珍說：「請示什
> 麼？交他帶到衙門去，官事官辦。雖然贓未入手，這裡頭可有自己
> 家人。過了部自有定律。」賈蓉自去傳話。〔註159〕

賈珍回應兒子頗是強勢，但是將兩位帶頭的家僕用國法方式辦理，賈蓉也遵
從這樣的處理方式。而後第二十回，賈蓉與賈環遇到刑大舅被打的事情，賈
蓉勸架後，賈璉等人將此事告知王夫人，眾人就討論此事「賈環說：『要不是
老蓉，再不能白打白散。』賈蓉說：『倒不是怕事，我同著叔叔出去鬧事，不
用說外頭，家裡那頓打就足了。我可和誰要銀子呢？』說的都笑了。」〔註160〕，
由此看出賈珍教育賈蓉是以打罵的方式為主，而非讓賈蓉自我明辨是非，不
符父慈子孝的原則。而且賈蓉只順應父親，並不反抗，縱使自己知道做錯事，
卻也不以為意。寶玉是符合父親要求，還是依照自己的心性，不能理解父親
對他的要求。在故事中基本上都符合儒家要求，它突顯的是兒子未能體諒父
親，這樣父子關係為顧太清所批評。父嚴子懼，又不符合儒家倫理的要求，
是屬於顧太清要批評父子互動的方式。然而顧太清這樣形塑賈政、寶玉的互
動，不符合《紅樓夢》它原形的形塑。

　　《紅樓夢影》的父子形塑，表達作者極強的創作意識，欲說明父子之倫
當有的範型，而脫離《紅樓夢》的原形。在曹雪芹的書中，賈政、寶玉的父子
關係，可從第三回由冷子興的口中已然道出，其云：

> 雨村笑道：「果然奇異。只怕這人來歷不小。」子興冷笑道：「萬人
> 皆如此說，因而乃祖母便先愛如珍寶。那年周歲時，政老爹便要試

〔註157〕〔清〕雲槎外史撰、尉仰茄點校：《紅樓夢影》第十三回，頁106。
〔註158〕〔清〕雲槎外史撰、尉仰茄點校：《紅樓夢影》第十七回，頁137。
〔註159〕〔清〕雲槎外史撰、尉仰茄點校：《紅樓夢影》第二十回，頁161。
〔註160〕〔清〕雲槎外史撰、尉仰茄點校：《紅樓夢影》第二十一回，頁165。

> 他將來的志向，便將那世上所有之物擺了無數，與他抓取。誰知他
> 一概不取，伸手只把些脂粉釵環抓來。政老爹便大怒了，說：『將來
> 酒色之徒耳！』因此便大不喜悅。〔註161〕

曹雪芹巧妙以旁觀者角度。描寫出賈政對於賈寶玉是抱持討厭的態度，因為他以為寶玉銜玉出生而來歷不凡，將來必有大成就，然而在抓周活動中，寶玉竟拿取閨房女兒用品，賈政因此大怒，對於寶玉不再抱持著希望。賈寶玉成了整天與姊妹廝混，不愛讀八股文章的「混世魔王」。即使在第十七回大觀園題匾額對聯時，賈政存心試著寶玉才情：

> 寶玉道：「嘗聞古人有云：『編新不如述舊，刻古終勝雕今。』況此
> 處並非主山正景，原無可題之處，不過是探景一進步耳。莫若直書
> 『曲徑通幽處』這句舊詩在上，倒還大方氣派。」眾人聽了，都贊
> 道：「是極！二世兄天分高，才情遠，不似我們讀腐了書的。」賈政
> 笑道：「不可謬獎。他年小，不過以一知充十用，取笑罷了。再俟選
> 擬。」〔註162〕

賈政表面上否定寶玉的才情，實際是肯定寶玉的才思敏捷。而後當寶玉題出「沁芳」亭時：

> 寶玉道：「有用『瀉玉』二字，則莫若『沁芳』二字，豈不新雅？」
> 賈政拈髯點頭不語。眾人都忙迎合，贊寶玉才情不凡。賈政道：「匾
> 上二字容易。再作一副七言對聯來。」寶玉聽說，立於亭上，四顧
> 一望，便機上心來，乃念道：「繞堤柳借三篙翠，隔岸花分一脈香。」
> 賈政聽了，點頭微笑。眾人先稱贊不已。〔註163〕

賈政點頭微笑，這已經是他對寶玉讚賞極限，父子關係在此看似有所和解，但實際上賈政無法認同寶玉將心力放在詩詞歌賦，寶玉依舊不喜歡讀四書五經，當賈元春命令寶玉與眾姊妹入住大觀園時，寶玉心情相當歡樂：

> 忽見丫鬟來說：「老爺叫寶玉。」寶玉聽了，好似打了個焦雷，登時
> 掃了興，臉上轉了色，便拉著賈母，扭的扭股兒糖似的，死也不敢
> 去。……（賈母）一面安慰，一面喚了兩個老嬤嬤來，吩咐：「好生

〔註161〕〔清〕曹雪芹，高鶚著、馮其庸等校注：《紅樓夢校注》第二回，頁30～31。
〔註162〕〔清〕曹雪芹，高鶚著、馮其庸等校注：《紅樓夢校注》第十七回至十八回，頁255。
〔註163〕〔清〕曹雪芹，高鶚著、馮其庸等校注：《紅樓夢校注》第十七回至十八回，頁256。

帶了寶玉去，別叫他老子唬著他。」老嬤嬤答應了。寶玉只得前去，一步挪不了三寸，蹭到這邊來。〔註164〕

可見寶玉對父親害怕至極，還需賈母不斷安慰，最後很不情願地到王夫人房中，而後賈政見到寶玉的反應：

> 賈政一舉目，見寶玉站在跟前，神彩飄逸，秀色奪人；看看賈環，人物委瑣，舉止荒疏；忽又想起賈珠來。再看看王夫人只有這一個親生的兒子，素愛如珍，自己的鬍鬚將已蒼白：因此上，把平日嫌惡寶玉之心不覺減了八九分。〔註165〕

這裡言明賈政平日就厭惡寶玉，只是因為寶玉相貌是一表人才，加上賈政已經年老，只能寄望於他，父子的關係看似有所和解，然而當賈政知道寶玉給貼身丫鬟取名為襲人時，立刻發起脾氣來：

> 寶玉見瞞不過，只得起身回道：「因素日讀詩，曾記古人有句詩云：『花氣襲人知晝暖』，因這丫頭姓花，便隨意起了這個名字。」……賈政道：「究竟也無妨礙，又何用改。只是可見寶玉不務正，專在這些濃詞艷賦上作工夫。」說畢，斷喝一聲：「作孽的畜生！還不出去！」〔註166〕

賈政說寶玉不務正業，在他看來濃辭艷賦是邪門歪道，然而寶玉卻喜愛這些詩詞，不愛讀賈政認為是正業的八股文章，使得父子關係處於負向，兒子無法滿足父親的要求，終於在第三十三回，他們父子之間衝突發展至最大，因琪官與金釧兒跳井之事，加上賈環在旁加油添醋，終使賈政忍無可忍，震怒之下，先是氣到眼都紅紫了，接著：

> （賈政）只喝令：「堵起嘴來，著實打死！」小廝們不敢違拗，只得將寶玉按在凳上，舉起大板打了十來下。賈政猶嫌打輕了，一腳踢開掌板的，自己奪過來，咬著牙狠命蓋了三四十下。眾門客見打的不祥了，忙上來奪勸。賈政那裏肯聽，說道：「你們問問他幹的勾當可饒不可饒！……明日釀到他弒君殺父，你們才不勸不成！」〔註167〕

〔註164〕〔清〕曹雪芹，高鶚著、馮其庸等校注：《紅樓夢校注》第二十三回，頁361。
〔註165〕〔清〕曹雪芹，高鶚著、馮其庸等校注：《紅樓夢校注》第二十三回，頁362。
〔註166〕〔清〕曹雪芹，高鶚著、馮其庸等校注：《紅樓夢校注》第二十三回，頁362～363。
〔註167〕〔清〕曹雪芹，高鶚著、馮其庸等校注：《紅樓夢校注》第三十三回，頁510～511。

賈政差點將寶玉打成殘廢，甚至要勒死他，父子之間關係衝突到最極端。因此曹雪芹在《紅樓夢》中塑造賈政、寶玉互動原型，是極度負向的關係。《紅樓夢》賈赦與賈璉父子互動，在第十六回賈璉正與王熙鳳聊天之際，賈赦命人前叫賈璉：「一語未了，二門上小廝傳報：『老爺在大書房裡等二爺呢。』賈璉聽了，忙忙整衣出去。」〔註168〕，王熙鳳才剛把話說完，賈璉不及回話，就馬上整衣出去，可見對父親的敬重。當回來時王熙鳳問起何事，原來賈赦將要賈元春要省親之事告知兒子，賈璉提到：

> 如今當今體貼萬人之心，世上至大莫如「孝」字，想來父母兒女之性，皆是一理，不是貴賤上分別的。當今自為日夜侍奉太上皇、皇太后，尚不能略盡孝意，因見宮裏嬪妃才人等皆是入宮多年，拋離父母音容，豈有不思想之理？……想父母在家，思想女兒，不能一見，倘因此成疾，亦大傷天和之事。所以啟奏太上皇、皇太后，每月逢二六日期，准椒房眷屬入宮請候。〔註169〕

言明了皇上體恤妃子的心理，即是為何籌辦省親的緣由，賈璉似乎也很認同孝的價值觀。當大觀園開始蓋的時候，榮寧二府大爺們主持事務，賈璉被父親賦予頗重工務：

> 次早，賈璉起來，見過賈赦賈政，便往寧國府中來，合同老管事的家人等，並幾位世交門下清客相公，審察兩府地方，繕畫省親殿宇，一面察度辦理人丁。……賈赦只在家高臥，有芥豆之事，賈珍等或自去回明，或寫略節；或有話說，便傳呼賈璉、賴大等領命。〔註170〕

賈璉盡心去做父親所吩咐之事，使得賈赦得以在家高臥，是符合父子的倫理規範。寧國府的父子，賈珍、賈蓉，在籌辦賈敬的生日，賈珍與尤夫人經過討論後：

> 尤氏因叫人叫了賈蓉來：「吩咐來升照舊例預備兩日的筵席，要豐豐富富的。你再親自到西府裏去請老太太、大太太、二太太和你璉二嬸子來逛逛。你父親今日又聽見一個好大夫，業已打發人請去了，想必明日必來。你可將他這些日子的病症細細的告訴他。」賈蓉一

〔註168〕〔清〕曹雪芹，高鶚著、馮其庸等校注：《紅樓夢校注》第十六回，頁241。
〔註169〕〔清〕曹雪芹，高鶚著、馮其庸等校注：《紅樓夢校注》第十六回，頁243。
〔註170〕〔清〕曹雪芹，高鶚著、馮其庸等校注：《紅樓夢校注》第十六回，頁246～247。

一的答應出去了。〔註171〕

賈蓉十分順從，當在父親推薦的張名士看完秦可卿的病後，賈蓉立刻：「於是賈蓉送了先生去了，方將這藥方子並脈案都給賈珍看了，說的話也都回了賈珍並尤氏了。」〔註172〕將此消息告知父母，可見賈蓉對父母親相當遵從。在大觀園在籌劃時，賈蓉去找賈璉：

> 賈蓉先回說：「我父親打發我來回叔叔：老爺們已經議定了，從東邊
> 一帶，借著東府裡花園起，轉至北邊，一共丈量準了，三里半大，
> 可以蓋造省親別院了。已經傳人畫圖樣去了，明日就得。叔叔才回
> 家，未免勞乏，不用過我們那邊去，有話明日一早再請過去面
> 議。」……賈蓉忙應幾個「是」。〔註173〕

賈蓉如期得完成賈珍託付的任務，使得賈珍得以放心。在第二十九回，賈府眾人到清虛觀打醮，賈蓉自己先去鐘樓裏乘涼，當賈珍問起林之孝時：

> 賈珍道：「去罷。」又問：「怎麼不見蓉兒？」一聲未了，只見賈蓉
> 從鐘樓裏跑了出來。賈珍道：「你瞧瞧他，我這裏也還沒敢說熱，他
> 倒乘涼去了！」喝命家人啐他。那小廝們都知道賈珍素日的性子，
> 違拗不得，有個小廝便上來向賈蓉臉上啐了一口。賈珍又道：「問著
> 他！」那小廝便問賈蓉道：「爺還不怕熱，哥兒怎麼先乘涼去了？」
> 賈蓉垂著手，一聲不敢說。〔註174〕

賈蓉在當下不敢回話，之後賈珍就教訓他，要他立刻騎馬回去通知賈母等人，結果賈蓉的反應卻是：

> 賈蓉聽說，忙跑了出來，一疊聲要馬，一面抱怨道：「早都不知作什
> 麼的，這會子尋趁我。」一面又罵小子：「捆著手呢？馬也拉不來。」
> 待要打發小子去，又恐後來對出來，說不得親自走一趟，騎馬去了，
> 不在話下。〔註175〕

賈蓉竟說賈珍在找碴，並沒有意識到身為人子該有的責任，未能體諒父親的心情。而後在第五十三回寧國府在除夕祭宗祠時，賈珍命賈蓉去取吃年酒日

〔註171〕〔清〕曹雪芹，高鶚著、馮其庸等校注：《紅樓夢校注》第十回，頁169。
〔註172〕〔清〕曹雪芹，高鶚著、馮其庸等校注：《紅樓夢校注》第十回，頁172。
〔註173〕〔清〕曹雪芹，高鶚著、馮其庸等校注：《紅樓夢校注》第十六回，頁244。
〔註174〕〔清〕曹雪芹，高鶚著、馮其庸等校注：《紅樓夢校注》第十六回，頁456。
〔註175〕〔清〕曹雪芹，高鶚著、馮其庸等校注：《紅樓夢校注》第十六回，頁456。

期的單子，又當賈府的莊頭〔註176〕烏進孝上稟帖與帳目時：

> 只見小廝手裏拿著個稟帖並一篇帳目，回說：「黑山村的烏莊頭來
> 了。」賈珍道：「這個老砍頭的今兒才來。」說著，賈蓉接過稟帖和
> 帳目，忙展開捧著，賈珍倒背著兩手，向賈蓉手內只看紅稟帖上寫
> 著著……〔註177〕

賈蓉拿著稟帖與帳目，表現出對賈珍恭敬的態度，這裡是合乎父子之倫。總
結來說賈蓉還是沒能體諒父親，總使交辦好賈珍所託付的事情，只怕多數是
出於對父親的畏懼，暗地裡不服父親，曹雪芹形塑負面的父子關係，顧太清
在《紅樓夢影》形塑的賈珍與賈蓉父子關係，是接受《紅樓夢》的賈珍、賈蓉
父子的形塑。

二、情同手足的叔姪關係

　　《紅樓夢影》對於寶玉、賈蘭描述頗多，他們情節互動單元共有十則，
他們雖是叔姪，輩分存在差距較兄弟為大，但是他們年齡很相近，又同期考
上科舉，加上他們又同在衙門工作，彼此互動遠較寶玉和其他叔姪更為頻繁，
時常一起行動顯得關係緊密，極像一對關係要好的兄弟，而且顧太清花許多
篇幅描寫他們叔姪互動的情節，故有一定探討的價值，但是在倫理上他們還
是叔姪關係，與父子關係較近，故納入父子關係底下作分析，在小說開頭賈
蘭傳遞賈政找到寶玉，並將回府的訊息：

> 正說著，忽聽賈蘭的聲音，跑進來說：「太太，爺爺打發鮑喜報喜來
> 了！」……王夫人見是賈政親筆寫的平安家報，且不開封，便問賈
> 蘭：「什麼喜事，嚇人忽拉的。」賈蘭說：「我叔叔回來了，還不是
> 喜事麼？」王夫人聽了這話，便問：「你叔叔回來在那兒呢？」賈蘭
> 道：「才聽見鮑喜說的，自然信上寫著呢。」〔註178〕

賈蘭接到鮑喜傳來寶玉的消息，立即跑進來告知王夫人，舉止中流露興奮之
情，而且稱寶玉為我叔叔，頗為親密，在第六回賈蘭請寶玉修飾文章，正逢

〔註176〕 莊頭：清代滿漢旗籍貫貴族經營旗地田莊的代理人，專管監督佃戶生產，催
　　　　　收地租，攤派勞役等事，有的莊頭本身就是地主。參見〔清〕曹雪芹，高鶚
　　　　　著、馮其庸等校注：《紅樓夢校注》第五十三回，頁833。
〔註177〕 〔清〕曹雪芹，高鶚著、馮其庸等校注：《紅樓夢校注》第五十三回，頁821
　　　　　～822。
〔註178〕 〔清〕雲槎外史撰、尉仰茄點校：《紅樓夢影》第二回，頁13。

他們夫妻在房內談話：「賈蘭進來請了寶釵的安，又問了襲人的好。寶玉道：『你坐下！』賈蘭坐下，襲人倒了碗茶來。賈蘭忙站起身接過來，說：『姐姐歇著罷。』」〔註179〕賈蘭遵從叔叔命令，而且又對自己叔嫂的態度十分恭敬，合乎中國手足的規範。寶玉得知他是為了詩文修改而來找他時，他對賈蘭文章給予評價，認為他的詩作太纖細，合乎時風，因此不必修改，並且還向賈蘭借詩作：

> 寶玉道：「你有現成的借給幾首好搪差使。」賈蘭道：「有幾首詩，
> 還有幾篇文章，索性都給叔叔拿來罷。可得叔叔自己抄抄，不然怕
> 爺爺認得筆跡的。」〔註180〕

寶玉對姪子文章頗熟，可見平時叔姪二人私下交流甚密，言談中充滿彼此關懷之情，賈蘭最後還提醒寶玉，叔姪二人交情宛如親兄弟深厚。柳湘蓮來賈府探望寶玉，寶玉見賈蘭進門：

> 寶玉教他見了湘蓮，又問他：「吃了飯沒有？」賈蘭說：「還沒呢！」
> 寶玉說：「就在這裡吃罷。」叫鋤藥到大奶奶那邊說：「我叫阿哥在
> 這裡陪客呢，不用等他吃飯。」鋤藥答應去了。〔註181〕

寶玉身為叔叔，關懷與照顧姪子賈蘭，就像哥哥照顧弟弟，他以「阿哥」稱謂賈蘭更顯親密，叔姪便與柳湘蓮暢談。叔姪二人一起參與科考，回府時「見他叔姪二人笑嘻嘻的進來請安問好」〔註182〕，當科舉結果揭曉時，叔姪二人反應：

> 只見賈蘭跑進來，也顧不的請安問好，便說：「叔叔是第十六，我是
> 第二十八。」寶玉問：「才那信是那裡來的？」賈蘭說：「那是他們
> 師爺們在城外看錯了。這是報喜的，有報條不能錯的。」寶玉問：
> 「熟人還有誰？」賈蘭說：「我不曉得。」〔註183〕

賈蘭欣喜如狂向寶玉告知喜訊，對叔叔之重視不言而喻。寶玉在拿到《題名錄》，寶釵詢問賈蘭名次，他發現賈蘭真實名次：「寶玉細細找了找，說：『了不得，他中的還高呢，是第九。』」〔註184〕這裡「細細」一詞，透露寶玉很關

〔註179〕〔清〕雲槎外史撰、尉仰茄點校：《紅樓夢影》第六回，頁43。
〔註180〕〔清〕雲槎外史撰、尉仰茄點校：《紅樓夢影》第六回，頁43～44。
〔註181〕〔清〕雲槎外史撰、尉仰茄點校：《紅樓夢影》第八回，頁54。
〔註182〕〔清〕雲槎外史撰、尉仰茄點校：《紅樓夢影》第九回，頁70。
〔註183〕〔清〕雲槎外史撰、尉仰茄點校：《紅樓夢影》第十回，頁78。
〔註184〕〔清〕雲槎外史撰、尉仰茄點校：《紅樓夢影》第十回，頁78。

心賈蘭科考結果，在得知他的名次比自己高時，也不吝稱讚賈蘭。而後他們俱在衙門工作，第二十一回賈璉告知王夫人刑大舅被打之事，一旁尤夫人問起寶玉，如果他在場會如何處理：「寶玉說：『我最怕打架的，不信問蘭哥。』賈蘭說：『有一天，下衙門走了不遠，遇見打架的，頂馬知道脾氣，繞著小衚衕回來。』」〔註185〕，寶玉話語已說明賈蘭知道他許多事情，關係密切，在稱謂賈蘭時頗為親暱。第十六回梅瑟卿邀請他們到梅宅筵席：

> 不一時，見賈蘭笑嘻嘻的走到院裡，問：「叔叔在家麼？」寶玉說：「你進來罷。」賈蘭進房給寶玉、寶釵請了安，把字兒遞與寶玉，說道：「叔叔想明日還是去不去呢？」寶玉道：「不去不是勁兒。去罷，又怕老爺知道。」賈蘭笑道：「要不是有蔣家這層，卻倒無妨。」寶玉道：「可不是為這個，咱們外頭商量去。」〔註186〕

賈蘭進房時，相當守禮，他與寶玉商議時，言語內容卻親近。叔姪卻近於兄弟那種描述方式，尚有賈蘭，他們回歸手足互動，互動良好又同時考上科舉，具有引導示範的作用，這是顧太清所稱許的關係，有共同的生命價值。

《紅樓夢》有關寶玉、賈蘭叔姪的互動並不多，因為賈蘭年紀尚小，且當賈環見邢夫人寵愛寶玉時，使眼色要賈蘭和自己走：「賈蘭只得依他，一同起身告辭。」〔註187〕似乎站在賈環這邊，第二十六回，當賈蘭在大觀園裡射鹿練習弓術時：

> 只見那邊山坡上兩隻小鹿箭也似的跑來，寶玉不解其意。正自納悶，只見賈蘭在後面拿著一張小弓兒追了下來，一見寶玉在前面，便站住了，笑道：「二叔叔在家裏呢，我只當出門去了。」寶玉道：「你又淘氣了。好好的射他作什麼？」賈蘭笑道：「這會子不念書，閒著作什麼？所以演習演習騎射。」寶玉道：「把牙栽了，那時才不演呢。」〔註188〕

賈蘭興奮向寶玉問候，卻換來寶玉的大聲斥責，並不是因為寶玉愛護動物，因為射鹿者換成湘雲等姑娘，他不會斥責她。可見寶玉對賈蘭並無好感，以及想親近的意思。在第七十五回元宵節賈府眾人擊鼓傳花時，賈政命寶玉作

〔註185〕〔清〕雲槎外史撰、尉仰茄點校：《紅樓夢影》第二十一回，頁165。
〔註186〕〔清〕雲槎外史撰、尉仰茄點校：《紅樓夢影》第十六回，頁131。
〔註187〕〔清〕曹雪芹，高鶚著、馮其庸等校注：《紅樓夢校注》第二十四回，頁375。
〔註188〕〔清〕曹雪芹，高鶚著、馮其庸等校注：《紅樓夢校注》第二十六回，頁410。

了一首，雖賈政認為不好，但是在賈母要求下，寶玉還是得到獎勵：

> 當下賈蘭見獎勵寶玉，他便出席也做一首遞與賈政看時，寫道
> 是……賈政看了喜不自勝。遂並講與賈母聽時，賈母也十分歡喜，
> 也忙令賈政賞他。〔註189〕

雖說賈蘭獻技是人之常情，但他隱約有想與叔叔寶玉爭鋒的意味，而且賈蘭之詩合乎賈政對讀書人「寫詩要求有教訓」價值觀，才會贏得賈政的讚賞。總結來說，寶玉、賈蘭在曹雪芹筆下叔姪關係疏遠，並無兄弟那般緊密的情誼，也無父子間彼此的諒解相處方式，顧太清對《紅樓夢》寶玉、賈蘭叔姪關係做出大量地改寫，意欲強調叔姪擁有相似的入仕觀，可以促使關係更為緊密且和諧。

三、情同父子的叔姪關係

　　《紅樓夢影》尚有其他叔姪關係的描寫，以賈政、賈璉為例，他們較偏向父子之間的互動模式，在第十二回當賈家受皇帝到賞賜官位：

> 只見賈璉捧了旨意進來，將此事回明。又對賈政道：「叔叔明日帶了
> 三兄弟進去謝恩，我父親還是叔叔代奏哇？還是自己進去呢？」賈
> 政道：「我今日奏的在家教你們射箭，皇上很喜歡，還說身子健壯，
> 自然是親身謝恩的是。你就教他們辦了折子來我看。」賈璉答應著
> 去了。〔註190〕

賈璉特來請示賈政，如何進宮謝恩，言語中對賈政很恭敬。在第十五回，賈政再度請賈璉傳遞訊息：

> 就有司官請中堂看稿，賈政對賈璉道：「你先把今日的話告訴你嬸
> 娘，明日你同寶玉到園子回回大老爺、大太太，我還得到東平府
> 謝步去。」說著自回書房辦事去了。賈璉等進內細細回了王夫人。
> 〔註191〕

賈璉答應賈政後，特別「細細」的回報王夫人，其中可見賈政對賈璉的信任，以及賈璉對賈政交代之事十分盡心。第二十二回薛蟠送給賈家禮物，要放名為「三星彩鳳」的煙火時：

〔註189〕〔清〕曹雪芹，高鶚著、馮其庸等校注：《紅樓夢校注》第七十五回，頁1183
　　　　～1184。
〔註190〕〔清〕雲槎外史撰，尉仰茄點校：《紅樓夢影》第十二回，頁89。
〔註191〕〔清〕雲槎外史撰，尉仰茄點校：《紅樓夢影》第十五回，頁122。

正然說笑，賈璉進來說：「請過去罷！老爺今日下朝早，帶著珍大哥到園子去，叫請快些過去，趁著好天氣。」大家起身往大觀園來，就在樓上看，爺們在山子上坐了。〔註192〕

賈政與賈珍請賈璉來邀眾觀賞，當眾人看畢時，賈璉又過來向王夫人：

只見賈璉上樓來，向王夫人回道：「老爺說這彩鳳三星實在有趣，送禮的多賞他幾兩銀。」王夫人說：「賞他四兩！」又問：「抬夫幾個？」賈璉說：「八個抬夫，兩個跟挑兒的，連何其能父子共是十二個人。」王夫人說：「既是他父子兩個，每人四兩，抬夫共四十吊錢。」薛姨媽說：「家裡的，作什麼這麼重賞？」賈璉笑道：「難為他們。」又請示王夫人：「收在那裡？」王夫人說：「你看著罷。」賈璉說：「只好收在後樓底下，有人借再拿。」〔註193〕

賈璉再次替賈政傳遞訊息，不斷詢問王夫人如何賞賜這些下人，且用請示二字代表他對王夫人極度恭敬，賈璉恪守為人姪子的本分，並嚴守長幼的禮節。總結來說，賈政與賈璉是叔姪關係，雖然他們彼此年歲相差頗遠，但賈璉對賈政很孝敬，賈政亦是信任賈璉，是合乎中國儒家對父子的要求。

《紅樓夢》其他叔姪關係，以賈政、賈璉作探討，由第二回冷子興說出：

若問那赦公（賈赦），也有二子，長名賈璉，今已二十來往了，親上做親，娶的就是政老爺夫人王氏之內姪女，今已娶了二年。這位璉爺身上現捐的是個同知，也是不肯讀書，於世路上好機變，言談去的，所以如今只在乃叔政老爺家住著，幫著料理家務。誰知自娶了這位少奶奶之後，倒上下無一人不稱頌他的夫人，璉爺倒退了一射之地。〔註194〕

賈璉理應幫著賈赦做事，但賈府的實權在賈政手中，因此賈璉便幫著二房管家，恐怕多存巴結之心態，且他讓王熙鳳出盡鋒頭，也有低調做人的意味來討好賈政。在第十六回起建大觀園時，賈政雖託付賈璉許多事務，但是他問起賈珍大觀園各處帳幔簾子與陳設的玩器古董之事，賈珍回應是賈璉做之後：

一時，賈璉趕來，賈政問他共有幾種，現今得了幾種，尚欠幾種。賈璉見問，忙向靴桶取靴披內裝的一個紙折略節來，看了一看，回

〔註192〕〔清〕雲槎外史撰、尉仰茄點校：《紅樓夢影》第二十二回，頁175。
〔註193〕〔清〕雲槎外史撰、尉仰茄點校：《紅樓夢影》第二十二回，頁175。
〔註194〕〔清〕曹雪芹，高鶚著、馮其庸等校注：《紅樓夢校注》第二回，頁34。

　　道：「妝蟒繡堆、刻絲彈墨，並各色綢綾大小幔子一百二十架，昨日

　　得了八十架，下欠四十架。簾子二百掛，昨日俱得了。外有猩猩氈

　　簾二百掛，金絲藤紅漆竹簾二百掛，……也有了。」〔註195〕

賈政突然查帳，顯現對姪子賈璉並不信任，才需如此謹慎。總結來說，賈政、賈璉互動描寫不多，叔叔對姪子不能信任，姪子亦存巴結叔叔的心態辦事，不合儒家對叔姪之要求。

　　總結來說，顧太清改寫《紅樓夢》父子關係的負面陳述的另一個原因，可能是她欲表現儒家的孝道精神，魏愛蓮提到：

　　《紅樓夢影》強調的，仍是占據顧太清個人世界的價值觀。其中，

　　首要的是「溫柔敦厚」，沈善寶在序中特意以此來讚揚小說。同時，

　　孝道與忠誠也是題中之意。〔註196〕

因此顧太清一部分父子關係陳述不符合《紅樓夢》原形，有一部分型塑的父子互動卻是接受《紅樓夢》的父子原形。尤其她讓寶玉父子關係得到合解，如此改寫原因，極可能是她欲在小說中重新強調中國倫理中的「孝道」精神，因此沈善寶才會在序文中肯定《紅樓夢影》具有溫柔敦厚的特質及社會教化的功能。另外她描寫寶玉、賈蘭叔姪，篇幅極多，他們情同手足，意欲傳達叔姪間，應有共同生命價值，對《紅樓夢》寶玉、賈蘭叔姪關係原型做出改寫，此外其他叔姪關係，她則塑造成更合乎父子互動的模式，也是為了再次強調長輩、晚輩之間，應有的孝道精神。

〔註195〕〔清〕曹雪芹，高鶚著、馮其庸等校注：《紅樓夢校注》第十七回，頁257～258。

〔註196〕（美）魏愛蓮著，馬勤勤譯：《美人與書：19世紀中國的女性與小說》，頁163。

第三章　社會的職責：人生中的
　　　　　自我實踐

　　本章將以賈寶玉作為主要觀察對象，觀察他對入仕觀點是否產生轉變，是否也反映在行政與工作態度上，以及他在家庭、社會裡如何做好自己的本分，達成傳統讀書人經世濟民的自我實踐目標，藉此證明顧太清欲以賈寶玉的轉變來重新定義文人該當負起的職責。

　　中國讀書人的自我實踐，可分為對群體、個人兩大層面。儒家要求讀書人需要：「學而優則仕」〔註1〕是指對讀書人本身來說，即學習古聖先賢之經典，汲取他們的知識後，需要積極入仕，求取功名。入仕之後則要「先天下之憂而憂，後天下之樂而樂」，〔註2〕即對於群體來說，群體包含家庭與社會，讀書人為官後，更能照顧好家庭，光宗耀祖讓家族繁榮，要為社會貢獻一己之力，匡扶時政，讓天下安平，這就是《禮記・大學》所提到的：

> 古之欲明明德於天下者，先治其國；欲治其國者，先齊其家；欲齊
> 其家者，先修其身；欲修其身者，先正其心；欲正其心者，先誠其
> 意；欲誠其意者，先致其知，致知在格物。物格而後知至，知至而
> 後意誠，意誠而後心正，心正而後身修，身修而後家齊，家齊而後
> 國治，國治而後天下平。〔註3〕

〔註1〕〔宋〕朱熹撰：《四書集注・論語集注・子張第十九》，頁190。
〔註2〕〔宋〕范仲淹撰、王雲五主編：《范文正公集》（臺北：臺灣商務印書館《萬有文庫》，1965年），頁95。
〔註3〕〔宋〕朱熹撰：《四書集注・大學章句》，頁3～4。

讀書人首先要端正心意，這樣才能做好修身，次之則齊家，再次為治國，最終達成天下太平的目標，平天下是所有讀書人人生的終極目標。總而言之，社會期許讀書人擔負「經世濟民」的職責。《紅樓夢影》談到人生的自我實踐，值得注意的是《紅樓夢影》中並非所有人物的性格完全繼承《紅樓夢》，重要的是男主角賈寶玉對於科舉仕途的態度有明顯的差異，由否定轉而肯定仕途，本研究欲探討顧太清透過這樣對賈寶玉對科舉仕途態度的逆轉，想表現出的主人翁生命自我實踐的意識為何，是否受到她生活的年代（清中後葉）的社會價值觀的影響，以賈寶玉作為敘事核心，以下將由入仕的意義、自我的責任兩大面向進行分析與討論。

第一節　入仕的意義：成就淑世之職責

　　本節首先論述中國古代士的定義，並以明清時期士民身分流動頻繁的現象，分析顧太清生長的榮王府極可能為儒商家族，欲以此證明顧太清的價值觀帶有濃厚的功利主義。在中國古代社會，士最早的定義，是指農夫，但到了西周時期的「士」是指「低級的貴族」〔註4〕，余英時定義為：「『士』是古代貴族階層中最低的一個集團，而此集團中之最低的一層（所謂「下士」）則與庶人相銜接，其職掌則為各部門的基層事務。」〔註5〕，到春秋戰國時期，因戰亂頻仍，加之各國統治階層內鬥，促使「士」制度被破壞，而出現「由於貴族份子不斷地下降為士，特別是庶民階級大量地上升為士，士階層擴大了，性質也起了變化。」〔註6〕，至此士、庶階層很難劃分，出現「這時社會上出現了大批有學問有知識的士人，他們以『仕』為專業，然而社會上卻並沒有固定的職位在等待著他們。」〔註7〕到了明清時期，士分為「三等在官府中服務的士，也有與農、工、商並列為士，這種士叫『士民』，意為『學者、庶民』。」〔註8〕在官府的士與士民兩者在社會上的地位差異很大。

　　中國的科舉制度創始於何時，有兩種說法，其一創始於隋煬帝時期，其

〔註4〕余英時：《中國知識階層史論：古代篇》（臺北：聯經出版，1980年），頁10。
〔註5〕余英時：《中國知識階層史論：古代篇》，頁11。
〔註6〕余英時：《中國知識階層史論：古代篇》，頁22。
〔註7〕余英時：《中國知識階層史論：古代篇》，頁22。
〔註8〕何炳棣著，徐泓譯注：《明清社會史論》，臺北：聯經出版社，2013年12月，頁39。

二有學者認為是科舉始於唐高祖武德年間，綜合上述說法，科舉制度約是在隋唐兩朝出現的選才方式，主要科目是進士科，科舉發展到宋代大盛，明清時期更到達巔峰，使之邁向制式化，八股文因而出現，這些制度只是皇帝為博納人才以及實現政治穩定的手段，但讀書人為實現平天下理想或是追求功名利祿，不斷的應試。

明清時期，市民身分的流動性很高，從傳記與族譜窺探一二，歸有光（正德元年至隆慶五年，1506～1571）的《震川先生集》裡提到：「古者，四民異業，至於後世，而士與農商常相混」〔註9〕，由此看見同時從事士、商兩種職業之人頗多，何秉棣以《徽州府志》所記錄的多篇〈人物志〉，說明儒商之間互相替換的情形：

> 它簡要紀載那些在地方上辦慈善事業、孝友、救濟貧困族人著稱的事蹟，其中大部分傳記在開頭都說他們擁有監生的頭銜，這表示他們是迫於經濟困難而輟學從商，監生是多年後才捐納來的身分。
> 〔註10〕

由此可見士民在儒家間交換相當頻繁，可推斷顧太清生活得清代時期，社會上商人功利主義盛行。可算是儒商家族：

> 清初政府對這種官員及其家庭經商的行為，一般都是默許的……滿人明珠（天聰九年到康熙四十七年，1635～1708），……武英殿大學士，他寵信的朝鮮僕人安尚義就是直隸的大鹽商，由於主人的政治勢力使他幾乎壟斷了長蘆鹽務〔註11〕

政府默認下，做官又行商之儒商家族在社會上很普遍，另外法國漢學家謝和耐：

> 這些缺乏其他收入來源的文人們……被迫自行尋找一些保護主並作為豪門富戶的私塾教員……為科舉論文所寫的寫作教科書、傳記、墓誌銘、小說、故事或劇本、預訂的作品或具有商業特徵的作品等，均構成了這些人的一種珍貴的補充收入。〔註12〕

由此看出儒生因經濟來源困頓，而被迫從事低階工作，而他們創作之文學作

〔註9〕〔明〕歸有光撰：《震川先生集・卷十三》（上海：上海商務，1965年），頁188。

〔註10〕何炳棣著、徐泓譯注：《明清社會史論》，頁95。

〔註11〕何炳棣著、徐泓譯注：《明清社會史論》，頁98。

〔註12〕〔法〕謝和耐：《中國社會史》（南京：江蘇人民出版社，1997年），頁442。

品接近商業化，他又提到明清商人：

> 中國自明末以來就存在著巨商和巨富錢莊老板（亦即那些操縱總票並得以形成巨額財富者）……他們都希望賦予自己半官方的特徵，不是試圖反對官府，相反卻是作出努力以盡可能地與此結合起來。他們貪圖官號與公職（這些人在國家困難時便向帝國大量捐獻大量金錢），其理想是與高級文人官吏們平起平坐。〔註13〕

商人既渴求財富，同時也想得到官位，在傳統中國個人主義下，才算是在社會上成功，儒商之間關係更密切。何炳棣又提到：「將財富轉變成在科舉仕途的成功，富商家庭則能得到社會尊敬。」〔註14〕又顧太清嫁給滿清貴族〔註15〕貝勒奕繪，生活在榮王府，王府為「在帝制時代對住所的稱呼不能隨便亂叫的。《大清會典・工部》記載：『凡親王、郡王、世子、貝勒、貝子、鎮國公、輔國公的住所，均稱為府。』」〔註16〕，當時滿清貴族的經濟財務來源：「一般來說，清代的王公和閒散宗室的收入有天壤之別。王公的經濟來源包括俸餉、地租，和商業活動等；閒散宗室只領俸餉一項，其收入與兵丁無異。」，〔註17〕商業活動涵蓋範圍很廣，榮王府生活規矩遵從儒家規矩，又有經商之行為，又因鹽商賺取利益最大，就以鹽商說明儒與商之關係：

表2　清代鹽商家庭科甲出身人數表〔註18〕

鹽　務	時　　　期	進　士	時　　　期	舉　人
兩淮	1646〜1802 （順治3年至嘉慶7年）	139	1645〜1803 （順治2年至嘉慶8年）	208
兩浙	1649〜1801 （順治6年至嘉慶6年）	143	1646〜1800 （順治3年至嘉慶5年）	346

〔註13〕〔法〕謝和耐：《中國社會史》，頁 499〜500。

〔註14〕何炳棣著、徐泓譯注：《明清社會史論》，頁 101。

〔註15〕滿清貴族：包含朝廷所重的王公貴族，從宗室貴族中地位最高的和親碩王，以下世子、多羅郡王、長子、多羅貝勒、固山貝子、鎮國公、輔國公、鎮國將軍、輔國將軍到最低一級的奉恩將軍等。參見歐麗娟著：《大觀紅樓（綜論卷）》，頁 103〜104。

〔註16〕金寄水，周沙塵：《王府生活實錄》（北京：中國青年出版社，1988 年），頁 7〜8。

〔註17〕賴惠敏：《天潢貴胄──清皇族的階層結構與經濟生活》，臺北：中央研究院近代史研究所，1997 年，〈結論〉，頁 303。

〔註18〕何炳棣著、徐泓譯注：《明清社會史論》，頁 101。

山東	1646～1805 （順治3年至嘉慶10年）	47	1645～1804 （順治2年至嘉慶9年）	145
長蘆	1646～1802 （順治3年至嘉慶7年）	64	1648～1804 （順治5年至嘉慶9年）	232
河東	1646～1771 （順治3年至乾隆36年）	33	1645～1788 （順治2年至乾隆53年）	71
總計		426		1002

從清初到清朝中期，共產生了四百二十六位的進士與一千零二位的舉人，數量很驚人，又全國最富有的兩淮與兩浙地區的鹽商，「累計起來不過一千家，就產生了二百八十位進士，佔全國的 1.88%」，〔註19〕可見鹽商家族在科舉上具有優勢，顧太清在充滿功利的社會與儒商貴族家庭生活，其生命實踐的意識必然受到影響。

　　總結來說，顧太清對入仕的觀點，很可能受明清仕人傳統追求「平天下」的思想影響之外，亦可能是因她生活在有儒商家族性質的榮王府，因而受到帶有積極追求功利的價值觀影響，所以針對賈寶玉入仕的態度進行改寫，接下來以賈寶玉為探討的主要對象，從寶玉對入仕的觀點、在行為上的轉變這兩大脈絡進行分析與討論，來證明顧太清確實藉由積極入仕的價值觀，重塑寶玉對自我實踐的認知。

一、對入仕的觀點：積極入仕的賈寶玉

　　《紅樓夢影》中有若干情節描寫到寶玉對於入仕的看法，他對入仕的觀點可由他平時生活的細節中抽絲剝繭，藉此判斷他對入仕的觀點是抱持何種的態度，尤其是他對賈政積極入仕的觀點是否贊同，更為關鍵，最後再對照《紅樓夢》寶玉對入仕的觀點，判斷顧太清是否進行改寫，與其改寫的原因。

　　明清文人有現實生存的考量，因此有強烈入仕的精神，謀求官職是其一生極重要的目標，亦受到儒家思想影響甚深，希望盡為人臣的職責，在第五回，寶玉歸來後，賈府在除夕祭宗祠，賈家眾人幾乎全都參與：

> 眾人都到祠堂那邊伺候，此時賈敬已死，便是賈赦主祭，賈政陪祭。
> 賈珍獻爵，賈璉、賈琮獻帛，寶玉捧香，賈蓉、賈蘭展拜墊，賈菖、
> 賈菱守焚池，階下青衣奏樂。……賈赦對賈政低聲說：「祖宗顯靈，

〔註19〕何炳棣著、徐泓譯注：《明清社會史論》，頁102。

　　我們更須報效朝廷，方不負君恩祖德。」……女眷們也從祠堂行禮
　　過來〔註20〕

賈寶玉在此流露的態度，是敬仰祖先與報效朝庭，他與賈府的眾子弟都必恭
必敬地對祖先磕頭，遵循禮節，祈求賈家眾人都能夠求取功名，達成報效國
家的終極目標。有功利性質祭祀，寶玉不予抵抗，反倒順從。另外女眷行禮，
說明賈家男女皆都是認同功利性質的祭祖活動，無性別上之差異。當第三回，
寶玉與賈政露宿客棧時，賈政讚賞門上對聯有道理時，寶玉回應：

　　賈政叫人拿燈照著，看上寫著：「帘影招來天下士，雞聲喚醒夢中
　　人。」賈政看了，點了點頭，對寶玉道：「上聯不過是店家的話，下
　　聯頗有點道理。」寶玉道：「這字寫得也可以，但不知道是什麼人作
　　的。」〔註21〕

對聯中帘影可指朝庭，整聯意思就是希望天下讀書人求取功名，賈政與寶玉
這對父子反應頗有不同，賈政顯然很贊同積極入仕的觀點，寶玉則是未直接
回應父親，轉移了話題，但不代表反對積極入仕的價值觀，應是偏向默認。
而後賈政在第十一回，因解決了偷馬賊之事，「因辦理邊疆有功，吏部尚書
賈政拜了東閣大學士，都統周瓊授了御前大將軍。這二位大人謝了恩。就有
許多親友來賀喜，真是六親同運，錦上添花。」〔註22〕實踐他「平天下」的
人生理想，第十七回賴尚榮兄弟巴結賈家時，賈璉口中探知賈政對此類人的
評價：

　　賈璉道：「他因為蘭兒娶親，巧姐出嫁，孝敬了五千銀子、一百兩金
　　子。才在外頭見過老爺，老爺很有氣，說知道他是窮官，這刮地皮
　　的錢斷乎不收。急的那孩子緊磕頭，求主子賞臉。」〔註23〕

他對於賴家兄弟壓榨百姓的行為，生氣而不收這些窮苦百姓的銀子，可見賈
政認同的入仕官員，就該是清廉自守、不該貪取任何錢財。因此在中華文化
當中，身為士人的賈政，符合在儒家對士人得期待，並且將這樣的入仕觀教
育給寶玉，而在《紅樓夢影》小說中後段，寶玉考過殿試，成為翰林庶吉士，
進入衙門工作，走入正途，此乃襲取賈政對於士人身分的實踐，父子對入仕

〔註20〕〔清〕雲槎外史撰、尉仰茄點校：《紅樓夢影》第五回，頁31。
〔註21〕〔清〕雲槎外史撰、尉仰茄點校：《紅樓夢影》第二回，頁18。
〔註22〕〔清〕雲槎外史撰、尉仰茄點校：《紅樓夢影》第十一回，頁88。
〔註23〕〔清〕雲槎外史撰、尉仰茄點校：《紅樓夢影》第十七回，頁125。

觀點合一，因此父子有共同目標，讓他們關係獲得和諧而融洽。這與原本《紅樓夢》裡面的觀念產生了轉折，《紅樓夢》中賈政是標準儒家讀書人的範型，他自幼便因酷愛讀書，而深得父親賈代善的喜愛，第三回林如海向賈雨村建議修書給賈政，他提到：

> 二內兄名政，字存周，現任工部員外郎，其為人謙恭厚道，大有祖父遺風，非膏粱輕薄仕宦之流，故弟方致書煩托。否則不但有污尊兄之清操，即弟亦不屑為矣。〔註24〕

林如海評價賈政這段話中，可見賈政確為踏實，求淑世入仕的官員，不然林如海也不敢推薦急求官職的賈雨村，修書給賈政。當賈政見到賈雨村後，有這樣的描述：

> 彼時賈政已看了妹丈之書，即忙請入相會。見雨村相貌魁偉，言語不俗，且這賈政最喜讀書人，禮賢下士，濟弱扶危，大有祖風；況又係妹丈致意，因此優待雨村，更又不同，便竭力內中協助。題奏之日，輕輕謀了一個復職候缺。不上兩個月，金陵應天府缺出，便謀補了此缺，拜辭了賈政，擇日上任去了。〔註25〕

賈政對讀書人的濟弱扶危，正合儒家對讀書人經世濟民要求的表現。然而其子賈寶玉卻是厭惡仕途經濟之人，早在第三回黛玉初見寶玉時，作者用詞來評價賈寶玉：

> 後人有《西江月》二詞，批寶玉極恰。詞曰：無故尋愁覓恨，有時似傻如狂。縱然生得好皮囊，腹內原來草莽。潦倒不通世務，愚頑怕讀文章。行為偏僻性乖張，那管世人誹謗？〔註26〕

從詞中可見賈寶玉對於四書五經的經典文章，無法接受因而遠離它們。在第三十六回寶玉被賈政教訓後，滿身傷痕，因此賈母命人把接見客人之事都免除了，小說這段描述出他如何厭惡功名：

> 那寶玉本就懶與士大夫諸男人接談，又最厭峨冠禮服賀弔往還等事，今日得了這句話，越發得了意，不但將親戚朋友一概杜絕了……因此禍延古人，除《四書》外，竟將別的書焚了。眾人見他如此瘋

〔註24〕〔清〕曹雪芹，高鶚著、馮其庸等校注：《紅樓夢校注》第三回，頁43～44。

〔註25〕〔清〕曹雪芹，高鶚著、馮其庸等校注：《紅樓夢校注》第三回，頁44。

〔註26〕〔清〕曹雪芹，高鶚著、馮其庸等校注：《紅樓夢校注》第三回，頁53。

> 癲，也都不向他說這些正經話了。獨有林黛玉自幼不曾勸他去立身
> 揚名等話，所以深敬黛玉。〔註27〕

他不想與士大夫有所接觸，表現出他對功名利祿之排斥，當寶釵等人勸說時，他大發脾氣，把除《四書》之外的講仕途經濟之書全燒了，極端行為反映他對儒家要求積極入仕的觀念徹底抗拒。

在第三十二回當賈政請人通知寶玉來見賈雨村，他心情有很大轉變：

> 寶玉聽了，便知賈雨村來了，心中好不自在。襲人忙去拿衣服。寶
> 玉一面蹬著靴子，一面抱怨道：「有老爺和他坐著就罷了，回回定要
> 見我。」史湘雲一邊搖著扇子，笑道：「自然你能迎賓接客，老爺才
> 叫你出去呢。」寶玉道：「那裏是老爺，都是他自己要請我見的。」……
> 寶玉道：「罷，罷，我也不敢稱雅，俗中又俗的一個俗人，並不願同
> 這些人往來。」〔註28〕

他甚至抱怨賈政，如此可見他極度厭惡與這些官員有所往來，湘雲勸他要專心結交這些官員時，寶玉的反應為：

> 寶玉聽了道：「姑娘請別的姊妹屋裏坐坐，我這裏仔細汙了你知經濟
> 學問的。」襲人道：「雲姑娘快別說這話。上回也是寶姑娘也說過一
> 回，他也不管人臉上過的去過不去，他就咳了一聲，拿起腳來就走
> 了。這裏寶姑娘的話也沒說完，見他走了，登時羞的臉通紅，說又
> 不是，不說又不是。〔註29〕

寶玉生氣，即使是他敬愛的湘雲與寶釵，他也無法妥協，他甚至把湘雲的勸解當成是「混帳話」，可見得他對仕途經濟是相當排斥。他討厭讀書人走入仕求取功名，同時把科舉考試當官的官員，稱之為國賊。在《紅樓夢》賈蘭，是寶玉的姪子，卻承襲了儒家傳統士人淑世的觀點，第七十五回，賈蘭所做中秋詩，賈政看了相當高興，將他的詩作說給賈母，賈母也很喜樂，甚至命令賈政獎賞他，〔註30〕賈政評詩的標準可由他評賈環詩作心思看出：「賈政看了，亦覺罕異，只是詞句終帶著不樂讀書之意，遂不悅道：『可見是弟兄了。

〔註27〕〔清〕曹雪芹，高鶚著、馮其庸等校注：《紅樓夢校注》第三十六回，頁545。
〔註28〕〔清〕曹雪芹，高鶚著、馮其庸等校注：《紅樓夢校注》第三十二回，頁499。
〔註29〕〔清〕曹雪芹，高鶚著、馮其庸等校注：《紅樓夢校注》第三十二回，頁499～500。
〔註30〕參見〔清〕曹雪芹，高鶚著、馮其庸等校注：《紅樓夢校注》第七十五回，頁1184。

發言吐氣，總屬邪派，將來都是不由規矩準繩，一起下流貨。」〔註31〕可見賈蘭詩受到賈政稱讚，便是因為詩中有教訓的意味，符合儒家對士人得期待，他是接受賈政積極入士的人生觀，因此寶玉與賈蘭，入仕觀點的不盡相同，在賈寶玉與私塾子弟大鬧學堂的情節中，打鬥中方硯落在賈菌、賈蘭的桌上：

> 賈菌如何依得，便罵：「好囚攮的們，這不都動了手了麼！」罵著，也便抓起硯磚來要打回去。賈蘭是個省事的，忙按住硯，極口勸道：「好兄弟，不與咱們相干。」賈菌如何忍得住，便兩手抱起書匣子來，照那邊掄了去。終是身小力薄，卻掄不到那裏，剛到寶玉秦鐘桌案上就落了下來。〔註32〕

賈蘭省事勸解賈菌，從言語可判斷賈蘭是明哲保身之人，但他藉此劃清與寶玉的界限，不願為寶玉出手，隱約看出賈蘭與寶玉的關係疏遠，對於積極入仕看法不一，可能是造成兩人關係冷漠，甚至不和諧的主因之一。然而《紅樓夢影》寶玉、賈蘭關係緊密，且當賈政多次囑咐他們用功科考，在第十回他們將赴考時：

> 叔姪兩個來見賈政、王夫人。賈政囑咐了些進場的話，二人一一答應。王夫人想起鄉場的事來，就說：「蘭兒你和叔叔拉著走罷。」賈政笑道：「太太不必亂想，這一回斷不能走失了。」就叫人出去看車齊了沒有。寶玉說：「程師爺還要送呢！」賈政說：「這妥當極了，就去罷。」〔註33〕

可見寶玉、賈蘭確實接受賈政積極入仕觀，一起參加科考，而且兩人科考結束，歡喜地回歸賈府，因此叔姪關係反較《紅樓夢》裡來得和諧。

在《紅樓夢》後四十回，賈寶玉對入仕的觀點與曹雪芹所寫得前八十回，可能有了落差，第八十一回作者讓賈寶玉再度上私塾，賈政囑咐他：

> 我看你近來的光景，越發比頭幾年散蕩了，況且每每聽見你推病不肯念書。如今可大好了，我還聽見你天天在園子裏和姊妹們頑頑笑笑，甚至和那些丫頭們混鬧，把自己的正經事，總丟在腦袋後頭。就是做得幾句詩詞，也並不怎麼樣，有什麼稀罕處！比如應試選舉，

〔註31〕〔清〕曹雪芹，高鶚著，馮其庸等校注：《紅樓夢校注》第七十五回，頁1184。

〔註32〕〔清〕曹雪芹，高鶚著、馮其庸等校注：《紅樓夢校注》第九回，頁159。

〔註33〕〔清〕雲槎外史撰、尉仰茹點校：《紅樓夢影》第十回，頁69。

到底以文章為主，你這上頭倒沒有一點兒工夫。〔註34〕
可見賈政依舊認為入仕才是正途，他甚至說出：「我可囑咐你：自今日起，再不許做詩做對的了，單要習學八股文章。限你一年，若毫無長進，你也不用念書了，我也不願有你這樣的兒子了。」〔註35〕，寶玉不敢反抗，答應父親後，便去學堂受賈代儒教導，並且賈代儒交代作業，如實執行，但他上課並不專注，而且放學後與黛玉訴苦：

> 還提什麼念書，我最厭這些道學話。更可笑的是八股文章，拿他
> 詭功名混飯吃也罷了，還要說代聖賢立言。好些的，不過拿些經
> 書湊搭湊搭還罷了；更有一種可笑的，肚子裏原沒有什麼，東拉
> 西扯，弄的牛鬼蛇神，還自以為博奧。這那裏是闡發聖賢的道理。
> 目下老爺口口聲聲叫我學這個，我又不敢違拗，你這會子還提念
> 書呢。〔註36〕

當黛玉勸他多讀政經書時，他的反應：「寶玉聽到這裏，覺得不甚入耳，因想黛玉從來不是這樣人，怎麼也這樣勢欲薰心起來？又不敢在他跟前駁回，只在鼻子眼裏笑了一聲。」〔註37〕，值得注意是寶玉依然厭惡讀八股文章，對入仕持消極的態度，但對黛玉勸解已不像前八十回，對寶釵、湘雲勸告時直接反駁，依稀預見他對入仕觀點有些許轉變。在黛玉死去、賈府被抄家之後，賈寶玉性情大變，在第一百一十八回，他開始認真用功，求取功名，向賈蘭說道：

> 寶玉笑道：「我也要作幾篇熟一熟手，好去詭這個功名。」賈蘭道：
> 「叔叔既這樣，就擬幾個題目，我跟著叔叔作作，也好進去混場。
> 別到那時交了白卷子惹人笑話，不但笑話我，人家連叔叔都要笑話
> 了。」寶玉道：「你也不至如此。」說著，寶釵命賈蘭坐下。寶玉仍
> 坐在原處，賈蘭側身坐了。兩個談了一回文，不覺喜動顏色。〔註38〕

至此寶玉的入仕觀似有轉變，但轉變之因是寶釵勸解，他認同了寶釵說得「『從此而止，不枉天恩祖德』」〔註39〕，在他與賈蘭將赴考場前，他的舉止異常：

〔註34〕〔清〕曹雪芹，高鶚著、馮其庸等校注：《紅樓夢校注》第八十一回，頁1291。
〔註35〕〔清〕曹雪芹，高鶚著、馮其庸等校注：《紅樓夢校注》第八十一回，頁1291。
〔註36〕〔清〕曹雪芹，高鶚著、馮其庸等校注：《紅樓夢校注》第八十二回，頁1298。
〔註37〕〔清〕曹雪芹，高鶚著、馮其庸等校注：《紅樓夢校注》第八十二回，頁1298。
〔註38〕〔清〕曹雪芹，高鶚著、馮其庸等校注：《紅樓夢校注》第一百一十八回，頁1766。
〔註39〕〔清〕曹雪芹，高鶚著、馮其庸等校注：《紅樓夢校注》第一百一十八回，頁1765。

　　只見寶玉一聲不哼，待王夫人說完了，走過來給王夫人跪下，滿眼
　　流淚，磕了三個頭，說道：「母親生我一世，我也無可答報。只有這
　　一入場用心作了文章，好好的中個舉人出來。那時太太喜歡喜歡，
　　便是兒子一輩子的事也完了。一輩子的不好也都遮過去了。」〔註40〕
寶玉恐怕非真心接受求取功名，而是為了贖不孝的罪名，以及為光宗耀祖，
讓父母歡心，暫時轉變對入仕的態度，努力地準備科考，在他中舉後隨即出
家，顯然不是為求自己仕途而參與科舉，由此推斷高鶚所續後四十回的賈寶
玉，對入仕已不再是極度排斥，卻也無法全心地接受儒家對士大夫積極入仕
的觀念。

　　《紅樓夢影》在第十回，寶玉接獲中舉訊息時，他抱持很高的關注，特
意關注親友科考名次：

　　寶玉道：「我說的是熟人哪，第一名會元就是你們二姑爺。還有雲妹
　　妹的兄弟，史老二中了第五十一。甄世兄是六十三。寶釵問道：「四
　　十六的那個到底叫什麼？」寶玉細看了看，笑道：「也叫賈蘭，是山
　　東人。所以他們認作蘭哥了。」寶釵問：「三姑爺沒中麼？」寶玉細
　　細找了找，說：「了不得，他中得還高呢，是第九。」說罷，進房。
　　梳洗畢，先到王夫人上房請安，又說眾親友得中，大家聽了無不歡
　　喜。〔註41〕

寶玉對科舉的結果異常在意，而且剛拿到《題目錄》，便叫醒寶釵，告訴她好
消息。從他仔細查看賈家親族的名次，連程師爺的弟弟也關心。由此判斷，
賈寶玉對於科考是持肯定重視的態度。與曹雪芹塑造的賈寶玉對入仕的價值
觀不同。值得注意是寶釵對科考結果，似乎不大關心，當寶玉興奮向她說時，
她的回應為：「既是《題名錄》，自然是都中了，還用你說嗎？」〔註42〕，但
之後還是關心賈蘭名次，她對入仕之事是所有在意。寶釵在第五回兒子賈芝
過滿月時，與賈政有一番對談：

　　（賈政）又問寶釵：「那邊客多少？」寶釵回道：「有二十幾位，兩
　　位王妃先走了。」周姨娘說：「聽見有很好的燈戲。」寶釵笑道：「這

〔註40〕〔清〕曹雪芹，高鶚著、馮其庸等校注：《紅樓夢校注》第一百一十九回，頁
　　　　1772。
〔註41〕〔清〕雲槎外史撰、尉仰茄點校：《紅樓夢影》第十回，頁77～78。
〔註42〕〔清〕雲槎外史撰、尉仰茄點校：《紅樓夢影》第十回，頁78。

齣戲的行頭就是五千塊洋錢，自然是好。」賈政歎道：「什麼好，不
過是刮了百姓的脂膏在親友面前作闊。」向寶釵道：「你去張羅罷！」
寶釵答應著退出。〔註43〕

寶釵與賈政對燈戲演出的耗費問題，在想法上有所出入，寶釵抱持貴族心思，賈政則是站在百姓角度去評斷。賈政對仕人期許為考上科考後，任官須時刻體恤平民，正是淑世精神的體現。然而寶釵身為商人之女，看事角度多存商人利益，對入仕觀點，恐怕是以利己面向出發，換句話說是有更大彈性，然而她並沒反駁賈政看法，因而未發生衝突。寶釵對入仕持婦人之見，根據顧太清之描寫，在入仕上對寶釵的人物設定，是符合《紅樓夢》寶釵的想像，可從第三十二回，湘雲勸寶玉的一番話看出：

湘雲笑道：「還是這個性情不改。如今大了，你就不願意讀書去考舉人進士的，也該常常的會會這些為官作宰的人們，談談講講些仕途經濟的學問，也好將來應酬世務，日後也有個朋友。沒見你成年家只在我們隊裡攪些什麼！」〔註44〕

湘雲勸話反而引起寶玉反感，他下逐客令，還說出怕會汙了她們這樣喜談經濟學問的人，而後襲人勸解內容，得知寶釵勸解過寶玉，寶玉同樣極為厭惡，當下直接走了出去，而寶釵臉紅後，不與他計較：

提起這個話來，真真的寶姑娘叫人敬重，自己訕了一會子去了。我倒過不去，只當他惱了。誰知過後還是照舊一樣。真真有涵養，心地寬大。誰知這一個反倒同他生分了。〔註45〕

寶釵所勸內容應與湘雲一致，希望寶玉能夠與官員來往，彼此談論仕途經濟，及所謂的立身揚名之事，由此判斷寶釵對入仕的觀點是持積極入仕的態度，她認為士人就應該遵守傳統道德，就是成人其育。

《紅樓夢影》中寶釵也持積極入仕觀點，但卻某些時候卻可以與人為善，像在第六回因賈環婚事，寶玉去見名為蔡和羮的官員，寶釵問起此事，他回應得內容：

寶釵問道：「這蔡公怎麼樣個人？到底叫什麼名字？」（寶玉）坐下說：「這可該說了。他姓蔡，名叫和羮，有五十多歲，原籍四川。

〔註43〕〔清〕雲槎外史撰、尉仰茄點校：《紅樓夢影》第五回，頁37。
〔註44〕〔清〕曹雪芹，高鶚著、馮其庸等校注：《紅樓夢校注》第三十二回，頁499。
〔註45〕〔清〕曹雪芹，高鶚著、馮其庸等校注：《紅樓夢校注》第三十二回，頁500。

如今入了京籍，捐班出身，又是左丞相的乾門生。」……寶釵又
問：「為人談吐還風雅嗎？」寶玉說：「純是個勢利場中的熱人。」
〔註46〕

寶玉雖不再反對入仕，但是對於官場上勢利的官員，仍是表現厭惡的態度，
尤其蔡和羹是捐班出身，捐班即是捐納，茹佳楠提到：「捐納即捐貲納官，清
代又稱捐納事例，簡稱『捐納』，捐納……在清朝實為一種腐敗的制度……」
〔註47〕捐官為何腐敗，因為捐官是以捐贈財物的方式得到官職，清中後葉後，
捐官成為濫觴：

> 捐納事例者，定例使民出貲，給以官職，或虛銜，或實授，用以朝
> 廷之急需也，施行以後，流弊百出……及國勢日弱，財力不支，府
> 庫空竭，民生凋蔽，遂恃捐納為救貧急務。其因捐納得官者，則專
> 搜刮，唯利是圖，影響於民生凋蔽國體者甚巨。〔註48〕

捐官像是買賣官職，比起一般苦讀十年，考過科舉的讀書人，是不正當的手
段進入仕途，這些捐官之人，多是靠諂媚權貴人士，因此寶玉以一般人角度
評價他，自然充滿貶抑的觀感。寶釵後續給予寶玉回饋：

> 寶釵說：「既是勢利場中人，怎麼又肯退歸林下呢？」寶玉說：「那
> 是李瞎子不知道，不是告休，是丁憂的，二月就滿服了。敘起來是
> 詹師爺的同鄉，和老爺說的很投機。敘起來是詹師爺的同鄉，當面
> 就許親，便委了老詹作媒，說嫁了女兒就要出去了。」……寶玉說：
> 「爽快？那是煉成了的江湖派！」寶釵笑道：「到底是經了一場患難
> 的好處，你竟有瞧得出人來的日子！」〔註49〕

寶釵關心寶玉之外，亦是關心官吏之事，從她回應寶玉瞧得出人，可推斷她
是較認同寶玉把蔡公論斷成江湖派，表面上夫妻對於入仕觀點基本是一致。
但因寶釵對蔡公並沒有進一步貶抑與厭惡，這是她與人為善的一面，與寶玉
想法上有了些微差異。反映出夫妻關係能夠和諧在作為妻子必須要非常支持
作為丈夫對外、對自我志向的實踐，以平天下為人生的最終目的，然而寶釵
好像保留了更多私人的一些想法，所以對於入仕此事，還是回應到比較婦人

〔註46〕〔清〕雲槎外史撰、尉仰茄點校：《紅樓夢影》第六回，頁42〜43。
〔註47〕茹佳楠：〈簡評清朝捐納制度〉，《黑龍江史志》第3期，2014年，頁37〜39。
〔註48〕許大齡：《清代捐納制度》（臺北：文海出版社，1950年），頁13。
〔註49〕〔清〕雲槎外史撰、尉仰茄點校：《紅樓夢影》第六回，頁42〜43。

之見，在第十六回，當寶玉告知寶釵，梅瑟卿高價私賣王爺所賜與的宅第紫檀堡時，她接連提醒寶玉：「寶釵道：『這些事，要是老爺知道了，你可提防著。』……寶釵笑道：『要知道他的行為，只怕更要讚他呢。』」〔註50〕，她的想法較為短淺，只想到賈政必然對私賣王爺賞賜宅第不予認同，出自婦人立場規勸丈夫，但是寶玉認為賈政會因梅瑟卿，平時為人、人品俱都符合傳統文人本色，不會對此事發怒。

因此兩人對入仕觀點的差距，在於寶釵不是那麼了解男性的理想內容，只是片面了解士大夫就該奉公守法，所以她的想法寶玉產生衝突。當兩人不互相體諒的時候，往往出現在具有情愛在其中的夫妻關係時，便會產生了一些不和諧部分，成了可以再進予探討的，產生這些差異性的理由，從第十六回寶釵規勸紫檀堡買賣之事，是因為出自她對丈夫的關愛，使她看法與寶玉不盡相同。

總結來說，《紅樓夢影》的寶玉與曹雪芹筆下的賈寶玉對入仕看法上有了落差。在《紅樓夢》當中他們的不和諧就是對入仕這件事情彼此矛盾。因為進入《紅樓夢影》之後，顧太清改寫了寶玉和賈政的關係，關鍵是對入仕之事，叛逆的賈寶玉終於回到生命的正軌。在她的小說當中，給予寶玉父子一個新的契機，賈寶玉真正轉變了對入仕原先排斥的想法，進而抱持較為肯定的態度，這種態度向父親賈政積極的入仕觀趨近，顧太清欲藉此重新強調男性職責，而女性對入仕的看法，她則有了不同於男性的看法。

二、行為上的轉變：克盡職責的態度

在《紅樓夢影》裏，主角賈寶玉對入仕觀點，已經有所轉變。由消極避世轉而較積極入仕的態度，符合明清讀書人的普遍觀點。此一轉變必然在行為上有所顯現，或可在行為裏看出蛛絲馬跡。因此以下將探究賈寶玉在任官前、後的諸多行為，藉由工作態度和行政意識兩大方面依序進行分析，最後再與《紅樓夢》中寶玉的行為作對照，判斷他行為與原著是否有所不同。

（一）工作態度

首先必須探討寶玉的工作態度。因為工作態度可看出一個人的觀念與價值觀。寶玉入仕觀點轉變，主要顯現在依從賈政之命令，賈政送寶玉回家

〔註50〕〔清〕雲槎外史撰、尉仰茄點校：《紅樓夢影》第十六回，頁131。

便向王夫人說：「只好除了至親一概不會客，就說用功呢。到明年會試的時候，也就長起來了。」〔註51〕在第七回寫到柳湘蓮要找寶玉時：

> 湘蓮坐了好久，就往賈府來拜寶玉。且說寶玉因場期將近，這日正在內書房抱佛腳。忽見焙茗答應飛跑出去，寶玉整整衣冠迎接出來，二人見面，執手寒溫，進房坐下，焙茗倒了茶來。寶玉就問他這幾年行止。〔註52〕

他待在屋內用功，雖是臨時抱佛腳，但也直到好友前來才會客，可見寶玉入仕觀點轉變的原因，依從父命是重要原因之一，雖不能確認他是完全心甘情願。但他價值觀在為官後確實有了轉變，雖然《紅樓夢影》中作者並未直接寫到寶玉工作詳細情節，但是從寶玉為官後的生活細節，從旁推敲，亦可間接證明寶玉工作時的心態。第十回寶玉考過殿試，他與賈蘭等人被授翰林院庶吉士〔註53〕，第十一回賈政還叮囑寶玉：「你和蘭兒在家好好用功，練練字，明年還考散館呢。」〔註54〕，所謂的散館是指「庶吉士在翰林院庶常館向教習學習清書、漢書，三年期滿於下科考試，舊在體仁閣，後在保和殿，謂之散館。」〔註55〕，因此小說情節與清代科考制度大致相同：「凡殿試取中者……二、三甲進士授庶吉士……庶吉士入館學習，三年考試散館，優者留翰林院任編修、檢討，次者改給事中、御史、主事、中書、推官、知縣以及教職。」〔註56〕，可見顧太清是依照現實而寫，有虛描實寫的意味，在第十五回賈政要寶玉會客：

> 只見雙環跑來說：「老爺叫二爺去會客呢。」寶玉就慌忙去了。……且說寶玉回到房中換了衣冠，到書房來見老爺。賈政道：「方才東平王前導已來，說王爺隨後就到。所以叫你們伺候著。」只見回事的跑來說：「東平王爺來了。」於是賈璉、寶玉、賈環、賈蘭在大門以內迎接。〔註57〕

上面雖是寫寶玉等迎接東平王情節，但寶玉恭敬等候東平王，對於統治者

〔註51〕〔清〕雲槎外史撰、尉仰茹點校：《紅樓夢影》第三回，頁21。
〔註52〕〔清〕雲槎外史撰、尉仰茹點校：《紅樓夢影》第十回，頁77～78。
〔註53〕參見〔清〕雲槎外史撰、尉仰茹點校：《紅樓夢影》第十回，頁78。
〔註54〕〔清〕雲槎外史撰、尉仰茹點校：《紅樓夢影》第十一回，頁87。
〔註55〕參見李新達著：《中國科舉制度史》（臺北：文津出版社，1996年），頁303。
〔註56〕劉子楊：《清代地方官制考》（北京：紫禁城出版社，1994年），頁21～22。
〔註57〕〔清〕雲槎外史撰、尉仰茹點校：《紅樓夢影》第十五回，頁121～122。

（上位者）的躬順、尊敬，暗示寶玉在工作上，很可能也是秉持著循規蹈矩的做事態度，雖不排除拍馬屁可能，但是推斷寶玉不會輕易逾越職權，恪守本分。

（二）行政意識

寶玉的行政意識，可從當官時的原則，處理官職平時對談的意見，以及對其他為官者的態度、意見等面向來找到線索，像在第十六回寶玉下班拜訪梅瑟卿，薛蟠要買他被忠順王賞得一處宅第，因為柳湘蓮喜歡那座宅院私下以一千六百銀買賣，當寶釵了解此事，便說賈政如果知道，肯定會生氣：

> 寶釵道：「這些事，要是老爺知道了，你可提防著。」寶玉道：「不怕，梅大爺是老爺最贊的人，總說：『據自己所見的少年公子，無出其右者。人品、學問都靠的住，毫無紈絝習氣。長和他談談，大有益處。』」寶釵笑道：「要知道他的行為，只怕更要贊他呢。」寶玉道：「他原不錯，不過略放誕些，卻也是文人的本色。」〔註58〕

梅瑟卿是梅翰林的兒子，名字是鼎臣，是薛寶琴的丈夫，當代名士。他是寶玉好友，殿試中了探花，任翰林院編修，寶玉回應中肯定了梅瑟卿私賣王爺賜與宅第，認為他的行為雖放誕，卻是文人本色，隱約看出寶玉對於梅瑟卿行事肯定，雖說私賣宅第不屬公事，但宅第為行政上位者所贈與，多少有帶有行政的性質，寶玉說的合乎文人本色，雖未明指是對當官所說，但文人多持入仕態度，與為官者的價值觀相似，而且此時梅瑟卿任官，寶玉對文人評斷可視為他對為官者價值判斷。寶玉行政意識表現在他對梅瑟卿行為肯定，即使他認為行政時有些放誕之處，亦在情理之中，仍然符合行政需求。寶釵對行政的看法，與寶玉不太相同，還是認為嚴謹一點較好，她提出的意見，除了關切也表達她的不同看法，守著傳統女性賢內助的責任。

在第二十三回賈璉選上稅差後，媚豬向賈璉諂媚，希望求得官職，這時寶玉竟說：

> 只見媚豬走到賈蓉跟前說：「二老爺放了稅差，求大爺把我薦過去。」賈蓉笑道：「我可不敢管閒事了。」寶玉說：「此刻可以管

〔註58〕〔清〕雲槎外史撰、尉仰茄點校：《紅樓夢影》第十六回，頁131。

得。」眾人聽了無不大笑，連賈璉都幾乎噴飯，說：「寶兄弟從不
多說話，說出來一句是一句。」大家再笑起來。〔註59〕

寶玉說賈璉可以管得推薦官職的事情，雖是玩笑話，隱約透露他對於行政
的意識，是贊同賈璉的行為，讓自己手下在自己官職下面工作，較同意這種
偏私的行政行為，實際上賈璉僅是推薦而已，未必媚豬會獲得工作，並不算
是買官之類的行為，有時算是正常的行政。所以寶玉是贊成這樣行政程序。

相較《紅樓夢》寶玉是不願當官，無法直接論斷他的工作態度與行政意
識，但在第三十六回，襲人與寶玉的交談內容：

> 寶玉道：「那武將不過仗血氣之勇，疏謀少略，他自己無能，送了
> 性命：這難道也是不得已！那文官更不可比武官了，他念兩句書
> 汙在心裏，若朝廷少有疵瑕，他就胡彈亂勸，只顧他邀忠烈之名，
> 濁氣一湧，即時拚死，這難道也是不得已！還要知道，那朝廷是
> 受命於天，他不聖不仁，那天地斷不把這萬幾重任與他了。可知
> 那些死的都是沽名，並不知大義。……〔註60〕

他對武將與文官都給予強烈的批評，認為武將戰死沙場，是能力不足，文官
死諫不過是為了邀得忠烈之名，背後意思是寶玉認為要為官，要有十足能
力且不能效法以上沽名釣譽的行為。

總而言之，寶玉工作態度上是盡忠職守，不輕易逾越職權，然而他對於
行政，執行公事，是比較開明，不至於不通人情，太過正直，也認為做官之
人私下的一些不正當的來往，在可容許範圍之內，是可以給予容忍體諒，體
現他有人情的一面，因此可見顧太清欲塑造賈寶玉為負責任，同時具有彈
性思維的官員，藉此體現她心目中良好官員該有的工作態度及行政意識。

第二節　自我的責任：肩負家庭和社會之期許

顧太清在《紅樓夢影》中對文人的職責多有描述，而賈寶玉又為小說的
主角，因此自然是她用以投射對於文人職責重塑的最佳對象，而她對文人職
責的觀點，應會受到當時時代背景的影響，故先陳述明清文人自我實踐的價

〔註59〕〔清〕雲槎外史撰、尉仰茹點校：《紅樓夢影》第二十三回，頁187。
〔註60〕〔清〕曹雪芹，高鶚著、馮其庸等校注：《紅樓夢校注》第三十六回，頁551
　　　　～552。

值觀，再來，仍以賈寶玉為主要研究對象，從家庭及社會，這兩大的層面，依序探究賈寶玉在任官之後，家庭是否更為和諧美滿，家族聲名與地位是否由衰弱轉為強盛，社會狀況與問題是否因此得到改善，甚至達到太平盛世的景象，以此找出顧太清所認為的文人所應當達成的期許。

在古代中國的封建制度下，文人價值觀深受儒學影響，把「修身、齊家、治國、平天下」視為畢生追求目標與終極價值，在這種思維底下，「學而優則仕」入仕觀點，被文人視為必走正途。呂妙芬認為：

（明清諸儒）他們之間有共通處，其中明顯的共通點是：肯定個人當世的道德修養，對於死後個體性神魂的歸趨有決定性的作用，亦即儒學的修身工夫具有超越當世生命的價值與影響力。〔註61〕

她討論從宋代到明清的儒者，發現明清諸儒把個人道德修養，層次提升得更高，不僅為承繼孔孟聖人之道，更是死後靈魂去從的主要依據，藉由精進修養德行，死後方能長存天地，明末王嗣槐說：「生為君子，歿而為神；生為小人，歿而為鬼。」〔註62〕，呂妙芬得到結論是「修養達於聖賢者，其神魂能夠永不磨滅；一般凡人則終要消衰散亡，與草木同腐朽。」〔註63〕重要在於個人道德修養，賈寶玉與明清文人價值觀趨近，也會重視修身。修身不僅為實現自己理想的根基，也是為求死後神魂留存天地。相較前章賈寶玉入仕觀點與當時普遍的文人所持積極入仕價值觀，已經比《紅樓夢》裏的寶玉還要接近許多。他在第十回考上科考，入翰林任庶吉士後，對於自我的責任，可區分從家庭、社會兩大方面來看，家庭是組成社會的最小單位，對文人來說，家庭相對是屬於內部人、事物，而社會則是對廣大群眾，屬於對外在人、事物。探究這兩大方面可以定位那時代文人的職責，以下便依序討論。

一、家庭中的身分及責任

中國封建制度在明清兩代到達顛峰，國家權力集中於國君，諸多尊卑倫理，如：君與臣、父與子之間，則被強調與內化到文人心中，而根深柢固，中國社會的組成，傳統的家庭是最底層，也是最重要的存在，寶玉在任官後，

〔註61〕呂妙芬：《近世中國的儒學與書籍：家庭、宗教、物質的網路》（臺北中央研究院，2013 年 10 月），頁 117。

〔註62〕〔清〕王嗣槐撰：《太極圖說論》（上海：上海古籍出版社影《續修四庫全書》北京大學圖書館藏清康熙三十五年刻本，1999 年），頁 16。

〔註63〕呂妙芬：《近世中國的儒學與書籍：家庭、宗教、物質的網路》，頁 117。

秉持與多數文人認同的價值觀，依循「修身、齊家、治國、平天下」實現人生
理想。因為要平天下，必須先齊家，所以文人首先要照顧好家庭，當官之後
理應更在意家庭關係的經營，這是社會對官員的期待。為官者在朝廷是臣子
角色，相對國君是地位卑下，在家庭中是丈夫角色，相對於家庭卻是地位尊
貴。

　　夫婦關係本為中國的五倫之一，因為中國社會以男子為中心，夫婦關係
並不平等，耿立羣提到「夫婦相處之道，理想上是應相敬如賓」〔註64〕，這
是古代傳統觀念，他又說道：

> 婦人既從屬於夫，則事夫要周到恭謹。後漢梁鴻與孟光夫婦，被認
> 為是夫妻「相敬如賓」的典型，傳誦千古，其實「舉案齊眉」代表
> 的是妻對夫的恭謹有禮，不敢仰視於夫，遂將食具高舉至眉奉上，
> 可謂敬之極也。〔註65〕

妻子明顯處於卑下的地位，「隨順」被認為是婦人最高美德。形成「男主外，
女主內」的現象，但丈夫也受到妻子影響，例如：家務事情，而且妻子主管家
務，從另一方面看，耿立羣說「雖然丈夫的權力地位皆凌駕於妻子之上，但
畢竟婦與夫是相互匹配，可等量齊觀的。」〔註66〕妻子地位並非是家庭中最
低的，妻地位遠高於妾，就以此標準衡量書中女性角色之責任。第十四回，
寶琴送來瓜燈，寫了一個冰紋箋，引起姊妹們玩鬧：

> 看完，大家稱讚。李紈說：「好卻好，只是收的太頹敗些。」湘雲、
> 探春齊說：「這正是他見到的地方，本來如此。」正說著，見寶玉、
> 賈蘭下了衙門，一同進來請安。湘雲拿著那詞，向寶玉笑道：「請教
> 請教。」寶玉接來一看，說：「到底琴妹妹有興致，這幾年咱們這些
> 事都擱下了。」回頭看見瓜燈雕的甚好，說：「咱們也弄這個玩玩。」
> 〔註67〕

此時寶玉已經當官，他剛工作回家，就立刻向母親王夫人請安，同時來見妻

〔註64〕耿立羣：〈禮法、秩序與親情——中國傳統的長幼之倫〉，藍吉富、劉增貴編：
　　　　《敬天與親人》，頁501。

〔註65〕耿立羣：〈禮法、秩序與親情——中國傳統的長幼之倫〉，藍吉富、劉增貴編：
　　　　《敬天與親人》，頁501。

〔註66〕耿立羣：〈禮法、秩序與親情——中國傳統的長幼之倫〉，藍吉富、劉增貴編：
　　　　《敬天與親人》，頁502。

〔註67〕〔清〕雲槎外史撰、尉仰茄點校：《紅樓夢影》第十四回，頁110。

子寶釵,說明他對於家庭倫理關係的重視,克盡孝道與丈夫之責任。寶玉在任官前,寶釵就生了一個兒子,取名叫賈芝,寶釵與寶玉一反《紅樓夢》裡的冷漠相處,越加恩愛,在第十一回寶玉初任官時,更關心妻子,下雨天特別命麝月準備傘與玻璃小提燈,油靴等物來接寶釵,說明寶玉任官後夫妻感情更融洽。在第二十一回中,寫到湘雲與寶釵,見到寶玉撥空教子的畫面:

> 進房來,見寶玉給芝哥理字型大小。見他們進來,站起身來讓坐。湘
> 雲說:「這才是教子成名呢!」寶玉說:「我不教了,找大姑姑教罷。」
> 湘雲瞅了一眼說:「又不是我的兒子。」寶玉說:「咱們換罷。」寶
> 釵道:「你別說,妞兒和我親的很呢!」……寶玉問:「妞兒認字沒
> 有?」寶釵說:「認了好些,天天早起認給姥姥瞧。」正說著話,回
> 進來梅大爺來了。寶玉站起身說:「失陪了!」就出去會客。〔註68〕

寶玉親自教兒子寫字,為良好的父子關係打下基礎,幼年受到父母關愛多寡,會對孩子產生巨大影響。他在官事繁忙下,對兒子的照顧不疏忽,對賈芝的愛不言而喻。寶玉當官後,家庭愈和睦,做到儒家對為人夫與為人父的要求。寶釵也發揮妻子的責任,而當寶玉離開後,她又向襲人說:「你隨便弄點什麼吃的點心,等上頭的還早呢。」〔註69〕雖然未明寫她要準備給賈芝吃的,因為特別交代,可推敲她對於賈芝與湘雲女兒的細心照料,也可能是她時刻揣測寶玉心思,幫忙丈夫照顧,做到輔助丈夫的責任。又因寶釵與湘雲關係很緊密,使得寶釵對湘雲的女兒有較多的關懷,寶釵提到她與妞兒「親得很」,暗示她與妞兒關係密切,其實早在第四回寶釵生下賈芝時,湘雲竟也在「同歲、同月、同日、同時」生下妞兒,王夫人與薛姨媽對此很關注,湘雲幾次回賈府時常帶著妞兒,在第十回湘雲回賈府祭奠賈母,寶釵隨同李紈、平兒前去探視湘雲的女兒妞兒:「李紈問:『你們妞兒呢?』湘雲未及回言,玉釧說:『在屋裡吃奶呢。』李紈、寶釵、平兒都到裡間屋看孩子去。」〔註70〕隨後探春到來,發現妞兒與寶釵長相極相似:

> 湘雲問道:「你看什麼呢?」探春笑道:「你們這孩子一點兒也不像
> 你,倒和寶姐姐一個模樣兒,連耳朵上的硃砂痦子都一樣!」王夫
> 人問寶釵:「你的痦子我還沒瞧見呢。」寶釵說:「也怪,他瞧見我

〔註68〕〔清〕雲槎外史撰、尉仰茹點校:《紅樓夢影》第二十一回,頁169。
〔註69〕〔清〕雲槎外史撰、尉仰茹點校:《紅樓夢影》第二十一回,頁169。
〔註70〕〔清〕雲槎外史撰、尉仰茹點校:《紅樓夢影》第十回,頁73。

　　就笑。」探春笑道：「雲妹妹就把妞兒認給寶姐姐作乾女兒罷。」平

　　兒道：「這才好呢。以後就管著他們叫乾爹、乾娘了。」〔註71〕

寶釵與妞兒長相很像，探春甚至要寶釵認湘雲女兒作乾女兒，種種因緣使得寶釵對妞兒更為關心，第十三回賈府慶端午之際，描寫到寶玉兒子賈芝、賈璉兒子賈苓與湘雲女兒掌珠妞兒一起遊玩：

　　王夫人笑問：「誰給你們畫的？」賈苓說：「姐姐。」賈芝拉著王

　　夫人的袖子說：「我叫姐姐也抹這個，他不抹。」王夫人說：「那

　　麼大姑娘也抹這個？」芝兒說：「妹妹怎麼抹呢？」說的眾人都笑

　　了。〔註72〕

由此可證實湘雲女兒掌珠妞兒時常隨湘雲來到賈府，而且賈政曾對妞兒有很好印象，甚至「腰裡摘下個荷包，拴著個白玉麒麟，連這荷包親自給妞兒掛上。」〔註73〕，隨後他命王夫人作媒，妞兒與賈芝訂親，她成寶釵的媳婦，寶玉十分歡喜：

　　寶玉聽了十分歡喜，說：「我要作公公了。」又問：「誰的主意？」

　　寶釵說：「老爺叫太太托媽媽作媒；那門親事是璉二嫂托咱們親家母

　　的。」把個寶玉樂了個事不有餘。〔註74〕

這裡寶釵順從公公賈政以及王夫人的意思，同意自己兒子與湘雲女兒的婚事，亦可見寶釵始終識得大體，做好身為妻子的責任。

　　從失蹤到回歸賈府，寶玉讓賈府逐漸恢復昔日榮華，寶玉在衙門工作後，賈家氣運開始扶搖直上，先是賈政平定邊疆，從吏部尚書升任東閣大學士，出任相國，後又逢皇子出生，皇上因念賈妃而召見賈政，賞了賈環五品官職，又賞賈赦三品的半俸，使得「一家人無不歡喜。」〔註75〕，賈赦後搬到「隱園」安養餘生，作者描寫賈家之富隆景況：

　　卻說賈赦雖是隱居，真應了古人說的那一句：「富在深山有遠親」，

　　每日送禮的絡繹不絕。溫居的未完，接著又是祝壽的。就是那些宗

　　親王位也都送了禮來，還要親身來祝壽，都回了不敢當。〔註76〕

〔註71〕〔清〕雲槎外史撰、尉仰茄點校：《紅樓夢影》第十回，頁74。
〔註72〕〔清〕雲槎外史撰、尉仰茄點校：《紅樓夢影》第十三回，頁108。
〔註73〕〔清〕雲槎外史撰、尉仰茄點校：《紅樓夢影》第二十二回，頁178。
〔註74〕〔清〕雲槎外史撰、尉仰茄點校：《紅樓夢影》第二十三回，頁182。
〔註75〕參見〔清〕雲槎外史撰、尉仰茄點校：《紅樓夢影》第十二回，頁89。
〔註76〕〔清〕雲槎外史撰、尉仰茄點校：《紅樓夢影》第十二回，頁94。

賈政任宰相之職，可謂是「一人之下，萬人之上」。連不問官事的賈赦，隱居後皇親宗王依舊送禮不斷，可見賈家聲勢之大，已是前所未見，由此可見寶玉任官後，雖無較大的政績，應是稍有佳績，最少是妥當處理衙門的官事，不然賈家在官場上不會一直平步青雲。總結來說寶玉為官後，家族地位已至巔峰，獲得更高的榮耀。

二、社會中的地位與職能

　　寶玉任官後，實踐他身為家庭成員的職責，這是對內而言，同時他也發揮文人在社會中的職能，就是所謂仕人強調的「經世濟民」的價值觀所追求的目標實踐，則是對外而言。社會於個人，是屬於外在環境的部分，而他實踐了在社會上責任，讓整個社會更趨盛世，第十二回作者寫到：

> 萬歲爺在陽春殿召見賈中堂，……又問賈中堂現有幾子，有無差使？賈政奏道：「臣長子賈珠少年亡故，長孫賈蘭蒙皇上天恩，是翰林院庶起士，次子賈寶玉……」剛說到這句，皇帝就問，說：「我記得他不是中舉之後還丟過一回嗎？如今有什麼差使？」……〔註77〕

皇上有時間如此關心朝臣，唯有在舉國平安、四海昇平的狀態下，才能撥出額外時間關心，若社會處於戰亂時期，皇上難花心力與時間，去關心臣子私事。在第二十三回，賈政在生日那晚夢見賈母，她和他說道：

> 這日下朝畫寢，……太君說：「我如今雖未成仙成佛，卻也無拘無束。……想你年近七旬，官居極品，子孫也都冠帶榮身，那福祿壽三字也算全了。雖然成隆重，這些年調和鼎鼐，國泰民安，也就是報了君恩。趁此時光，急流勇退。……」〔註78〕

賈母講到近年社會風調雨順，國泰民安的景象，雖是在誇賈政做相國盡心竭力，但此時間點，寶玉早考上科舉，在衙門的工作，推想必是克守本分，不然賈家難以如日中天，社會比先前更繁盛，因此可說寶玉入仕後，盡了自己在社會中的地位與職能，顧太清藉此寶玉來重新定義清中後葉文人的責任。總結來說，家庭中地位與責任，寶玉盡了身為人夫責任，也是邁向他淑世最終目標必定經過的里程碑，女性方面寶釵盡好身為妻子的責任，為寶玉好好照

〔註77〕〔清〕雲槎外史撰、尉仰茄點校：《紅樓夢影》第十二回，頁89。
〔註78〕〔清〕雲槎外史撰、尉仰茄點校：《紅樓夢影》第二十三回，頁199。

料自己的兒子，並且擴大母愛，對族中幼子也給予細心照料。

　　總結來說，顧太清認為的文人應當負起的責任，是依循儒家所強調「修身→齊家→治國→平天下」的價值觀來達成家庭乃至於社會對他們的期許，此點可由《紅樓夢影》男主角寶玉在任官之後的情節來印證，在家庭裡就必須做好為人夫、人子的本分，使家庭獲得和諧，在家族裡應要做好身為家族一員的責任，為家族爭取榮耀，在社會上，就應全力做好所任官職的工作，為君王分憂解勞，使得社會乃至國家都能達到太平治世。

　　最後《紅樓夢影》，作者顧太清逆轉曹雪芹《紅樓夢》裡賈寶玉的入仕態度，進而肯定入仕的意義，賈寶玉在小說裡變成對科考不再排斥的貴族子弟，表現出積極生命自我實踐意識，因為她生活於清中後葉，所受傳統儒家思維的薰陶，藉由對於寶玉在追求生命自我實踐的改寫，反映出她不同於曹雪芹塑造寶玉的人物思維，在她筆下寶玉是積極入仕，變成溫柔敦厚的知識分子，有別於《紅樓夢》玩世不恭的賈寶玉，在眾多續書中，呈現不同的改寫風格。

第四章　生命的啟示：具有新意的轉化

　　《紅樓夢影》作為《紅樓夢》諸多續書中，少數由女性作者完成的續作，全書顧太清敘寫賈寶玉的失而復得，投入官場，賈政平定邊疆有功，官位升至相國，至此榮、寧二府重振，大有媲美賈元春封妃、賈府省親的盛隆之勢，完滿曹雪芹《紅樓夢》悲劇情節的缺憾，是屬於中國傳統的大團圓式的結局，改寫《紅樓夢》悲劇性的結局。王德威亦提到：

> 小說始於《紅樓夢》第一百二十回結尾處，在遭受一系列屈辱和悲劇後，賈府恢復元氣，寶玉與寶釵的婚姻得以持續，其他人等各升其職。顧太清創作此書的主要目的之一是扭轉《紅樓夢》的悲劇結局，她選取了一些主要角色的後人，在俗世名利或浪漫愛情中均有收穫。〔註1〕

由此可知顧太清為了扭轉原作的悲劇，因此大力原作的小說情節以及人物際遇做很大層面上的改寫，即使是主要人物的後人，也有相對圓滿的收場，除此之外，她欲從改寫續書為團滿的收場，重新強調生命的價值，在於個人理想的實踐，她深受中國儒家傳統價值觀影響，從人物性格之繼承及轉化、時文科舉之解釋及定位、女性經驗之轉化與再現這三個面向進行探討，首先從幾個重要人物的情節單元分析性格，再與《紅樓夢》重要人物性格去作對照，其次引小說中談到科考與八股文之看法，與顧太清所處清中後葉對科考的看

〔註1〕孫康宜、宇文所安主編：《劍橋中國文學史（卷下）：1375年之後》，頁429

法是否相應，在與《紅樓夢》裡對科考、八股文的看法進行探討，最後回觀顧太清自身生活經驗，她是否有將其寫入續書中，再與《紅樓夢》的小說情節進行對照，便可分析出她對《紅樓夢》的接受及轉化部分。

第一節　人物性格之繼承及轉化

續書中人物的性格，會受到續書作者某種程度上的改寫，出現與原書人物性格有所轉化的現象，這時可窺探出作者對於原書人物繼承的程度，以及作者為何如此改寫的企圖。可由賈寶玉性格的展現與寶釵情性的特質兩個方向進行分析：

一、寶玉的性格的展現

《紅樓夢影》中對賈寶玉的描寫篇幅頗多，呈現出不同於原書的賈寶玉的性格，寶玉性格的展現可從情愛的次序倒置與實踐的自我變異兩大脈絡進行分析：

（一）情愛的次序倒置

他對情愛的次序去探究，是他對妻子寶釵的態度，在第三回寶玉失蹤後首次返回賈府，他與寶釵有一段對話後：

> 寶釵略說了幾句話，見寶玉似有困意，便向襲人道：「你就服侍二爺在東套間睡罷。」襲人道：「已經鋪在裡間了。」〔註2〕

寶釵覺察到丈夫有睏意，便命令襲人服侍他，而後寶釵希望更多人照顧她，便向說出她的想法，而寶玉認為是很合理的安排，而後當鴛兒捧藥要給寶釵吃，寶玉便立刻關心：

> 寶玉問道：「你吃什麼藥？」寶釵道：「太太叫吃寧坤丹呢。」聽了聽，鐘打十二下。寶釵道：「該睡了，明日還有好些事呢。」寶玉知寶釵產期已近，不便同宿。就著襲人服侍在套間去睡。〔註3〕

寶釵叮囑寶玉，寶玉接受，並且展現體貼寶釵一面，不與她同宿，這裡寶玉對寶釵的話語是接受的，而且充滿關愛。在第十四回賈府眾姊妹作聯句時，寶玉才思不及眾姊妹，所寫詩句勉強用眼前景色應付，讓寶釵不禁說出：

〔註2〕〔清〕雲槎外史撰、尉仰茄點校：《紅樓夢影》第三回，頁21。
〔註3〕〔清〕雲槎外史撰、尉仰茄點校：《紅樓夢影》第三回，頁21。

寶釵道：「何苦七拼八湊的，真可是填詞了。」正在說笑，只聽滿池撲拉之聲，飛起幾只鷺鷥。寶釵道：「就用他收了罷。」向探春手裡接過筆來。寫道：「有鷗鷺，蓮葉底。」寶玉道：「這也未必不是湊的罷，你說我的不好，你就改改，這位蘅蕪君我真惹不起。」湘雲問道：「二哥哥如今還怕寶姐姐麼？」寶玉笑道：「如今更怕了。」說的大家哄堂大笑，連地下伺候的丫頭、婆子都笑了。寶釵把臉一紅，剛要回言〔註4〕

寶玉對寶釵的建議，雖未立即反駁，但在寶釵作詩後，便脫口而出「未必不是湊的」〔註5〕，而後又說他惹不起寶釵，雖是以玩笑的口氣，言詞中隱隱流露出對寶釵建議的不滿，當湘雲問起寶玉是否還怕寶釵，他更是毫不猶豫說出更怕寶釵，可見他對寶釵明顯是持敬怕的態度。在第九回當寶玉祭完花神，回去後寶釵立刻詢問寶玉：

寶釵回頭問道：「見著花神了？花神可好哇？」寶玉笑著坐在旁邊，說：「什麼好不好，不過是心到神知罷了。」寶釵笑問鶯、月二人：「你們瞧見花神沒有？」寶玉只怕他們說出昨夜的話來，忙著說道：「信他們胡說呢。」〔註6〕

寶玉不敢對寶釵說出他與黛玉在夢裡相會的真相，而是用心到神知四字來迴避寶釵的問題，可見寶玉是懼怕寶釵的態度，其次當寶釵轉而詢問鶯兒、麝月，因為她們二人隨同寶玉到瀟湘館祭花神，寶玉心情緊張起來，而說別聽他們胡說，因此寶玉對寶釵既敬且怕，兩人始終有所隔閡，難以真正坦誠相對。寶玉對於情愛的次序還可從他對黛玉想法，以及他對黛玉的懷念次數看出，他對黛玉的想法可由第六回寶釵把斿檀香雕臂隔送給賈蘭，上面雕得是唐明皇遊月宮的故事，讓寶玉想起黛玉：

賈蘭接過來謝了寶釵，看了看，原來是斿檀香雕的唐明皇游月宮的故事。寶釵說：「你看那鬚眉毫髮，裙褶衣紋，連那些樂器，真是細入無間，難為他怎麼下刀！」寶玉聽了，便接過一看，那裡是廣寒宮，竟是太虛幻境的樣子。看那嬋娥時，宛然是林黛玉的小照。便

〔註4〕〔清〕雲槎外史撰、尉仰茹點校：《紅樓夢影》第十四回，頁115～116。
〔註5〕〔清〕雲槎外史撰、尉仰茹點校：《紅樓夢影》第十四，頁116。
〔註6〕〔清〕雲槎外史撰、尉仰茹點校：《紅樓夢影》第九回，頁63。

> 從唐明皇想到楊貴妃，又轉念到林黛玉身上。想那六軍不發原是為
> 國家大事，才弄的個「君王掩面救不得」。林妹妹又是為什麼呢？被
> 眾人瞞神弄鬼，生生害了性命！〔註7〕

他先從嫦娥想到黛玉，再由唐明皇想到楊貴妃，又從楊貴妃想到林黛玉，他
將林黛玉比做楊貴妃，是極度可憐黛玉的遭遇，認為黛玉本身無罪，卻被眾
人欺騙，以至於抑鬱而死。第八回寶玉選在瀟湘館祭花神，實際上就是為了
祭黛玉，因為花朝節正是黛玉的生日，寶玉準備時相當慎重，甚至在祭文上
屢屢苦思：

> 寶玉帶了麝月、鶯兒笑著去了。進了大觀園，一路尋思這祭文的
> 作法，太莊重不能盡情；若把私心寫出，又怕得罪了黛玉。左思
> 右想，猶疑不定，又不好回去和寶釵商量，說：「也罷，索性不用
> 那些繁文，全憑這一瓣心香以表精誠，或可夢中相見亦未可知。」
> 〔註8〕

在這之前寶釵已經拒絕幫寶玉寫祭花神之祭文，而寶玉為了寫好祭文，甚至
還打算再找寶釵商量，可見黛玉在他心中的地位甚至高過做為妻子的寶釵，
寶玉怕寫出得罪黛玉的祭文，可見他依舊抱持知敬態度對待黛玉，終於他在
夢中與黛玉相見：

> 黛玉道：「你這些話，我都不懂。自你搬出園去，我每日無非是調鸚、
> 看竹，及時行樂。」此刻，寶玉恍惚自己娶的原是黛玉，彷彿今日
> 正是佳期。向黛玉笑道：「數載苦心，也有今日了。」暗想道：「他
> 們都說娶的是寶姐姐，原來還是林妹妹。」看他兩道似蹙非蹙的眉，
> 兩隻似睜非睜的眼。寶玉情不自禁，那黛玉也就半推半就，這一夜
> 綢繆纏綣，不必細說。〔註9〕

寶玉夢見黛玉成為自己的妻子，極可能是他因為顧慮寶釵，而壓抑在心中的
期盼，第八回多次提到寶玉要祭黛玉不能光明正大，只得藉由祭花神的名義，
暗地來祭黛玉，寶釵不放心還派麝月、鶯兒來監視他，如此說明寶玉把黛玉
當成是精神上重要的伴侶。他想起黛玉的次數可由表3分析：

〔註7〕〔清〕雲槎外史撰、尉仰茄點校：《紅樓夢影》第六回，頁44。
〔註8〕〔清〕雲槎外史撰、尉仰茄點校：《紅樓夢影》第八回，頁60。
〔註9〕〔清〕雲槎外史撰、尉仰茄點校：《紅樓夢影》第八回，頁61～62。

表3　《紅樓夢影》寶玉懷念黛玉次數統計表

回　　數	寶玉懷念黛玉次數
第六回	1
第八回	5
第十七回	3
第十九回	2
第二十三回	1
第二十四回	2
總共次數	14

寶玉出現思念黛玉的情節敘述，都在第四回之後，也就是在寶玉得子之後，又以寶玉為官作為分析會發現，寶玉為官前懷念黛玉的總次數是六次，而他為官後懷念黛玉的次數竟高達八次。而顧太清在第八回幾乎花所有篇幅在描寫寶玉祭花神之事，寶玉與黛玉在夢中纏綿後，寶玉想法是「想方才的夢景，若說是夢，又歷歷分明；若說非夢，仍是我一人在此。也不管他是夢不是夢，也算是了結了我二人的心願。」〔註10〕，由此可見他本應從此不再想起黛玉，然而第八回之後，他還有八次想起黛玉，非但對黛玉思念沒有減少，反而次數更多，在小說最後一回，寶玉重遊太虛幻境時：

> 只見那邊竹林裡站著個人，留神一看，原來是紫鵑在那裡拭淚，影影綽綽窗戶裡還有一人。寶玉這一喜，真是非常之喜。暗想，既見了紫鵑，窗裡那人非林妹妹而誰？便急走幾步，臨近了一看，並非黛玉，卻是平兒在那裡理妝。寶玉便止住腳步說：「我再往後去，想來還有好去處。」〔註11〕

作者用「非常之喜」四字形容寶玉將要見到黛玉時的欣喜，可見寶玉即使到了小說結尾處，對黛玉的想念還是很強烈，但從思念黛玉的頻率上分析，他任官前的十回中，思念黛玉有 6 次，約是 0.6 次／回，而他任官後的十四回中，思念黛玉次數 8 次，約是 0.57 次／回，他思念黛玉的頻率在任官後是略為下降。另外他再對其他女生的互動，寶玉房中除了妻子寶釵之外，還有襲人、麝月、鶯兒三位小妾，首先談到他與襲人之間的互動，在第二回寫到襲人嫁給蔣玉函後，她「話說蔣玉函這日娶襲人過門，見他愁生粉靨，淚灑秋

〔註10〕〔清〕雲槎外史撰、尉仰茹點校：《紅樓夢影》第八回，頁62。

〔註11〕〔清〕雲槎外史撰、尉仰茹點校：《紅樓夢影》第二十四回，頁195。

波，斷不肯俯就。」〔註12〕，蔣玉函只好打算把她送回賈府，花自芳認為不妥，便派妻子前來勸花襲人：

> 他嫂子便將蔣玉函的話細細述說了一遍，襲人甚實感激。花家的又說：「依我說，姑娘你也別一衝的性兒，就這姑爺模樣兒、家當兒、那一樣兒配不過你。要說是為寶二爺，我勸你直不用惦著他，他連老爺、太太、二奶奶都撇了，還有你啊！」襲人說：「他撇了父母妻子，那是他的錯；不忘受恩深重，這是我的心。咱們在這兒也不用說了，等到家，同了哥哥再說罷。」〔註13〕

襲人對寶玉之恩情始終不能忘懷，這樣恩情主要是主僕之情，當第三回賈寶玉回到賈府之時，襲人將這件事告訴他：

> 就著襲人服侍在套間去睡。襲人就把蔣家的事哭訴了一番，這寶玉不但不嗔怪他，反倒感那蔣玉函是個義士。這一夜自然是相憐相愛，不必細說。〔註14〕

寶玉對襲人之態度，似乎是極盡溫柔，然而實際上他們並沒有許多肢體上的互動，因此他們是沒有愛情關係，在第八回寶釵先為襲人做壽，寶玉進門詢問她們為何慶祝：

> 寶玉問寶釵：「什麼事如此盛談？」寶釵道：「襲姑娘的生日，難道你忘了麼？」寶玉說：「不是明日麼？」寶釵道：「今日先替他作壽日，明日正日子再吃麵。」寶玉笑道：「趁著我不在家，這才是體己呢。」襲人說：「這是奶奶賞的。這些年，爺還沒這麼賞臉過呢。倒會說便宜話。」麝月說：「不用鬧這些個給我們娘兒們瞧了。」說的都笑了。〔註15〕

寶玉沒有立刻想起是提前慶祝襲人生日，直到寶釵提醒，他才意識到，而且從襲人話語中，發現他甚至沒有賞錢給襲人，由此可見他對襲人僅有對妾的感情，較屬於主僕關係，並非是男女愛情，翌日襲人正式過壽時，平兒送來禮物，她對寶玉有以下的行為：

> 襲人說：「奶奶留下使罷！」寶釵說：「你留著用罷。我有個平金的，

〔註12〕〔清〕雲槎外史撰、尉仰茄點校：《紅樓夢影》第二回，頁8。
〔註13〕〔清〕雲槎外史撰、尉仰茄點校：《紅樓夢影》第二回，頁10。
〔註14〕〔清〕雲槎外史撰、尉仰茄點校：《紅樓夢影》第三回，頁21。
〔註15〕〔清〕雲槎外史撰、尉仰茄點校：《紅樓夢影》第八回，頁59。

也是他送的。」只見寶玉掀簾進來，問道：「誰送什麼？」寶釵道：「平姑娘給襲姑娘作生日的。」襲人鋪下紅氈，說：「等著給爺、奶奶磕頭呢！」寶玉笑道：「不必了。」襲人便拜了下去，寶玉連忙拉他起來，又給寶釵磕頭，寶釵拉起，說了幾句祝詞。

襲人稱呼寶玉、寶釵為爺與奶奶，這是代表她把寶玉夫婦二人當作主子對待，而且在她生日，還親自給寶玉夫婦磕頭，可斷定襲人對寶玉是謹守下人對主子的分寸，而寶玉對襲人亦是守禮，且沒有肢體互動，因此判斷沒有男女愛情。寶玉與麝月、鶯兒間互動可見第八回寶釵要她們二人幫忙寶玉祭花神，寶玉吩咐她們時的語氣：

> 便教他兩個把蘭花供在迎面案上，又把小方桌抬來放在中間，把鮮果擺好，又供了碗雨前茶，前面設上小爐。麝月問：「二爺不是要寫字嗎？」寶玉道：「不寫了，你舀水來洗洗手，拈香。」正自安排，聽窗外淅淅瀝瀝下起雨來。〔註16〕

可見寶玉把二人當作一般小妾看待，寶玉而後在聽到她們提到瀟湘館暖簾香氣，寶玉如此回應她們：

> 寶玉聽見這些話，便說：「你們不知道，像這樣香總不會散的。所以古人曾說過『至今三載留餘香』，這正是一樣的香了。」鶯兒說：「這麼說起來，我們姑娘那冷香丸的香氣自然將來也是不散的了。」麝月瞅了他一眼，鶯兒自知夫言，忙著鋪設好了，服侍寶玉寬衣睡下。〔註17〕

寶玉即使認為香氣是黛玉所留，也沒有斥責她們，在他與黛玉相會後，隔日當寶玉見到她們仍未醒來時：

> 寶玉輕輕的坐在旁邊，麝月一睜眼看見，便推鶯兒。二人笑著起來，說：「二爺好早，別是沒睡罷！」寶玉笑問：「昨夜花神來了沒有？」麝月說：「怎麼沒來？」寶玉問：「你聽見說什麼沒有？」麝月向鶯兒使個眼色，鶯兒說：「那些話我可不說了。」寶玉又問：「你們到底聽見沒有？」二人齊說：「豈止聽見，還瞧見了呢！」〔註18〕

值得注意得是寶玉並未與麝月、鶯兒有肢體上的接觸，可見寶玉對她們是無

〔註16〕〔清〕雲槎外史撰、尉仰茄點校：《紅樓夢影》第八回，頁60～61。
〔註17〕〔清〕雲槎外史撰、尉仰茄點校：《紅樓夢影》第八回，頁61。
〔註18〕〔清〕雲槎外史撰、尉仰茄點校：《紅樓夢影》第八回，頁62。

男女愛情，情愛不再是他人生最重要的實踐目標，中國古代如何對待妻妾，
耿立羣提到：

> 有一種人在家庭中的地位卻相當低，那就是妾。……一般來說，娶
> 妻要行大禮，要找門當戶對的女子；納妾則較隨便，或用錢財買得，
> 或納家中的婢女，或納妻子的陪嫁丫頭，在《紅樓夢》中就有這類
> 例子。另外，讀《紅樓夢》還可清楚感覺到，妾的地位極低賤，甚
> 至比未嫁的丫頭及年老的傭人還差一截。〔註19〕

寶玉的三位小妾，襲人、麝月原來就是寶玉屋中的婢女，鶯兒則是寶釵的陪
嫁丫頭，在寶玉心中地位遠不及正妻寶釵與情人黛玉，寶玉對待她們多是以
主子對待下人方式，合乎倫理規範，至多是多了些微的關心，因此可判斷男
女感情不再是寶玉的人生目標。當他與湘雲互動，遵從王夫人的安排：

> 湘雲道：「不但他們，連寶二哥哥回來還沒瞧見呢。」王夫人便叫人
> 去叫寶玉、賈環、賈蘭，又向湘雲說道：「因為他說話不防頭，你如
> 今居孀，比不得小的時候，所以我沒教他去瞧你。」正說著，見襲
> 人、麝月、鶯兒同了翠縷進來，都請了安，問了好。湘雲見他三人
> 開了臉，更覺俏麗。又見寶玉叔姪三人進來相見。〔註20〕

湘雲也是謹守分際，賈府姊妹們聚在一起討論詩社作詩時，眾人因找不到人，
想找考上科考的寶玉、賈蘭來湊人數，湘雲嘲笑寶玉作詩不過是詩社中倒數：

> 寶釵笑道：「咬著個舌子，專愛克薄人！」探春說：「不好了，二嫂
> 子急了，雲妹妹快賠不是罷！」湘雲走過來拉著寶釵的手說：「好姐
> 姐，別生氣，寶哥哥的詩也好，文章也好，字也好。不但我說好，
> 自天子以至於庶人都說好，不然怎麼點翰林呢。」

湘雲在寶玉不在時拿他開玩笑，隨後即將惹怒寶釵時，用一連串的讚賞寶玉
的方式讓寶釵消氣，湘雲敢拿寶玉開玩笑，可見她深知寶玉性情，二人關係
似是親近，但並非親密，因為湘雲畢竟為人妻子，在她喪夫後，身分變為寡
婦，與寶玉的互動必然保持距離為宜，上述寶玉與寶釵、黛玉、及其他女生
互動分析，發現寶玉在情愛的次序上出現倒置的現象，愛情不再是他人生首
要目標，他將情愛往後放置，因此與女性之互動不在是親密，而是保持距離。

〔註19〕耿立羣：〈禮法、秩序與親情——中國傳統的長幼之倫〉，藍吉富、劉增貴
　　　　編：《敬天與親人》，頁502～503。
〔註20〕〔清〕雲槎外史撰、尉仰茄點校：《紅樓夢影》第八回，頁62。

（二）實踐的自我變異

寶玉實踐自我方面，從第七回寶玉接受父親賈政的建議後，當柳湘蓮來找他時，他正因科舉考試日期近在咫尺，所以在書房用功，而且他與柳湘蓮交談：

> 忽見焙茗答應飛跑出去，寶玉整整衣冠迎接出來，二人見面，執手寒溫，進房坐下，焙茗倒了茶來。寶玉就問他這幾年行止。湘蓮便把對瑤卿說的話又述了一遍，又告訴說梅瑤卿待他的光景。寶玉聽了說：「可惜，這個人我總沒見過，殊為恨事。」湘蓮道：「他這兩日就來拜你。」又問了回寶玉如何走失，如何回來。〔註21〕

寶玉說出無法與梅瑤卿這樣人物見面，是一大遺憾，梅瑤卿是梅翰林的兒子，是官宦士家的人物，可見他對在為官前的人生目標，不只是善盡人子責任，與權貴來往也為日後仕途鋪路。在他任官後，小說最後一回，寶玉重遊太虛幻境時，他遇見一座金山、一座銀山，他感覺到無趣，在往後走他看到一座冰山，看到有無數衣冠之人靠在那裡，便詢問那些人為何要靠冰山：

> 眾人齊說道：「我們倚靠著他，只知其熱，不知其冷。」寶玉又問：「倚靠他有什麼好處？」眾人答道：「既承下問，敢不實言。既靠了他，連家中父母、妻子，甚至親故、童僕飽食暖衣，這都是靠他的好處。」寶玉又問道：「似這等光天化日之下，這許多人倚靠，倘或靠倒了又當如何？」眾人說：「假如靠倒了這一座，再去靠那一座。看足下也是宦途中的朋友，趁此極熱的時候，何不過來靠靠。」寶玉聽了這話，甚為可恥。〔註22〕

遇到金山、銀山感到無趣說明他對錢財並不貪取，當聽到這些官員，分明是趨炎附勢之徒，他感覺到極度可恥，而後一掉頭就走，可見寶玉為官後，是以做清廉良官為人生目標。在《紅樓夢》中，賈寶玉每日縱情恣欲的窩在姊妹堆中，因此襲人便要脅離開賈府，逼迫寶玉答應三件事情，其中第二件事為：

> 襲人道：「第二件，你真喜讀書也罷，假喜也罷，只是在老爺跟前或在別人跟前，你別只管批駁誹謗，只作出個喜讀書的樣子來，也教老爺少生些氣，在人前也好說嘴。他心裏想著，我家代代讀書，只從有了你，不承望你不但不喜讀書，已經他心裏又氣又愧了。而且

〔註21〕〔清〕雲槎外史撰、尉仰茄點校：《紅樓夢影》第十回，頁73。
〔註22〕〔清〕雲槎外史撰、尉仰茄點校：《紅樓夢影》第二十四回，頁194。

> 背前背後亂說那些混話,凡讀書上進的人,你就起個名字叫作『祿
> 蠹』……」〔註23〕

由此可見寶玉不喜讀書,已讓父親賈政失望,寶玉無法做好身為人子的本分,
而且他厭惡讀書人甚至取了貶抑的「祿蠹」二字加以嘲笑,他不太可能與當
官之人深交,甚至沒有認識的興趣。而且寶玉在答應襲人後,安分一陣子,
隨後又故態復萌,可見他對襲人的要求只是敷衍。在看寶玉對寶釵的態度,
在第八回寶玉探望生病的寶釵,寶玉與寶釵對話內容是:

> 寶玉此時與寶釵就近,只聞一陣陣涼森森甜絲絲的幽香,竟不知係
> 何香氣,遂問:「姐姐熏的是什麼香?我竟從未聞見過這味兒。」寶
> 釵笑道:「我最怕熏香,好好的衣服,熏得烟燎火氣的!」寶玉道:
> 「既如此,這是什麼香?」寶釵想了一想,笑道:「是了,是我早起
> 吃了丸藥的香氣。」寶玉笑道:「什麼丸藥這麼好聞?好姊姊,給我
> 一丸嘗嘗。」寶釵笑道:「又混鬧了,一個藥也是混吃的?」〔註24〕

寶玉對寶釵的關心與他關心其他姊妹並無太大的差異,即使關注到寶釵的香
氣,也沒有肢體上的觸碰,不像他對黛玉的舉止,在第十九回寶玉也曾聞到
黛玉的香氣,一番追問後:

> 寶玉笑道:「凡我說一句,你就拉上這麼些,不給你個利害,也不知
> 道,從今兒可不饒你了。」說著翻身起來,將兩隻手呵了兩口,便
> 伸手向黛玉膈肢窩內兩肋下亂撓。黛玉素性觸癢不禁,寶玉兩手伸
> 來亂撓,便笑得喘不過氣來,口裏說:「寶玉!你再鬧,我就惱了。」
> 寶玉方住了手,笑問道:「你還說這些不說了?」〔註25〕

寶玉對黛玉有肢體上接觸,隱約可看出他對黛玉有男女愛情,且黛玉在他心
中的地位比寶釵高。

從他與寶釵、黛玉互動上來看,可見在《紅樓夢》中寶玉把男女情愛置在
人生最要追求的目標上,因此可判斷顧太清在《紅樓夢影》中確實對寶玉的性
格進行改寫,實踐自我的方式反而是盡好身為人子的本分,並且做一個仁民愛
物的好官員,符合社會對士人的要求,不再是任性地以男女愛情為人生目標。

〔註23〕〔清〕曹雪芹,高鶚著、馮其庸等校注:《紅樓夢校注》第十九回,頁306。
〔註24〕〔清〕曹雪芹,高鶚著、馮其庸等校注:《紅樓夢校注》第八回,頁143。
〔註25〕〔清〕曹雪芹,高鶚著、馮其庸等校注:《紅樓夢校注》第十九回,頁308~
309。

二、寶釵情性的特質

《紅樓夢影》中薛寶釵從小說首回早已是寶玉的妻子，因為顧太清接續《紅樓夢》第一百二十回而寫，薛寶釵情性特質，可先從她談話的內容進行分析，主要從寶釵與寶玉對話與互動逐步做梳理，在看寶釵與其他角色的談話議題，是以什麼內容為主，藉此判斷寶釵的性情與原書人物性格繼承的情形。

（一）略情愛

在《紅樓夢》第六十三回眾姊妹為慶祝寶玉生日，當晚在怡紅院開夜宴大肆慶祝，行占花名兒的酒令，寶釵抽到花籤上圖案是牡丹花：

> 寶釵便笑道：「我先抓，不知抓出個什麼來。」說著，將筒搖了一搖，伸手掣出一根，下面又有鐫的小字一句唐詩，道是：任是無情也動人。又注著：「在席共賀一杯，此為芳之冠，隨意命人，不拘詩詞雅謔，道一則以侑酒。」眾人看了，都笑說：「巧得很，你也原配牡丹花。」說著，大家共賀了一杯。〔註26〕

首先寶釵抽到花籤上的那句「任是無情也動人」，出自唐代詩人羅隱名為《牡丹花》的詩作：

> 似共東風別有因，絳羅高卷不勝春。若教解語應傾國，任是無情亦動人。芍藥與君為近侍，芙蓉何處避芳塵。可憐韓令功成後，辜負穠華過此身。〔註27〕

此詩作者主要是以牡丹為吟詠對象，「任是無情亦動人」這句詩在原詩意思為牡丹花雖不會說話，但是它的花容卻能夠讓人動心。而曹雪芹在《紅樓夢》放入這首詩卻是用來比喻寶釵的性格，意思為無情是她外表的表現，而情感的冷漠則是代表她對禮教的服膺，因此她能夠節制自己的情感，所以曹雪芹藉引這句詩，為寶釵的性格定調，因此在《紅樓夢》裡面，關於寶釵的情愛描述很少，在第三十回寶釵面對寶玉的關心時，所給予的回應：

> 寶玉沒甚說的，便向寶釵笑道：「大哥哥好日子，偏生我又不好了，沒別的禮送，連個頭也不得磕去。大哥哥不知我病，倒像我懶，推故不去的。倘或明兒惱了，姐姐替我分辨分辨。」寶釵笑道：「這也多事。你便要去也不敢驚動，何況身上不好，弟兄們日日在一處，

〔註26〕〔清〕曹雪芹，高鶚著、馮其庸等校注：《紅樓夢校注》第六十三回，頁980。
〔註27〕〔唐〕羅隱著、潘慧惠校注：《羅隱集校注》，（杭州：浙江古籍，1995年），頁6。

要存這個心倒生分了。」寶玉又笑道：「姐姐知道體諒我就好了。」
又道：「姐姐怎麼不看戲去？」〔註28〕

這些言語中發現寶釵都很客氣地回應寶玉，當寶玉失言奚落寶釵，他將寶釵
比喻成楊貴妃，她便冷笑的回應：

> 寶釵聽說，不由的大怒，待要怎樣，又不好怎樣。回思了一回，臉
> 紅起來，便冷笑了兩聲說道：「我倒像楊妃，只是沒一個好哥哥好兄
> 弟可以作得楊國忠的！」〔註29〕

寶釵壓抑心中憤怒，不願與寶玉直接衝突，也可見兩人之間的隔閡，以及寶
釵待人虛偽的一面。直到第三十一回，端午節王夫人置酒席，寶釵對寶玉行
為是：「寶玉見寶釵淡淡的，也不和他說話，自知是昨兒的原故。」〔註30〕，
判斷寶釵對寶玉是冷淡與保持距離。其後在《紅樓夢影》的原文當中，這成
了顧太清心目中典範的女性性格，因此在小說中的描述，當第八回寶玉要
祭奠黛玉，寶釵雖是滿懷醋意，但她仍不阻止寶玉，並且還細心囑咐他：

> 寶釵道：「他的生日沒有〔不〕去的理，就叫麝月、鶯兒跟去罷。」
> 又問道：「今晚回來不回來？」寶玉道：「自然是祭完了回來好，又
> 怕園門關的早，好些累贅。」寶釵道：「說准了，好把鋪蓋拿了去，
> 不然怕凍著。」寶玉笑道：「這也好，索性明日一早回來，倒省事。」
> 寶釵聽了，叫襲人打點鋪蓋，又叫老宋媽跟了去，在下房伺候茶水，
> 又說：「你們倆也拿牀被去，看凍病了又是事。」於是婆子們將祭禮、
> 花果，暨鋪蓋、臉盆等都搬運到瀟湘館去。〔註31〕

這裡寶釵先是命令麝月、鶯兒幫助寶玉，隨後詢問寶玉今晚是否回來，寶玉
回應是祭完就回來，但害怕園門太早關，寶釵便為寶玉提出帶鋪蓋的良好建
議，免去丈夫的煩惱，且多派人手以利於祭禮的進行，寶玉是接受寶釵的囑
咐與安排：

> 這裡寶玉不住的瞧表，寶釵說：「該去了，看下起來，就是那一篇祭
> 文還得作幾個時辰呢！」寶玉站起身來說：「咱們走罷！」寶釵笑

〔註28〕〔清〕曹雪芹，高鶚著、馮其庸等校注：《紅樓夢校注》第三十回，頁473～
474。

〔註29〕〔清〕曹雪芹，高鶚著、馮其庸等校注：《紅樓夢校注》第三十回，頁474。

〔註30〕〔清〕曹雪芹，高鶚著、馮其庸等校注：《紅樓夢校注》第三十一回，頁483
～484。

〔註31〕〔清〕雲槎外史撰、尉仰茹點校：《紅樓夢影》第八回，頁59～60。

道：「見了花神想著替我問候罷。」〔註32〕

寶釵說祭文還要花幾個時辰，已幫寶玉計算祭奠的時間，中國儒家喪禮進程是含四大階段：一是初死之禮、二是停柩之禮、三是埋葬之禮、四是葬後之禮，要注意的是這裡寶玉雖和寶釵說是要祭花神，實際上是要祭黛玉二十歲的冥壽，此時黛玉已死兩年，所以寶玉祭黛玉是葬後之禮中大祥，張捷夫對「大祥」這一葬後之禮解釋：「大祥是死者兩周年的祭禮。《禮記‧間傳》說：『父母之喪……期而小祥……又期而大祥，有醯醬，居復寢……素稿麻衣。』」〔註33〕這裡是以孝子為父母居喪應做的大祥，而寶玉是要祭黛玉，師蒙麗提到：「祭文是用於祭禮的應用型文體。祭祀者預先寫好祭文，在祭祀時誦讀。祭文與祭品一樣是祭禮的一部分」〔註34〕可判斷寶玉所寫祭文需在大祥開始前就寫好，才是合乎禮儀程序，而寶釵幫寶玉計算何時要去，還有多少時間，所以寶玉的回應是立刻起身，然後寶釵所以計算就是為了讓寶玉能不違禮法，全然地表現她對寶玉社會行為的留意之外，當中都沒有反映出夫妻之間較深層的情感，徐師曾提到：

> 按祭文者，祭奠親友之辭也。……中世以還，兼讚言行，以寓哀傷之意，蓋祝文之變也。〔註35〕

所以祭文是屬於較流露情感的文章，而祭文分為祝祭文與哀祭文，祝祭文用於祭祀神靈，而哀祭文則是用於祭祀亡故親友，這裡寶玉祭黛玉乃是寫哀祭文，因此祭文不應太講究文辭華美，需要帶有對友人恭敬與哀思，師蒙麗又提到：

> 唐宋以後，祭文的體式和寫法都更加自由，更注重抒寫真情實感，更貼近生命和生活的本色。大多祭文以四言為主，採用駢偶句式，風格典雅凝重。相比較而言，哀祭文的抒情性、文學性更強，語言和體制都更加靈活多樣〔註36〕

因此可推斷哀祭文在清代仍具很重的抒情性質，寶玉就是想將自己對黛玉的

〔註32〕〔清〕雲槎外史撰、尉仰茹點校：《紅樓夢影》第八回，頁59～60。

〔註33〕張捷夫：《中國喪葬史》（臺北：文津出版社，1995年），頁45。

〔註34〕師蒙麗：〈古代祭文初窺〉，《四川文軒職業學院出版與發行專業教研室：文教資料》第二十四期，2017年，頁6。

〔註35〕〔明〕徐師曾著：《文體序說三種：文體明辯序說》（臺北：大安出版社《大安古典新刊》，1998年），頁115。

〔註36〕師蒙麗：〈古代祭文初窺〉，《四川文軒職業學院出版與發行專業教研室：文教資料》第二十四期，2017年，頁6～7。

哀思寫入哀祭文中。在第八回寶玉夜歸怡紅院，寶釵與寶玉等聊到慶祝襲人做壽的情節當中，寶釵與寶玉略說閒話後，寶釵再次提醒時間：

> 又喝了幾杯，聽見鐘打了十一下，寶釵說：「不早了，再喝會兒該歌著了，明日還要磕頭呢。」寶玉說：「我也睏了。」於是大家起席，盥漱已畢，各自安歇。〔註37〕

寶釵勸解寶玉早點休息，希望寶玉明日晨昏定省時可以準時，以免違反禮法，如此看來寶釵依舊對寶玉社會行為多有留意，因為在賈府這樣的世家大族，對於禮法尤其重視，晚輩絕不可對長輩無禮，晨昏定省是最基本子女對父母的禮法要求，由此判斷寶釵對情愛描述的部分很少，再從寶玉內心獨白去看她在寶玉心目中的形象：

> 寶玉想起方才鶯兒說那年在怡紅院過生日的話來，那是何等熱鬧，一時之間星流雲散！如今雖有妻妾四人相伴，寶釵之端莊，襲人之恭謹，麝月、鶯兒原是小丫頭出身，雖然收了房，仍是各守本職。如何像晴雯之驕傲，芳官之輕狂，所以弄的個寶玉竟不能恣情縱欲，倒被他們拘束起來。〔註38〕

寶玉的判斷是在他身邊的四位妻妾，寶釵是端莊、襲人是恭謹，還有麝月都是謹守禮教。因為麝月既是襲人的好姊妹，也是襲人所調教培養出來，在《紅樓夢》中，寶玉房中眾丫頭都出去玩時，他卻見麝月還守著屋子：

> 麝月道：「都頑去了，這屋裏交給誰呢？那一個又病了。滿屋裏上頭是燈，地下是火。那些老媽媽子們，老天拔地，伏侍一天，也該叫他們歇歇；小丫頭們也是伏侍了一天，這會子還不叫他們頑頑去。所以讓他們都去罷，我在這裏看著。」寶玉聽了這話，公然又是一個襲人。〔註39〕

寶玉對她的反應儼然就是第二個襲人。寶玉對寶釵、襲人、麝月的反應是他們三人個性相近，而鶯兒是被這三人最具端莊形象所制約。所以寶玉他感覺不到情感的滿足，然後他又想到芳官之類，也就是他說對於寶釵所表現出的樣態，根據他近身觀察，丈夫眼中當中，寶釵是一個在情感上未能去表露的

〔註37〕〔清〕雲槎外史撰、尉仰茄點校：《紅樓夢影》第八回，頁57。
〔註38〕〔清〕雲槎外史撰、尉仰茄點校：《紅樓夢影》第八回，頁57。
〔註39〕〔清〕曹雪芹，高鶚著、馮其庸等校注：《紅樓夢校注》第二十回，頁317～318。

一個形象。因為寶玉是她的丈夫，所以他的評斷就更加深刻、深入。身為寶釵丈夫的寶玉，感覺到寶釵太過端莊，並且約束襲人、麝月、鶯兒三位側室，讓她們守住本分，因此她是以做好妻子責任為主要目標，忽略男女情愛的交流。李哲姝提到薛寶釵：

> （薛寶釵）作為封建階級的典型賢淑少婦，寶釵的情感是淡漠的，平靜穩妥，不為物擾，安之若素，如同她的那首消寒詩，寒冬臘月，萬物蕭瑟，她對這一淒涼景況似乎無動於衷……不管外界發生了什麼事，她總能以平和、冷靜的理性克制住自己活躍的激情。
> 〔註40〕

由此可見寶釵克制住自己在男女愛情的激情，一方面來自她自幼被教育要成為傳統的賢妻，另一方面是為了將妻子的角色做得更好，避免出現感情用事的情形，所以她將夫妻情愛置於較後面的位置。

（二）重義務

由上一節的分析中，可以發現在《紅樓夢影》中寶釵，顯然是深受禮教的制約，很少直接流露出自身在親密關係中的男女之情，呈現出端莊自守的婦人形象，因而讓寶玉覺得她就是端莊，無法縱情交流，有被拘束情感的感受。在寶玉祭花神前，她提醒出發時間，便是以禮教進程為首要考量，如同《女誡》對婦女的要求：「正色端操，以事夫主，清靜自守，無好戲笑，絜齊酒食，以供祖宗，是謂繼祭祀也。」〔註41〕，即婦女應當謹守節操，事奉丈夫，並且不隨意大聲嘻笑，並主管家中祭祀之事，此與寶釵行為舉止相契，因此確定她是奉行禮法。

寶釵侍奉寶玉父母態度可先由王夫人交代寶釵之事來看，第三回王夫人有事找寶釵商量，寶釵當時正看著襲人、麝月、鶯兒、秋雯幫寶玉曬衣裳，王夫人找寶釵商量內容是：

> 王夫人笑道：「有件事和你商量，我想襲人的事老爺回來就不用提了。不然，老爺有好些拘泥脾氣，那倒不相宜。他既是回來，你索性挑個好日子替他開了臉。如若老爺問時，就說是我的主意。就是

〔註40〕李哲姝：〈《紅樓夢影》中薛寶釵的情感世界〉，《忻州師範學院學報》第一期，2006年02月，頁20。

〔註41〕〔南朝宋〕范曄著、〔唐〕李賢等注：《後漢書》（北京：中華書局，1965年），頁2787。

> 環兒罷，自從他媽死了，倒像那沒籠頭的馬。說親呢，又沒有那合
> 適的人家。我想就把彩雲給他收了，到底有個招攬兒。你想怎麼
> 樣？」寶釵笑道：「太太想的很是，我也風言風語的聽見說環兄弟在
> 外頭鬧得利害。」〔註42〕

王夫人與寶釵是婆媳關係，她們互動中具有孝道的敬守。第一件事是將襲人
開臉，收為寶玉的小妾，第二件事是收了彩雲，第三件王夫人要求希望她能
約束寶玉，用功在科舉上面，寶釵直接答應王夫人的要求，她主動提出只留
下安分守己的麝月，以及隨自己陪嫁的丫頭鶯兒在身邊使喚，將秋紋配給焙
茗，為之後管理家庭做鋪路。王夫人要求的三件事，首先在十回湘雲回賈府
時，她看見「見襲人、麝月、鶯兒同了翠縷進來，都請了安，問了好。湘雲見
他三人開了臉，更覺俏麗。」〔註43〕，說明襲人已經被納為寶玉的通房，寶
釵完成第一件事，而後寶玉生日，分配桌位給各姊妹時，寶釵提到：「偏偏的
紫鵑又病了。彩雲比不得跟太太的時候，如今在三爺房裡倒不便讓他過來。」
〔註44〕，彩雲後來果然被收為賈環屋裡，第三件事，雖未寫到寶釵勸寶玉準
備科考的叮嚀，但寶玉考會試、殿試，最終任官入衙門工作，說明寶釵私下
是有勸寶玉，只是作者未直接寫出來，由此評斷寶釵將王夫人交代的事都辦
好，滿足了媳婦對婆婆的孝道，因此王夫人才會安心地將工作交代給這位穩
重的媳婦：

> 王夫人笑道：「既是你這麼賢惠，我有什麼不肯的？只是別教他們雞
> 爭鵝鬥的，看人家笑話。」寶釵笑道：「太太自請放心，有我呢，他
> 們也不敢。」王夫人點了點頭，便說道：「到家快了，他應穿的衣裳
> 早些打點出來，省得臨期忙。」寶釵道：「才可不是瞅首他們抖晾
> 呢。」王夫人道：「去罷，叫他們弄就是了。可別自己動手，小心著
> 點兒好。」寶釵答應著自去料理不提。〔註45〕

王夫人對她極具信心，在王夫人囑咐前她早已拿出寶玉的衣服出來曬，這裡
亦看出寶釵對王夫人的遵從，面對王夫人可能交代的事，她已先行想到，可
見她辦事效率極高，在第十回寶釵等人過寶玉生日時：

〔註42〕〔清〕雲槎外史撰、尉仰茹點校：《紅樓夢影》第三回，頁16。
〔註43〕〔清〕雲槎外史撰、尉仰茹點校：《紅樓夢影》第十回，頁74。
〔註44〕〔清〕雲槎外史撰、尉仰茹點校：《紅樓夢影》第十回，頁77。
〔註45〕〔清〕雲槎外史撰、尉仰茹點校：《紅樓夢影》第三回，頁16～17。

這裡眾人迎了過來，王夫人向寶釵道：「都在這裡坐嗎？」寶釵說：
「等太太的示下呢！」王夫人道：「我們在這裡，你們又不方便，莫
若我同你母親在小花廳罷。有兩個女先兒，我教人安置他們在那裡
等呢，先過來看看芍藥。」說著都坐下喝茶……〔註46〕

寶釵等候王夫人到來，不敢自己先行做主，非要等到王夫人親自過來，她以
婆婆的意見為主，極度的卑順與屈從王夫人，符合《女誡》：

曲從第六：夫得意一人，是謂永畢；失意一人，是謂永訖。欲人定
志專心之言也。舅姑之心，豈當可失哉？物有以恩自離者，亦有以
義自破者也。夫雖云愛，舅姑云非，此所謂以義自破者也。然則舅
姑之心奈何？固莫尚於曲從矣。姑云不爾而是，固宜從令；姑云爾
而非，猶宜順命。勿得違戾是非，爭分曲直。此則所謂曲從矣。故
女憲曰：「婦如影響，焉不可賞。」〔註47〕

班昭教導為人妻子，要善事男方父母，侍奉公公與婆婆時，如果有意見不合，
必須曲從，一切逆來順受，凡事都要忍耐，是婦女的美德，寶釵確實有做到這
一點。除此之外。在第九回平兒產子前，李紈邀約寶釵、巧姐一同前往探視：

李紈約了寶釵同了巧姐兒去看平兒。進了院門，嬤嬤說：「大奶奶、
二奶奶瞧平姑娘來了。」只見平兒、豐兒笑著迎了出來。彼此問了好，
進房坐下，豐兒倒了兩碗茶來。平兒笑道：「怎麼勞動二位奶奶來瞧
我。」寶釵說：「太太很惦著你呢！」……李紈說：「這倒不是看你來，
倒是招你傷心來了！你好好的給太太養個孫子，更疼你了。」〔註48〕

李紈身為寶釵的嫂子，主動相約寶釵看視平兒，說明她們姒娌關係甚好，因
為如果平時關係不佳，不太可能提起主動邀約，而在第九回平兒產子不久，
寶釵又隨李紈一同探視：

又見李紈、寶釵都來看視。……平兒笑道：「我還不知道呢？大奶
奶瞧我這肚子裡挺硬，只是疼，別是還有一個罷？」大家都笑
了。……寶釵說：「我那裡有寧坤丸，回去找了給你送來。」平兒
笑道：「上次二奶奶給的那藥吃得吃不得？」李紈問：「什麼藥？」
寶釵說：「胎產金丹。」李紈說：「正吃麼！」二人坐了一回，同去

〔註46〕〔清〕雲槎外史撰、尉仰茄點校：《紅樓夢影》第十回，頁76。
〔註47〕〔南朝宋〕范曄著、〔唐〕李賢等注：《後漢書》，頁2790。
〔註48〕〔清〕雲槎外史撰、尉仰茄點校：《紅樓夢影》第九回，頁64。

到王夫人處回話。〔註49〕

寶釵對平兒相當關心，甚至將之前吃得寧坤丸給平兒，此時的平兒未被扶正，依舊是賈璉的妾，在家族中的地位是極低的，身為正妻的寶釵卻對平兒如此關心與照顧，第十五回賈府眾姊妹在藕香榭作聯句後，平兒過來與眾姊妹吃酒，寶釵招待平兒吃西瓜，而後平兒要離開時：

> 正吃著，見平兒屋裡小丫頭喜兒來說：「二爺請奶奶呢。」平兒問：
> 「什麼事？」丫頭說：「不知要什麼，豐姑娘找不著，教請奶奶來
> 了。」李紈道：「快去罷，別像那東西似的，連你也丟了，你們二
> 爺更著急了。」平兒笑著站起身來，回頭向寶釵道：「西瓜沒吃夠，
> 尋給兩個，拿了家去吃。」寶釵笑道：「我早就給巧姑娘和苓兒送
> 過西瓜、李子去了，你家去和孩子們搶著吃罷。」平兒笑著去了。
> 〔註50〕

寶釵已先命人將西瓜送給巧姊以及平兒的兒子賈苓，他們都是大房的人，平兒不必再帶著西瓜回去，可見寶釵做事實在周全。在第十一回眾姊妹在蘅蕪院玩鬧時，突然下起暴雨，寶釵立刻做此舉動：

> 寶釵說：「櫳翠庵路遠，先把四妹妹送去。回來再送綺妹妹和你。我
> 不用椅子，倒是步行妥當。」探春笑道：「怪不得，我哥哥知道你的
> 脾氣，趕著就送了鞋來。」說著大家又笑起來。此時雨已住了，各
> 自回房安寢。〔註51〕

寶釵在李紈提出用竹椅子送眾姊妹回家後，立即提出先把惜春送回去的主意，可見她體貼家族姊妹的心意，反而是自己走路回去，低調又妥當處理與眾姊妹相處，而她對晚輩巧姐也是關懷備至，第九回她與李紈探視平兒後，兩人便往巧姐住處：

> 寶釵問：「巧姑娘做什麼活呢？」巧姐拿出個紅緞裌褲，上面是福緣
> 善慶的花樣。寶釵問：「拉鎖子跟著誰學的？」巧姐說：「平姐姐教
> 的。」李紈問平兒：「姑娘的東西也得代著手兒作了。」平兒說：「作
> 出三十雙鞋來了。」李紈說：「我們也都作出幾雙來了。」巧姐見說
> 他的嫁妝，就進裡間去找出幾篇仿來給他二人看。寶釵說：「字寫得

〔註49〕〔清〕雲槎外史撰、尉仰茄點校：《紅樓夢影》第九回，頁67。
〔註50〕〔清〕雲槎外史撰、尉仰茄點校：《紅樓夢影》第十五回，頁118。
〔註51〕〔清〕雲槎外史撰、尉仰茄點校：《紅樓夢影》第十一回，頁85～86。

更長了。」〔註52〕

寶釵詢問巧姐紡織之事，可看出她把女紅看得很重要，並且最後也鼓勵稱讚巧姐的字寫得更長，寶釵身為巧姐的大嬸娘，是溫柔的關懷與教導，第十三回當巧姐問起小東籬三間草堂裡的對聯使用的典故，探春請她去問寶釵：

> 巧姐拉了寶釵說：「好嬸娘告訴我罷。」寶釵說：「上句說的是漢朝的鄭康成最講學問，連他家的丫頭都通文理。下句是唐朝柳子厚，他有個園丁姓郭，叫橐駝，善能栽接花果。尤氏說：「你們講故典，我可要睡去了。」寶釵笑道：「不說了，不說了。」〔註53〕

寶釵面對巧姐的詢問，耐性地向她細細解釋了一遍，當在一旁的尤氏說她對故典沒興趣時，寶釵便識趣地不說了，完全沒有表露憤怒之意。她的行為與《女誡》的〈叔妹〉篇對婦女要求相符：

> 皆莫知叔妹之不可失，而不能和之以求親，其蔽也哉！……是故室人和則謗掩，外內離則惡揚。此必然之勢也。《易》曰：「二人同心，其利斷金。同心之言，其臭如蘭。」此之謂也。夫嫂妹者，體敵而尊，恩疏而義親。若淑媛謙順之人，則能依義以篤好，崇恩以結援，使徽美顯章，而瑕過隱塞，舅姑矜善，而夫主嘉美，聲譽曜于邑鄰，休光延於父母。〔註54〕

班昭說明婦女與丈夫的兄弟姊妹相處時，要事事明是非、識大體，盡可能維持家族的和睦，受到冤屈也必須忍辱吞聲，不可任性而為。寶釵對夫家不論長輩的尤氏與李紈、平兒，還是晚輩的巧姐都謹尊言行，順從他們心意。

另外第十一回探春藉口去找寶玉，讓賈環之妻蔡如玉不便前來，她表達對蔡如玉的不滿，這時寶釵的反應為：

> 且說探春眾人走到東跨所的角門，寶釵見探春竟往大觀園去。寶釵說：「你不是到我那邊去嗎？」探春說：「這早晚兒作什麼去？我那麼說，為的是他就不好同來了。」李紈問：「這又是什麼意思呢？」探春說：「我沒那麼大造化，他哄得我實在難受，莫若咱們走開，讓他一個人哄太太罷。」寶釵說：「你別說，太太真喜歡，總說他和太太親熱。」李紈說：「這麼著才好，省的老人家悶得慌。」一路說說

〔註52〕〔清〕雲槎外史撰、尉仰茄點校：《紅樓夢影》第九回，頁64。
〔註53〕〔清〕雲槎外史撰、尉仰茄點校：《紅樓夢影》第十三回，頁101～102。
〔註54〕〔南朝宋〕范曄著、〔唐〕李賢等注：《後漢書》，頁2791。

笑笑，早進了園門。〔註55〕

在探春說出她對蔡如意的負面評價，寶釵立刻予以制止，可見寶釵是個識大體的人，不願暗地裡說自己小嬸的過失，李紈甚至說蔡如玉如此奉承，反而解去王夫人的煩悶，《女誡》中的〈婦行〉篇提到：

> 女有四行，一曰婦德，二曰婦言，三曰婦容，四曰婦功。夫云婦德，
> 不必才明絕異也；婦言，不必辯口利辭也；婦容，不必顏色美麗也；
> 婦功，不必工巧過人也。清閒貞靜，守節整齊，行己有恥，動靜有
> 法，是謂婦德。擇辭而說，不道惡語，時然後言，不厭於人，是謂
> 婦言。盥浣塵穢，服飾鮮絜，沐浴以時，身不垢辱，是謂婦容。專
> 心紡績，不好戲笑，絜齊酒食，以奉賓客，是謂婦功。〔註56〕

班昭規範四種婦女應有的行為標準，其中婦言是指婦人應該要審時度勢，察言觀色選擇要說的言詞，並且不說批評誹謗人的惡言，讓人能夠接受或甚至是喜歡，這是婦女該有的舉止，寶釵與李紈皆是合乎婦言的標準，估計她們自幼就被教導遵循像《女誡》、《女孝經》這類規範婦女的傳統經典，深受禮教所影響。

李詠聰曾提到關於清代女性的才德觀，說明因為歷代才女失德、失節的情形眾多，因此「才」在女性四德的地位，越來越受到貶低，其實早在班昭《女誡》詳細解釋何為婦女四德時，「才」已被擺到次要的位置上，而李詠聰更提到：

> 由於「女正位乎內，男正位乎外」的傳統觀念，所以即使婦女有
> 才智，也只能「輔佐君子」而已。其實，「婦言」觀本來就不支持
> 女性顯露才智，因為這樣便有失婦人「卑弱下人」的身分了。隨
> 著這種觀念的進展，有時連婦人說話的聲調、動作意圖要限制起
> 來。〔註57〕

雖然她沒有明確指出婦女不應該讀書識字，但後人多因才女諸多風流韻事，一貫地認為婦女有才，必然是淫行的婦女，到此女子「才」被壓抑，四德發展到最後，反而是「德」越被強調，統攝女子四德。到了明清漸有女子無才的價

〔註55〕〔清〕雲槎外史撰、尉仰茹點校：《紅樓夢影》第十一回，頁84。
〔註56〕〔南朝宋〕范曄著、〔唐〕李賢等注：《後漢書》，頁2789。
〔註57〕李詠聰：《德・才・色・權——論中國古代女性》（臺北：麥田出版，1998年），
頁191。

值觀出現，明末出現「女子無才便是德」這句話，具體由誰首先提出學界尚無定論〔註58〕，李詠聰作了以下評斷：

> 以今日眼光來說，「女子無才便是德」這種說法固然是扼殺女性才幹……然而，只要較為冷靜地思考這個問題，就會發覺這句名言雖然在晚明才誕生，但早已植根。傳統的才德觀正是它的土壤。「德重於才」本來就是中國人的信念，不分男女。……至於女性，中國人向來就不重視她們的才學，反而重視她們的「婦德」，而又深恐「才可妨德」，因此出現「女子無才便是德」這類話，是完全可以理解的。〔註59〕

可見婦德是中國人一直所重視，到了清代這種情形仍無什麼改變，縱使清代小說中，多數作家極力刻劃許多佳人小說人物形象，且多花許多筆墨著墨她們的才貌遠大於她們的德性，女子的「才」在清代小說中明顯有提升，但現實社會中，婦女「才」終究遭受極大的貶抑。

　　而在《紅樓夢》中寶釵時常給予寶玉叮囑，在賈府省親的情節中，賈元春要寶玉為瀟湘館、蘅蕪院、怡紅院、浣葛山莊各賦一首詩，寶釵看見寶玉所作之詩，給出了建議：

> 寶釵轉眼瞥見，便趁眾人不理論，急忙回身悄推他道：「他因不喜『紅香綠玉』四字，改了『怡紅快綠』；你這會子偏用『綠玉』二字，豈不是有意和他爭馳了？況且蕉葉之說也頗多，再想一個字改了罷。」寶玉見寶釵如此說，便拭汗道：「我這會子總想不起什麼典故出處來。」〔註60〕

可見她提醒寶玉，是為了讓寶玉與賈元春不要因此發生衝突，當她建議寶玉將綠玉改成綠蠟後，寶玉想不出綠蠟典故出處，她說出：「虧你今夜不過如此，將來金殿對策，你大約連『趙錢孫李』都忘了呢！」〔註61〕，她在幫助寶玉時，還不忘提醒他要以科考作為人生目標，在第二十回襲人受風寒，躺在炕上休息，李嬤嬤因平時看不慣襲人受寶玉護愛，因而藉此怒罵襲人以發平日

〔註58〕參見李詠聰：《德‧才‧色‧權——論中國古代女性》，頁200～201。
〔註59〕李詠聰：《德‧才‧色‧權——論中國古代女性》，頁201～202。
〔註60〕〔清〕曹雪芹，高鶚著、馮其庸等校注：《紅樓夢校注》第十七回至十八回，頁276～277。
〔註61〕〔清〕曹雪芹，高鶚著、馮其庸等校注：《紅樓夢校注》第十七回至十八回，頁277。

怨氣，這時寶玉、黛玉等人聽見：

> 忽聽他房中嚷起來，大家側耳聽了一聽，林黛玉先笑道：「這是你
> 媽媽和襲人叫嚷呢。那襲人也罷了，你媽媽再要認真排場她，可
> 見老背晦了。」寶玉忙要趕過來，寶釵忙一把拉住道：「你別和你
> 媽媽吵才是，她老糊塗了，倒要讓她一步為是。」寶玉道：「我知
> 道了。」〔註62〕

寶釵眼見寶玉心急想為襲人辯解，就先拉住他，提醒他不要因為這樣的小事
情，就與年長的李嬤嬤發生口角衝突，然而寶玉回房後，並未大聲斥責李嬤
嬤，但他為襲人辯白，還是讓李嬤嬤怒火中燒，而後寶釵又前來勸解：

> 黛玉、寶釵等也走過來勸說：「媽媽，你老人家擔待他們一點子就完
> 了。」李嬤嬤見她二人來了，便拉住訴委屈，將當日吃茶、茜雪出
> 去與昨日酥酪等事，嘮嘮叨叨說個不清。〔註63〕

寶釵如此識大體的勸解寶玉，雖然未化解李媽媽的怨氣，但是寶玉聽從她
的建議，才未使事情越鬧越大，甚至寶釵不放心，最後仍過來勸解李嬤嬤，
足可見寶釵在《紅樓夢》中確實以家族和睦為重，謹遵傳統中國的女德思
想。

《紅樓夢影》寶釵性情輕男女情愛而重義務，大部分接受曹雪芹原書的
寶釵性格特質，主要原因是顧太清本身是典型的閨秀淑媛，深受傳統儒家價
值觀影響。吳宇娟提到：

> 在《紅樓夢影》裡，看不到憂國憂民的女傑，也聽不見高喊男女平
> 權的女聲，小說中的閨秀淑媛依然甘於遵循男性觀建構的價值取
> 向，卻無絲毫的質疑與反抗。家庭還是她們的唯愛，女性的聲名依
> 舊必須附庸在丈夫、兒子的功名之下才得以顯揚，如同寶釵鼓勵寶
> 玉科考，成就自己「賢妻」的美名……〔註64〕

因此顧太清在撰寫寶釵時，才會接受《紅樓夢》當中寶釵原本的性格，
便是以做好妻子義務為女子自我實踐的終極目標，寶釵依舊對男女感情忽視，
把義務的實踐放在人生首要的位置上。

〔註62〕〔清〕曹雪芹、高鶚著、馮其庸等校注：《紅樓夢校注》第二十回，頁315。
〔註63〕〔清〕曹雪芹、高鶚著、馮其庸等校注：《紅樓夢校注》第二十回，頁316。
〔註64〕吳宇娟：〈走出傳統的典範——晚清女作家小說女性蛻變的歷程〉，《東海中文
學報》第十九期，2007年07月，頁256。

第二節　時文科舉之解釋與定位

　　《紅樓夢影》中的士人，多是積極為官，懷著報效朝廷，匡復時政的人生抱負，這類人物以賈寶玉的父親賈政為首，是清廉良官的形象，值得注意得是寶玉對入仕態度一反《紅樓夢》中消極避世轉而積極入仕，這一轉變應是顧太清有意地改寫，藉由改寫寶玉對入仕態度，重新定義士人的職責與生命實踐意識，乃是在於貫徹儒家經世濟民的價值觀，為官者對內使家庭和睦與重振家族榮耀，對外則盡力做好職責，全力輔佐國君治理天下，完成平天下的遠大理念。顧太清是深受儒家禮教觀念的滿族文人，故以奉行禮教為士人職責，她視通過科舉考試為任官的正途，所以探究她對清代的時文與科舉的評價，對了解她的生命實踐意識有重要的意義。

一、時文詩詞之觀感及詮釋

　　此書對文體有著不同得觀感跟界定。首先，乃是入世意義之時文及試律詩有關的表述。

（一）時文與試律詩之意義

　　時文是八股文眾多異稱之一，商衍鎏提到：「八股文即制義，或曰制藝、時藝、時文、八股文，又有稱之為四書文者，以題目取之於四書也。鄉、會試二場之五經文，亦用八股式，其從出仍自四書文而來。」〔註65〕，由此可知八股文有許多不同名稱，主要是指用於科考的文體，常以四書的章句作為題目。八股文為何被命名為時文，啟功解釋為：

>　　八股文對待兩漢唐宋的「古文」來說，是後起的文體。很像律體詩
>　　在唐代是新興的詩體，所以唐代稱律詩為「近體詩」，以別於以前的
>　　「古體詩」。八股文相對「古文」稱為「時文」也是同樣道理。八股
>　　既稱「制藝」，牽連也稱「時藝」。〔註66〕

因此時文就是指八股文，是指相對於唐宋古文新興的文體而言，這種文體產生是因應科舉考試制度產生，並非被創造的新文體，八股文產生源遠流長，《文體明辨序說》：

〔註65〕商衍鎏著：《清代科舉考試述錄及有關著作》（天津：百花文藝出版社，2004年），頁244。
〔註66〕啟功，張中行，金克木等著：《說八股》，北京：中華書局，1994年7月，頁7。

> 夫自唐取士有明經一科，而宋興因之，不過試以墨書帖義徒取記誦
> 而已。神宗時，王安石撰《周禮》、《詩》、《書》三經義頒行試士，
> 舊法始變。彼其欲以己說一天下事，固無是理，然其所制義式，至
> 今仿之，蓋不得以人廢法也。厥後安石之義，廢格不用，用《文鑒》
> 所載，尚有張庭堅經義篇，豈其遺式歟？〔註67〕

從王安石罷詩賦，經義才成為考試的文體，八股文便是由經義這種文體發展
而來，只是到了明清兩代，發展得更加成熟，終於出現了全新的文體，八股
文與詩、賦、古文等文體不同，汪小洋、孔慶茂提到：

> 八股文是多種文體的綜合。它兼有經學、理學、古文與詩賦的各種
> 特點。從它的起源來看，它是一種經義，以經書的文句為題目，敷
> 陳經書大義，這是它與經學相近的一面。同時，因為它是以敷陳經
> 義為目的，與注疏章句又有不可分割的聯繫，明代初年的八股文基
> 本上是這種注疏體，這是與注疏相近的一面。〔註68〕

八股文可視為對經書文本的詮釋與再創作，具有多種文體的特色，八股文有
固定的結構與創作方法，其結構為「破題、承題、起講、起比（提比）、中比、
後比、末比（束比）構成」〔註69〕清代文人對八股文的評價，單從命名上便
可推敲，因為八股文中主要由四聯八股的對句組成，所以被稱為八股，這命
名背後帶有貶義的意味，可見明清文人對八股文這種文體，存在負面的觀感，
梁章鉅曾提到：「至清中葉，科舉制度以極其完善。隨著科考的展開，越來越
多的人都對科舉予以重新認可，其中絕大部分士人均持肯定態度。」〔註70〕
很可能因文人為求入仕，仍舊不得不學習如何創作八股文，以實踐自我抱負，
謀求一官半職。然而八股文確實有許多弊病，羅秀美在〈近代白話書寫現象
研究〉一文就曾提及「為科舉而學時文」的壞處：

> 科舉之害，所在多有。其中最大壞處，就是士人專務求功名，將散
> 文創作導向代聖人立言的八股製藝。……以八股制藝為主流的散文
> 創作風潮，一直延續到清代。絕大多數讀書人都曾經以他寶貴的年

〔註67〕〔明〕徐師曾著：《文體序說三種：文體明辯序說》，頁96。
〔註68〕汪小洋，孔慶茂著：《科舉文體研究》（天津：天津古籍出版社，2005年），頁
101。
〔註69〕汪小洋，孔慶茂著：《科舉文體研究》，頁122。
〔註70〕李潤強著：《清代進士群體與學術文化》（北京：中國社會科學出版社，2007
年），頁2。

歲投注於八股散文的創作。滾瓜爛熟的記憶與背誦，有助於八股文
寫作的成功，但也因此為一篇文章浪費太多時間，做成之後也沒有
任何價值可言。〔註71〕

由此可見，時文對於士人的戕害頗大，即使有些知識分子發現八股文的弊病，
為了解決生計問題及實踐個人抱負，只得屈從於統治階層的科考制度，將寶
貴的生命投注於學習寫作八股文。

　　《紅樓夢影》對時文與科舉的解釋反映出文人對生命實踐的意識，首先
從對時文的解釋來看，雖然顧太清在小說中未直接提到時文的創作方式，但
從她對文學的評論，仍可發現她對時文評價的蛛絲馬跡，第六回賈蘭到怡紅
院，請求寶玉修改他的詩作與文章，寶玉回應的內容是：

　　寶玉說：「你找我什麼事？」賈蘭說：「都是那位太親翁一陣苦贊鬧的，
　　老爺子逼著要功課。我母親說我的文章、詩都要求叔叔修飾修飾。」
　　寶玉說：「你的文章是很好，就是詩太纖巧些，純是晚唐派，卻倒是
　　時尚，都不用收拾的。我這幾個月直沒作文章，詩雖有幾首，都卻不
　　是試體。你沒聽見幾時要看呀？」賈蘭道：「那有定准呢？」〔註72〕

這裡兩人對話中並沒有提到時文的創作方法，寶玉對賈蘭文章評價是很好，
但並未說明文章好地地方，然而他對賈蘭詩的評價，卻有了較具體的評論，
他評論賈蘭詩作寫得太過纖巧，風格是晚唐派，並認為這樣的詩風是當時所
推崇，不需要再另做修改。另外值得注意的是，這裡賈蘭要求寶玉修飾的詩
作，可能是一般抒情的文人詩作，也可能是科考要求的試律詩，兩者皆有可
能，但從寶玉說「都不是試體」這句話判斷，是試律詩的可能性更高。試律詩
在科舉考試中，與八股文同樣用來考試的詩體，商衍鎏提到：「試律始於唐，
《文苑英華》所載至四百五十八首，清乾隆間用以考試，尚沿律詩之稱，唯
普通則稱之曰試帖詩〔註73〕。」〔註74〕而且又名省試詩或州府詩，這兩個名
字由來是「省試詩之名，是因為科舉考試由當時的尚書省（禮部）主持，相應

〔註71〕羅秀美：〈近代白話書寫現象研究〉，桃園：國立中央大學中國文學研究所博
　　　　士論文，2004 年，頁 45。
〔註72〕〔清〕雲槎外史撰、尉仰茄點校：《紅樓夢影》，頁 43。第六回。
〔註73〕試帖：按唐明經科，裁紙為帖，掩其兩端，中間唯開一行，以試其通否，名
　　　　曰試帖。進士亦有讀帖詩，帖經被落，許以詩贖，謂之贖帖，試帖詩之得名，
　　　　殆由於此。參見商衍鎏著：《清代科舉考試述錄及有關著作》，頁 261。
〔註74〕商衍鎏著：《清代科舉考試述錄及有關著作》，頁 261。

地，各州府考試所作之詩。」〔註75〕試律詩最早出現在唐代，《封氏聞見記》記錄當時以詩取士的情形：

> 天寶初，達悉珣、李岩相次知貢舉，進士文名高而帖落者，時或謂試時放過，謂之贖帖。〔註76〕

以詩取士肇自當時因詩歌發展興盛，單純以墨帖經義作為科考項目，讓文人產生不滿，認為作詩更能展現個人的才華，所以試律詩在唐代發展到巔峰，然而到了宋代以後，科考逐漸不以詩賦取士，商衍鎏提到：

> 自宋熙寧後以至於明，科舉場中不試詩賦，清初尚然。至乾隆二十二年於鄉、會二試增五言八韻詩一首，自後童試用五言六韻，生員歲考科考及考試貢生與複試朝考等，均用五言八韻，官韻只限一字，為得某字，取用平聲，詩內不許重字，遂為定制。〔註77〕

清初因為在顧炎武、黃宗羲等學者們評價明代科舉考試下以經義文體取士的弊端，開始用以詩取士作為嘗試，但到了乾隆時期試律詩才正式被納為科考文體，因為乾隆皇帝本人既創作許多詩作，也熱愛詩歌，此大力提倡試律詩用於科舉考試。顧太清所身處的清中後期，正是試律詩復興的高峰，而試律詩的文體，與一般詩作存有以下不同的差異，最主要是比律詩多出二句，也就是共有八個韻腳，〔註78〕這是從形式上來看，試律與古近體詩上面的差別，在格律幾乎一樣，不過是句數多寡差異，然而他們最大的不同在於：「古近體詩義在於我，試帖義在於題，古近體詩不可無我，試帖詩不可無題，此其所以異者。」〔註79〕古近體詩沒有題目限制，重點在於能否抒發個人情志，而試律詩則有題目限制，需要扣緊題目而寫。《詩律叢話》云：

> 唐詩各體俱高越前古，惟五言八韻試律之作，不若我朝唯尤盛。蓋我朝法律之細、裁對之工，意境日闢而日新，錘鍊愈精而愈密，虛神實理詮發入微，洵為古今之極則，故紀文達相國《庚辰集》一出，而前人之《近光集》、《唐試律》諸刻及《瀛奎律髓》等書，一時俱廢。〔註80〕

〔註75〕汪小洋，孔慶茂著：《科舉文體研究》，頁45。
〔註76〕〔唐〕封演：《封氏聞見記》（北京：中華書局，1985年），頁21。卷三。
〔註77〕商衍鎏著：《清代科舉考試述錄及有關著作》，頁262～263。
〔註78〕參見啟功，張中行，金克木等著：《說八股》，頁67～70。
〔註79〕商衍鎏著：《清代科舉考試述錄及有關著作》，頁261。
〔註80〕〔清〕梁章鉅：《試律叢話》（臺北：廣文書局，1976年），頁8～9。卷一。

由此可見清代試律詩比唐代試律詩更要求格律，試律詩越趨八股化，亦可推
斷試律詩結構與八股文如出一轍，對格式都有嚴格要求，它們結構相似，是
因為它們皆是應試的文體，它們內在的結構與作法上也幾乎一樣，值得注意
得是，試律詩因為題目多由經史子集中的字句挑選，所以不能以個人生活為
題材，但不能說試律詩就沒有文學性，只是它的優劣標準，主要是從藝術技
巧上來看，包括：如何用典、或如何依題演繹，是否可以將題中的內涵充分
又合理地表現出來，因此它與一般詩的評論標準不同，清代陶鑒《試帖標法‧
凡例》云：

> 詩總六義，試律則多賦體而少比興，其詠民間事物尚為風，應試應
> 制半屬雅，而朝廟禮樂則浸浸乎頌矣。讚美處勿涉阿諛，干請外勿
> 失身份，即有規勉，亦當溫柔和平，言之無罪，聞之足戒，一切不
> 吉之語，哀颯之字，慎勿犯其筆端，至於款式忌諱，則臨場自有條
> 例矣。〔註81〕

由此可知試律詩的內容需要扣題外，還必須與實際生活有所結合，然而試律
的詩題從經典字句中採擷而出，必然與生活關係較遠，因此要寫好頗有難度，
而且不可用傷春悲秋的字詞，須寫得文風清雅，詞語和正，更不能直接批判
朝政，以免觸怒龍顏，另外還要盡可能地結尾處頌揚皇帝與歌頌朝政〔註82〕，
這與八股文相同，才是上乘的試律詩作法。寶玉評論賈蘭詩作是試體詩，批
評他的詩太過纖巧，是晚唐派。晚唐派是晚清時期極盛的三大詩派之一，其
一漢魏六朝詩派，其二為晚唐派，其三為宋詩派，王德威提到：「晚清詩壇三
足鼎立，三個不同的詩派均以『擬古』為名，各自用不同方式提出復古訴求。」
〔註83〕，他亦對晚清的晚唐派有以下的說明：

> 第二派稱為「晚唐派」，主要因樊增祥（一八四六～一九三一）和易
> 順鼎（一八五八～一九二〇）而聞名。此二人均崇尚中晚唐詩人溫
> 庭筠（八一二～八七〇）和李商隱（約八一三～約八五八），致力於
> 重獲晚唐詩壇之繁榮，重塑晚唐詩作之況味。〔註84〕

〔註81〕〔清〕梁章鉅：《試律叢話》，頁8。卷一。
〔註82〕（試帖）詩的末尾要「頌聖」，即是末二句處一定要扯到讚揚皇帝、歌頌時政
　　　　上，即使強詞奪理、牽強附會，也都在所不惜。參見啟功，張中行，金克木
　　　　等著：《說八股》，頁68。
〔註83〕孫康宜、宇文所安主編：《劍橋中國文學史（卷下）：1375年之後》，頁410。
〔註84〕孫康宜、宇文所安主編：《劍橋中國文學史（卷下）：1375年之後》，頁411。

晚清晚唐派是以模擬晚唐詩風，以期望重現晚唐詩壇的繁榮。沈德潛曾云：

> 大風（劉邦·〈大風歌〉）、柏梁（漢武·柏梁體）七言權輿也……。初
> 唐風調可歌，氣格未上。至王、李、高、岑四家，馳騁有餘，安詳合
> 度，為一體。李供奉（李白）鞭撻海岳，驅走風霆，非人力可及，為
> 一體。杜工部沉雄激壯，奔放險幻，如萬寶染陳，千軍競逐，天地深
> 奧之氣，至此盡泄，為一體。錢、劉以降，漸趨薄弱。……〔註85〕

雖他針對七言體詩的演變來談，但亦可作為盛唐至中唐詩衰變的歷程，所謂
的錢、劉是指中唐詩人錢起與劉筠，七言詩發展到了他們的創作，再不復盛
唐詩多家輝宏的發展，到了晚唐詩作的風格，郭楊曾有以下說明：

> 晚唐詩壇，五、七言絕句一枝獨秀，上追李白、王昌齡詩仙、詩帝
> 之妙，下開有宋王安石、蘇東坡秀奇之先。但詩壇大體，雖有秋花
> 之清香幽艷，而衰頹自放之風，遁世歸田之想，繼中唐而愈烈，實
> 時勢之必然。〔註86〕

因為唐代晚期社會動盪，使得文人一方面對現實感到絕望，便以追求詩作形
式上多作講究，並個人放蕩生活作為題材，故呈現華美艷麗的詩風，正是所
謂的衰頹自放的靡靡之音，而另一方面詩人對腐敗的朝政與混亂社會，卻也
並非全不關心，仍有詩人以現實社會慘況為題材，以反映當時家國將傾的亂
象，藉此批評腐敗的朝政及各地割據的節度使，故晚唐詩風主要為「華艷」，
但另一方面卻也有社會寫實的詩作，而且多有佳作。晚清時期，清政府無力
抵抗列強入侵，社會陷入混亂的局面，統治與被統治階層彼此矛盾衝突，與
晚唐社會經濟低迷，朝庭與平民間衝突也是日益激化，相似的社會環境，也
是可能造成晚清詩人選擇復古的時代的原因之一。因此寶玉評論賈蘭詩作是
晚唐派，太纖巧，說是時尚，是符合現實時代背景，不必修正，這是以試律詩
標準評論。反映顧太清對晚唐派詩作的有所批評，但整體上是傾向肯定，所
以才會認為不必去修正，從寶玉回應賈蘭自己寫得幾首詩都不是試律詩，而
且沒寫文章，可見他平時不常寫時文，不論是八股文或是試律詩寫得都不多，
因此他對時文可能不太喜好，然而這裡顧太清所談到的文、詩，皆是用科考
要考得八股文、試律詩創作與結構作為標準評論，而非一般文人詩為標準。

〔註85〕〔清〕沈德潛撰：《唐詩別裁·凡例》（臺北：臺灣商務印書館，1965年），頁
　　　　2。

〔註86〕郭楊：《唐詩學引論》（南寧：廣西人民出版社，1989年），頁10。

（二）詩詞創作之意涵

惟《紅樓夢影》對詩歌的觀感仍有男女之別。其依據亦和科舉有關。書中所引到的詩，主要有十五首，分別為第十九回消寒詩九首，還有第二十二回寶玉扇子上面的兩首七律、賈蘭扇子上寫有四首名為「擬閨詞」的七律，其中值得注意的是第十九回，寶玉拿來賈政所擬的九首消寒詩的詩名，分別是〈寒窗〉、〈寒月〉、〈寒鴉〉、〈寒山〉、〈寒江〉、〈寒燈〉、〈寒硯〉，請詩社的寶釵、湘雲、探春等姐妹各自選詩題創作，反映對詩教純粹的看法。

〈寒窗〉得風字

斗室虛明暖氣融，坐聞庭樹怒號風。幾竿瘦竹搖寒碧，一角斜陽抹淡紅。

敗葉亂敲聲淅瀝，凍雲低壓影朦朧。天光更覺黃昏好，窈窕涼蟾掛半弓。

〈寒硯〉得冰字

簾風窗紙共凌兢，冷到書帷第幾層。鸚鵡眼昏朝有淚，鳳凰池淺夜初冰。

凹藏宿墨寒雲聚，匣啟新晴暖氣升。收拾案頭殘畫稿，閒教呵凍寫吳綾。

〈寒燈〉得光字

街柝敲殘夜未央，銀缸掩映近藜牀。冷侵翠被三更夢，疏透晶簾一豆光。

暗牖風來花瑣碎，短檠煙燼影淒涼。阿誰更向窗前卜，奇吐雙葩喜欲狂。

〈寒月〉得天字

淒淒如水復如煙，雲淨風清別一天。桂冷無花搖鏡面，梅疏扶影到簾前。

烏驚老樹窺霜下，鶴守空庭藉雪眠。此夜不知寒幾許，欲從高處問嬋娟。

〈寒雲〉得多字

木落空林水不波，凍雲無力被山阿。淡烘斜照迷鴉陣，濃挾寒煙壓鳥窠。

漠漠長天歸去懶，沉沉幽谷聚來多。知因釀雪饒情態，滿目氤氳望若何。

〈寒山〉得嵐字

遙天隱隱接浮嵐，如睡峰巒態更憨。朔雪乍飄疑傅粉，晚煙微漾忽拖藍。

崖懸碎薛毀紅亂，嶺秀孤松冷翠酣。此是山靈真面目，衝寒誰與試同探？

〈寒江〉得流字

丹楓落後大江秋，又見煙波帶雪流。就暖魚蝦浮水面，驚寒鷗鷺聚磯頭。

澌澌凍合漁人網，格格冰膠占客舟。最憶富春江上叟，一竿無恙老羊裘。

〈寒鴉〉得飛字

三三五五聚成圍，風雪飄搖何處歸。曉角城西聲歷亂，夕陽天半影希微。

江楓冷落和雙宿，苑柳蕭條繞月飛。指點寒山煙樹裡，丈人屋在好相依。

〈寒林〉得枝字

紅葉飄殘又幾時，連林煙樹鬱寒姿。森森遠露峰千點，隱隱低懸日半規。

樵徑荒涼人散早，巢痕冷落鳥歸遲。朝來忽覺瓊瑤燦，瑞雪紛紛綴滿枝。〔註87〕

這九首詩作的詩名皆以寒一字為首，再加上一個名詞，寒字本身已有蕭瑟之感，而小說中寫她們是在冬天時候所做，而且當日還下雪，消寒意思顯然是為消解寒冬時節寒氣的意味，〈寒窗〉一詩從首聯「斗室虛明暖氣融，坐聞庭樹怒號風。」可看出作者置身室內，描寫室內景象再寫到窗外的庭院，用寒碧、敗葉等詞，使詩意頗有喪頹，整首詩修飾極多，不是單純的白描。而〈寒硯〉詩作者詠硯臺，用到「簾風」、「案頭殘畫」等用詞，是室內景與物形容硯臺，最後一句用到「吳綾」是屬閨閣用詞。〈寒燈〉的頸、頷二聯，用閨中之

景來描寫燈景，所用的「翠被」、「晶簾」等詞充滿閨秀氣息，暗牖與淒涼等詞與冬寒景致呼應。〈寒月〉住要用到庭院景色來寫寒冬月色，像「簾前」、「空庭」等詞，問嬋娟三字明顯有閨閣女子思念的意思。〈寒雲〉形容林水所用「不波」與形容凍雲所用的「無力」是屬於女子特質相應的形容詞，不是男性文人常用的字詞，〈寒山〉雖寫山景，但全詩幾乎沒有壯闊意象，「朔雪乍飄疑傅粉，晚煙微漾忽拖藍。崖懸碎薛毀紅亂，嶺秀孤松冷翠酣。」四句寫出山景細微處，傅粉是女子裝飾物品用它形容山雪，同樣具有閨閣意味。〈寒江〉一詩較無閨閣用詞，但用詞句法細膩，至於〈寒鴉〉句尾出現丈人一詞，明顯流露女子對男子之思、〈寒林〉全詩用詞修飾細緻，總而言之，小說中消寒九首詩句間充滿閨秀氣息，是以女子口吻描寫嚴冬景物，是寫景詠物詩，細膩的用詞上來看，則有閨閣意味。值得注意得是《紅樓夢影》中的消寒九首，在《顧太清集校箋》也有收錄，這幾首組詩名為〈消寒九首與少如湘佩同作〉，[註88] 是顧太清與她的好友沈善寶（字湘佩）及棟鄂少如一同寫作的組詩，顧太清個人詩集收錄許多她與她的閨房女性友人共同遊玩，唱和的詩作，這類型詩是偏向閨中詩作，而她在小說中給予女性詩人，也是同樣的閨中詩作，代表她希望女性就是要這樣寫詩，寫閨閣這類型的詩。

　　然而小說當中第二十二回湘雲借寶玉扇來看：

蝦鬚簾捲玉鉤橫，遙聽花郎唱一聲。恰是小樓人正寂，翻知昨夜雨初晴。薄寒已向紅腔減，新暖應從紫韻生。悄熱爐煙香細細，碧欄杆外有啼鶯。

舊曾游處記分明，曲曲欄杆接上清。白玉仙壇留月照，紫蘭新種帶雲耕。誰遺紅豆歌芳樹，自有青鸞降碧城。銀漢影斜風露淨，水晶簾捲坐吹笙。[註89]

這兩首詩的用詞華麗柔美，「玉鉤」、「碧欄」、「細細」、「芳樹」、「銀漢」、「水晶簾」等詞，顏色也相當鮮亮，像紅腔、紫韻、紫蘭、碧城極有閨秀之氣，「恰是小樓人正寂，翻知昨夜雨初晴。」這一聯流露細膩深刻的相思，「銀漢影斜風露淨，水晶簾捲坐吹笙。」這一廉寫出與故友共吹笙的景象，同樣具有閨秀情致。而後賈蘭也拿出梅瑟卿送的扇子，上面有四首名為擬閨詞的七律：

〔註88〕〔清〕顧太清撰、金啟孮，金適校箋：《顧太清集校箋》，頁316～318。
〔註89〕〔清〕雲槎外史撰、尉仰茄點校：《紅樓夢影》第二十二回，頁174～175。

〈捲簾待燕〉

東風影裡罷梳頭，窗外呢喃聽不休。藻井待棲雙玉剪，筠簾初上小銀鉤。

疑將軟語商量定，似有柔情宛轉留。銜得新泥重補茸，餘香猶記舊妝樓。

〈對鏡簪花〉

初晴小雨柳纖纖，曉起臨妝暖氣添。欲效遠山眉淡掃，喜簪嫩蕊手輕拈。

鴉環翠膩雲三繞，鸞鏡先涵月一奩。甲煎濃薰頻顧影，為留香久自垂簾。

〈剪燈聽雨〉

羅衣初換舊輕綃，一瓣心香手自燒。不解離愁栽荳蔻，為聽驟雨種芭蕉。

銀鉤字細書清楚，紅燭風微影動搖。賦到秋聲人意懶，已涼天氣乍長宵。

〈倚欄垂釣〉

手倦停針夏日長，綠陰深護小橫塘。參差荇藻朱魚蔭，曲折欄杆翠蓋張。

倒映靚妝花妒色，慢沉香餌水搖光。借他短鉤消炎暑，受用臨池六月涼。〔註90〕

詩名既是擬閨詞，說明梅瑟卿身為男子卻欲作女子閨房之詩，詩句中的梳頭、呢喃、妝樓、臨妝、羅衣、紅燭等用詞，是常出現在閨閣詩的用詞，而「疑將軟語商量定，似有柔情宛轉留。」、「甲煎濃薰頻顧影，為留香久自垂簾。」將女子特有的口吻與相思之景模仿地唯妙唯俏，實在是很成功的擬閨詩作，代表顧太清不反對男子作這類型的擬閨閣的作品，但小說中也只梅瑟卿創作這樣的詩，只有短短的六首七律，比之女性角色創作的九首閨中之詩，比例較少，而且有五位女性角色（寶釵、湘雲、寶琴、探春、香菱）分擔完成，再加上這四首擬閨詩也收錄於《顧太清集校箋》，而且它們名為〈以文擬閨詞四題各限韻〉，〔註91〕極可能為她與閨友詩詞唱和時的詩作，因此可以解釋成顧太清不是很推薦男性詩人多作閨房類的詩作。

〔註90〕〔清〕雲槎外史撰、尉仰茄點校：《紅樓夢影》第二十二回，頁176～177。
〔註91〕〔清〕顧太清撰、金啟孮，金適校箋：《顧太清集校箋》，頁336～337。

（三）男女有別的書寫意義

　　或因作者顧太清身為女性，無法參加科考，對於時文創作較少接觸與學習，此致未能對八股文加以詳述，加上她在詞壇取得極高的成就，又較熱愛詩詞的創作，因此才會對試律詩有較詳盡的評斷。因為顧太清極擅創作詞這類的文體，在小說中出現不少詞作穿插其在小說情節中，在第十五回賈府眾姊妹與寶玉一同在藕香榭填詞聯句後，李紈等人開始評論詞作，這時寶玉問起：

　　　　寶玉道：「不用批論人了。今日的詞，稻香老農看是那句好？」李紈
　　　　道：「據我看，『墜』字和『碎』字押得都響亮。『是何處斷續蟬聲？』
　　　　問的有趣，『綠楊外，殘照裡。』答得更妙。」寶玉道：「也不過是
　　　　從姜白石的『鬧紅一舸』，蘇東坡的『瓊珠碎又圓』套來的。」李紈
　　　　道：「套古人不怕，套只要用得好。就是你們那應制詩文，也未必不
　　　　套古人罷？」湘雲拍手笑道：「阿彌陀佛，也遇見勁敵了。」寶玉笑
　　　　道：「只好讓你們人多，我不說了。」〔註92〕

這裡李紈作為詩社裡主要的裁判，這裡李紈評論了眾人齊心協力完成的聯句詞作，當寶玉問起哪一句比較好時，她以押韻以及句意選出最好的句子，寶玉卻持不同意見，認為這幾句不過是套用前人佳句，李紈馬上說出套古人不怕，只要用得好，她對於用典並不排斥，只要可以用得好，並且說應制詩文未必不是套古人，由此可見李紈對所謂應制詩文的理解，認為應制詩文大多數套用古人的佳作或者經書裡的字句，即使如此，只要用典妥當，還是好的文學作品，這裡講得應制詩文就是指八股文與試律，李紈為女性角色，很大可能代表作者的立場，因為顧太清是清代相當有名的女詞人，甚至被學界與後人譽為清代第一女詞人，她的詞「歷代評論家都給予了高度的評價」〔註93〕另外詞的特色適合女性的情感抒發，嚴迪昌講到：

　　　　詞，由於一開始即與音樂構成其依存關係，並且在相當長的時期裡
　　　　主要是發揮著淺斟低唱向的藝術感染力，所以，從某種意義上說：
　　　　它是更多地呈現女性特質的一種抒情詩體。後來「香草美人」型的
　　　　「寄託」說之所以可能在詞的創作中被充分實踐運用，其實也正是

〔註92〕〔清〕雲槎外史撰、尉仰茄點校：《紅樓夢影》第十五回，頁118。
〔註93〕〔清〕顧太清撰、金啟孮，金適校箋：《顧太清集校箋》（北京：中華書局，2012年），頁1。

並發展了詞的這種富具女性氣息的特質。至於「詩莊詞媚」的傳統
觀念，則從習慣性視覺上認定了這種特性。〔註94〕

由於詞具有的婉約特質與女性極為相似，因此當傳統禮教於清代逐漸受到某
種程度的解放後，清代出現許多有名的女詞人，甚至形成巾幗群體，這是「清
詞史稱的『中興』」〔註95〕，嚴迪昌對清朝女文人盛況有以下說明：

前人著作中通常稱為「閨秀」的女性作家，在清代其數量的浩瀚，
名家之眾多，真正是盛況空前，史所未有。僅以胡文楷《歷代婦女
著作考》收錄的 4000 餘家著作看，漢魏六朝以迄明朝只得 355 家，
再去其「現代」女作家 135 名，清代竟達 3500 家左右……〔註96〕

得是女性作家在清代確實數量暴增，至存數量難以確定，但他又提到：

光緒二十二年（1896）安徽南陵人徐乃昌所輯刊的《小檀欒室彙刻
百家閨秀詞》除去沈宜修、葉紈紈、葉小鸞母女卒於崇禎朝，以及
商景蘭入清不久即逝外，其餘 96 家皆係清代「閨秀」，基本上囊括
了一代名家女詞人。〔註97〕

因此可見女性填詞創作人數確實人數頗豐，嚴迪昌亦對顧太清詞作有很高的
評價：「顧春詞造詣之高，體現在亨詞煉句自然精工，無著意刻劃痕跡，又善
構意境。」〔註98〕由此可見她的煉句功夫到爐火純青地步，因而藉李紈口中
說出不怕用典，只要用得好這樣詞的創作技巧。李紈回應寶玉的內容，說明
她對應制類的詩文，多數用典的傾向，是持肯定的態度，另外也肯定了填詞
套用古人詞句的創作方式，寶玉也沒有再多做反駁，說明他多少認同了李紈
的觀點。另外在第二十一回湘雲與寶釵一同到了東所，見到寶玉正在教自己
的兒子認字與寫字，湘雲因而說到他是名副其實的教子成名，因為在清代為
了寒門子弟所設的私塾，學塾課程及教授方法，按先後程序為：「認字→教書
→背書→溫書→講書→習字→讀詩→讀史→對字→作文」。其中「認字」是指
「認約八公分見方小字塊，視學生年齡智慧，每天教數字或數十萬字，當年
無現在之附圖字塊，較難記憶，時加溫習，至認是數百字或千數百字為止。」

〔註94〕嚴迪昌：《清詞史》（南京：江蘇古籍出版社，1999 年），頁 590。
〔註95〕嚴迪昌：《清詞史》，頁 591。
〔註96〕嚴迪昌：《清詞史》，頁 590。
〔註97〕嚴迪昌：《清詞史》，頁 591。
〔註98〕嚴迪昌：《清詞史》，頁 608。

至於習字則是「每日下午練習大小字，由教師批改。」〔註99〕認字與習字被排入私塾教授課程之中，可見得識字，甚至是寫好字體，對科舉考試能否中舉有著莫大影響，這亦算是時文創作的一部分，顧太清在小說中提到這一部分，說明她對時文要求識字與認字是肯定或重視，而寶玉亦關心湘雲的女兒是否認字〔註100〕，以及第九回寶釵稱讚巧姐的字：

> 巧姐見說他的嫁妝，就進裡間去找出幾篇仿來給他二人看。寶釵說：
> 「字寫得更長了。」李紈笑道：「你那天給我瞧的那跳格兒呢？」巧
> 姐說：「那一天我拿去給二叔叔瞧，蘭哥哥說寫得不好，我就燒了。」
> 李紈笑道：「那是慪你呢，我瞧著很好。」〔註101〕

寶釵與李紈對巧姐字的肯定，說明即使是未來會出嫁，不會參加科舉的女性，顧太清對女性識字與寫字仍舊抱持肯定與支持的態度，說明太清並不認同「女子無才便是德」的觀點，反而有揚女才之相，對清代婦女來說，這是很進步的思想。

　　顧太清對時文的看法，認為時文是欲求官者，所必須勤學苦練的文體，正向肯定了時文（包含八股文與試律詩）的價值，但因為她本身在詞壇取得成就，與自身熱愛之外，小說中談論「詞」這類科考不考的文體，即使如此，她對時文的創作方式，用典的部分是持肯定的態度。

　　顧太清整體上肯定了時文的價值，這與曹雪芹在《紅樓夢》中對時文的看法有明顯的差異，因為曹雪芹在第一回批評才子佳人小說時便提到：

> 不過作者要寫出自己的那兩首情詩艷賦來，故假擬出男女二人名
> 姓，又必旁出一小人其間撥亂，亦如劇中之小丑然。且鬟婢開口即
> 者也之乎，非文即理。故逐一看去，悉皆自相矛盾、大不近情理之
> 話，竟不如我半世親睹親聞的這幾個女子……〔註102〕

這裡雖是作者針對才子佳人的批評，但是在講到小說中的丫鬟所用的語詞，即是者也之乎等詞，充滿說理意味，並非千金小姐的丫鬟所適用，然而之乎者也等字詞最常出現在《四書》或《五經》等中國傳統典籍，時文考試常用題目皆由這些經書中摘擷，故時文創作必然也會用「之乎者也」等字詞，因

〔註99〕以上論述，參見劉兆璸：《清代科舉》，頁89。
〔註100〕參見〔清〕雲槎外史撰、尉仰茄點校：《紅樓夢影》第二十一回，頁169。
〔註101〕〔清〕雲槎外史撰、尉仰茄點校：《紅樓夢影》第九回，頁64。
〔註102〕〔清〕曹雪芹，高鶚著、馮其庸等校注：《紅樓夢校注》第一回，頁4。

此隱約可見作者對時文創作時屢屢使用之乎者也等詞，頗有不滿。另外在第五回，秦可卿安排房間給寶玉休息時，帶寶玉來到一間上房，這房間擺設是：

> 當下秦氏引了一簇人來至上房內間。寶玉抬頭看見一幅畫貼在上面，畫的人物固好，其故事乃是《燃藜圖》，也不看係何人所畫，心中便有些不快。又有一幅對聯，寫的是：世事洞明皆學問，人情練達即文章。及看了這兩句，縱然室宇精美，鋪陳華麗，亦斷斷不肯在這裏了。忙說：「快出去！快出去！」〔註103〕

其中《燃藜圖》的故事是勸人刻苦勤奮讀書，〔註104〕加上「世事洞明皆學問，人情練達即文章。」這副對聯的意思為深去體會世事與人情，懂得以別人為出發點觀察，克制自己情緒並向他們謙卑，自然能看見許多得學問與文章，由此可見寶玉對所謂讀書、求學問與文章有極深的厭惡，既然他對讀書都如此排斥，自然對科舉考試要求的時文創作沒有興趣，第九回賈政向李貴詢問寶玉平時研讀的典籍，而李貴回應的內容為：

> 嚇得李貴忙雙膝跪下，摘了帽子，碰頭有聲，連連答應「是」，又回說：「哥兒已念到第三本《詩經》，什麼『呦呦鹿鳴，荷葉浮萍』，小的不敢撒謊。」說的滿座哄然大笑起來。賈政也撐不住笑了。因說道：「那怕再念三十本《詩經》，也都是掩耳偷鈴，哄人而已。你去請學裏師老爺安，就說我說的：什麼《詩經》、古文，一概不用虛應故事，只是先把《四書》一齊講明背熟，是最要緊的。」〔註105〕

這裡可見作為寶玉反面的人物賈政，他對時文創作的看法，最重要的是將《四書》背熟，至於《詩經》與古文不過是次等重要的讀物，流露出作者對八股文的創作，認為以背熟《四書》的內容為要。然而賈政是小說中的負向人物，他對八股文的肯定，代表曹雪芹本身對於八股文存在更多批評，甚至厭惡，李樹亦提到：

> 從《紅樓夢》看科舉，可知曹雪芹非常憎惡八股文，其深惡痛絕的程度，只有蒲松齡的《聊齋誌異》和吳敬梓的《儒林外史》可與之並比。〔註106〕

〔註103〕〔清〕曹雪芹，高鶚著、馮其庸等校注：《紅樓夢校注》第五回，頁82。
〔註104〕參見〔清〕曹雪芹，高鶚著、馮其庸等校注：《紅樓夢校注》第五回，頁96。
〔註105〕〔清〕曹雪芹，高鶚著、馮其庸等校注：《紅樓夢校注》第九回，頁154。
〔註106〕李樹：《中國科舉史話》（濟南：齊魯書社，2004年），頁309。

因此曹雪芹對時文的看法傾向貶抑，故在塑造賈寶玉的人物時，加諸在他身上是對八股文的強烈厭惡與唾棄，顧太清卻沒有全然地否定時文，在時文的看法上，她並未承繼《紅樓夢》對時文的觀感，而是改寫成較為正向的態度。

二、科舉與入世的連結

　　顧太清對時文與試律詩偏向批判的態度，多少受到身為女性無法參加科考的影響，而對時文的創作無法有更深入的體會與了解，然而《紅樓夢影》中顧太清談到科舉的情節頗多，似乎對科舉有著更多的評價與詮釋，在手法上，乃先在小說首回就塑造一位清廉公正的官員形象，即武進縣的知縣甄應喜，作為全書寶玉的學習典範。

（一）建立典範：依科舉而入世

　　甄應喜這位角色如此命名別有深意，因為在《紅樓夢》首回出現的甄士隱與賈雨村兩個人物的名字，具有真假對應的關係，墨人提到：

> 這一回裏的甄士隱和賈雨村是兩個虛構的人物，「甄士隱」即「真事隱」的諧音，賈雨村即「假語村言」之意，《紅樓夢》由他們兩個開場，亦由他們兩人結束……〔註107〕

由此可見甄士隱的姓氏甄代表真實，而賈雨村的假則是代表虛假意思，針對《紅樓夢》真假關係的源頭，而汪道倫認為：

> 《紅樓夢》中的「真事隱」，並非只隱「勳貴家事」，也不在於故事情節有無其事，有無其人，而在於具有「真世」之隱。這種「真世」即包「勳貴家事」和某些故事情節中的史事，但不能以此來取代全部故事情節。〔註108〕

因此真事是真世有所關聯，作者寫甄士隱這為角色命名，是意欲將所謂的真世隱去，但這些真世是建立在假世之上，因為在《紅樓夢》中有真假兩個世界，往兩個世界是真假互參，不能截然二分，而他認為真世有雙重歷史意涵，而他提到第二個意涵為：

> 其二，因「假世」而孕育、生長出來的「兒女真情」的活動天地以及超越封建時代預示出來的未來文化，這就是《紅樓夢》中很有價

〔註107〕墨人：《紅樓夢的寫作技巧》（臺北：雲龍出版社，2003年），頁18。
〔註108〕汪道倫：〈《紅樓夢》的真假兩個世界〉，《紅樓夢學刊》第二期，2003年，頁153。

值的「真事」。對「假世」「追蹤攝跡」揭示出來的「真」如果還可
以說是「真事隱去」之「事」，那麼對超越封建歷史時代而展現出來
的未來文化，那就不僅是「事」，而是有「世」的意味！〔註109〕

如此說明真事對應到真世，其中世具有超時代的文化，是曹雪芹的特殊行文
策略。小說中甄應喜，首先字面意思來看，甄是真實的意思，應喜即是應當
喜樂，深層來看這是顧太清完全套用《紅樓夢》的一種行文策略，真假的對
應，為什麼甄應喜在《紅樓夢》裡面本來就是真假對應，「甄」代表得是真實，
而「賈」代表的是一種譬喻，她也用這一種意涵，所以真正應當喜，乃是作為
賈寶玉應當嚮往的對象，這樣的對象，亦是寶玉應當襲法的對象，值得注意
是他的出身為：

> 且說這知縣姓甄名應喜，就是甄應嘉的兄弟，乃是進士出身，用了
> 榜下知縣，為官清正，真是愷悌君子，無人不感激。〔註110〕

他是進士出身，所謂進士出身是指通過殿試並獲得二甲名次，也就是僅排在
殿試一甲後面，也就是第一名、第二名、第三名後面的名次，殿試唯有前三
名即狀元、榜眼、探花會被賜進士及第，而其餘考生即為第二甲，人數不固
定，第二甲第一名為傳臚〔註111〕，都被賜進士出身，而甄應喜成為知縣，中
間應有通過朝考〔註112〕，劉兆璸提到：

> 朝考分三等，一等第一名曰「朝元」。閱卷大臣就緒進士殿試前之禮
> 部覆試，殿試，朝考三項等等數目，核計授職。其中以翰林最優，
> 分部學習次之，中書又次之，最後則為知縣。〔註113〕

進士出身乃是循序考過科舉各種考試，最後取得官位，這樣的入仕之路被時
人認為是正途，甄應喜成為寶玉伸冤的人物，再接獲寶玉案子前，他先審理
了三件案子，第一件是騙財物，原告是一位叫郝名義的長髮布店老闆，收留
一位叫傅有義的窮人當夥計，他受郝名義很好的照顧，卻沒想到：

> 這天姓傅的來了個親戚，姓胡叫胡充。說是跟官，那官府船上要用
> 四捆布，講明價錢，催了小車子推著，就教這傅夥計同了他的親戚

〔註109〕汪道倫：〈《紅樓夢》的真假兩個世界〉，頁154～155。

〔註110〕〔清〕雲槎外史撰、尉仰茄點校：《紅樓夢影》第一回，頁2。

〔註111〕參見劉兆璸：《清代科舉》，頁54。

〔註112〕朝考：朝考為新進進士引薦前授職考試，鼎甲三名雖已授職，亦隨同參加。
朝考始於雍正元年，考試內容時有變更，嘉慶年間以論疏詩三項命題，久為
定例。參見劉兆璸：《清代科舉》，頁57。

〔註113〕劉兆璸：《清代科舉》，頁57。

> 押著布去領錢。至今一個多月，連推車的都沒了影兒了。縣令聽了，
> 著郝老西兒回去聽傳。這裡發票拿人。〔註114〕

面對夥同騙財的案件，甄應喜先命令郝名義回去聽候消息，並命人拿發票去尋找被告的蹤跡，一樣處理方式符合程序且公正。而第二件則是監生賣贓物的案件，集艷堂老闆魏錢氏的女兒魏小青，色藝雙全而有位公子洪大器，他家清客白墀，有個朋友名卜希文，是位監生，這日卜監生借魏小青一隻金鐲子，魏小青便叫保兒去討回，結果保兒發現卜監生拿金鐲子那去當鋪典當，卜監生不肯承認，二人發生衝突：

> 保兒也就還了他的席，二人揪扭在一處，保兒的頭也打破了，所以
> 被地方拿了送縣。知縣審明口供，行文到學裡，革去監生，枷號一
> 個月，又斷了十弔大錢給保兒養傷。當鋪無乾，釋放。又傳了魏錢
> 氏當堂領贓。那洪、白二位也就不究了。

甄應喜處理方式很果決，直接把卜希文革去監生，並關他一個月，又讓他拿二十弔大錢給保兒當養傷費，讓洪、白二人不在追究。第三件是和尚好心接濟一位名叫吳彥的秀才，不僅供他住，也提供素齋給他吃，然而他卻偷油燈，又嫌飯菜無味無肉，還要喝酒，和尚不斷將就他，結果他越過分的要求和尚，和尚鬥不過秀才，只好報縣官：

> 縣官問明原告，又行文到學裡要了這吳秀才來。皆因公堂有神，
> 吳秀才自然也就說了實話。知縣就把這聖教中的敗類交給老師，
> 打了十板，記了一過，立逼著搬出廟去。和尚從此也就不敢慈悲
> 了。〔註115〕

甄應喜面對不講理的秀才，非但沒有徇私，反而公正的處理，打他交給他老師處罰，不重也不輕，算是給吳彥一條重新改過的路，以上三件事甄應喜都算圓滿的處理，當賈政拿下帶走寶玉的妖僧、道人後，向甄應喜報案，他的反應是：

> 知縣說：「噯呀，這賈寶玉還是奉旨尋訪的呢。怎麼偏偏的在我地方
> 上。」說著看了來書，說：「你教長班拿我的手本先同來人去，我隨
> 後就到。再派四個快點，帶了刑具去伺候。」門公答應去了。〔註116〕

〔註114〕〔清〕雲槎外史撰、尉仰茹點校：《紅樓夢影》第一回，頁2。
〔註115〕〔清〕雲槎外史撰、尉仰茹點校：《紅樓夢影》第一回，頁3。
〔註116〕〔清〕雲槎外史撰、尉仰茹點校：《紅樓夢影》第一回，頁4。

他言語中似乎對寶玉之事看成是麻煩，然而他用餐完後，立刻親自去見賈政父子，此時他在賈政面前的言行舉止相當恭敬：

> 到得官艙裡，知縣就要行禮。賈政連忙拉住，說：「貴縣咱們又是親戚，又是世交。這如何使得？」說著彼此作了揖，分賓主坐下。家人倒了茶，寒溫了幾句。知縣說：「這件事實在是萬幸，可喜可賀。」賈政說：「總是賈政無德，才有這樣異事。」知縣說：「也是世兄該有這幾天的坎坷，但是那僧、道實在該死。」便叫跟班的去傳給快頭，先將妖人押去，晚堂聽審。〔註117〕

原來他與賈政竟是親戚與世交關係，便知道他為何對賈政父子不敢怠慢，更重要的是他命人將僧道嚴加看管，而且他特地看寶玉的狀況，並且推斷寶玉中邪，甚至為了治寶玉之病，獻出他兄長給他的保心丹，結果寶玉吐出黑色東西，裡面還有紅色的蟲子，寶玉臉色終於有所恢復：

> 知縣道：「不要驚動。」遂在牀前一個小杌子上坐下看脈，看了一會，出來對賈政道：「病是退了大半，須把病根除了才好。」賈政道：「愚父子何以報答盛德？」說著又作了個揖，便要留飯。知縣告辭道：「還趕晚堂審案呢。」又囑咐道：「他不要吃不可強吃，明日再送兩丸藥來，須把邪物瀉淨，那就痊癒了。」說罷，告辭上轎去了。〔註118〕

可以說寶玉是被下蠱毒，而甄應嘉算是治好寶玉，而且他對寶玉之病是小心處理，是寶玉的恩人，當賈政說要報答他時，他立刻回絕，可見他是不求回報的好官，次日早晨他又送來丹藥。而後他審理寶玉案子時，那兩位僧、道俱不吐實，甄應喜便用了嚴刑，終於查出是馬道婆、與僧道等人，用蠱毒邪術控制寶玉：

> 所以那日在舉場，遇見寶玉隻身在那裡發怔，他們就照趙公子的例辦理，不想天網恢恢，遇著他父親的船。罪無可辭，知縣審明口供，當堂畫供，作了文書，詳了制台。因寶玉是新科舉人，又是國戚，曾奉諭旨尋找的人，所以連忙具折奏聞。馬道婆另案業經絞了，無庸議。便請了王命，派了四個劊子，把這兩位神仙送到太虛幻境去了。〔註119〕

〔註117〕〔清〕雲槎外史撰、尉仰茄點校：《紅樓夢影》第一回，頁4。
〔註118〕〔清〕雲槎外史撰、尉仰茄點校：《紅樓夢影》第一回，頁5。
〔註119〕〔清〕雲槎外史撰、尉仰茄點校：《紅樓夢影》第一回，頁6～7。

馬道婆早已被破案而受制裁，而甄應喜審出真相後，將兇手僧、道二人斬首，替寶玉出了一口惡氣，此時他成為伸張正義的化身，顧太清描寫這樣一位經過科舉考試出來的知縣，公正地為寶玉伸張正義，有意藉由科舉來定義甄應喜這樣的清官形象，作者是相當肯定科舉考試。

（二）襲法典範：循科舉而為官

寶玉向他學習，而甄應喜既然作為典範，所以書中也不斷多與寶玉有所互動。寶玉對甄應喜的看法跟學習，體現在第三回他重返賈府之後，聽取賈政教訓，努力準備科舉考試，其實早在第二回藉蔣玉函的言語，透露出寶玉既過鄉試，必有所作為，第二回襲人因對寶玉念念不忘，蔣玉函就決定把她送回賈府，此刻寶玉雖考上舉人，但是他已不知去向，他把這主意向花自芳與他的妻子說明，結果他們有此反應：

> 那花家的便接言道：「這話不是那麼說，我們姑娘原有點兒脾氣，只好姑爺將就些兒，那有接回來的理呢？要是說到寶二爺那層呢，更是沒的事了。那寶二爺不知上那角裡去了，是死是活還未可定呢！他還回來嗎？」蔣玉函說：「他既能高中，斷不是沒結果的人。前日還聽見都老爺們說，萬歲爺有旨意叫各省出告示找尋呢，豈有不回來的理？」〔註120〕

花自芳的妻子顯然認為寶玉不會再回來，然而蔣玉函卻是大力反對，他認為寶玉既能在鄉試取得高中的結果，必然不會就這樣失蹤，埋沒自己的才華，鄉試是中國古代科考重要的關卡，劉兆璸提到：

> 鄉試為科舉考試中最複雜最重要之階段，因考取鄉試為舉人，舉人以下科名繁多，所有生員多在學習進修階段。至鄉試則恩貢，拔貢，優貢，副貢，廩貢，增生，附生，監生均可參加，貢生出身之現任教職，亦可應考。人數眾多，規模龐大，為國家舉行隆重考試及選拔人才之初步。〔註121〕

之所以鄉試會如此重要，是因為通過後才能成為舉人，李新達提到：「祇要鄉試考中舉人就取得當官的資格，故舉人除參加會試外，入官之途尚有揀選、大挑、截取三項。」〔註122〕因此寶玉成為舉人，日後任官的機會大增，前途

〔註120〕〔清〕雲槎外史撰、尉仰茹點校：《紅樓夢影》第二回，頁9。
〔註121〕劉兆璸：《清代科舉》，頁23。
〔註122〕李新達著：《中國科舉制度史》，頁292。

無可限量，蔣玉函肯定寶玉必然歸來，建立在他通過鄉試，考取舉人為判斷根據，說明顧太清藉由蔣玉函的話語內容，表達自己對科舉抱持著很正向肯定的態度，作為知識分子能否有所成就為判斷標準，這亦是寶玉對甄應喜的效法，而作為寶玉好友的蔣玉函，在第十七回梅瑟卿宴請寶玉、賈蘭、薛蟠等人，寶玉與蔣玉函有以下對話：

> （寶玉）笑道：「如今作了官了，怎麼舊日的朋友都不認得了。」蔣玉函笑道：「豈敢，豈敢！皆因差使忙，所以短請安。再者，尊府上沒事也不好常去。上次與大老爺送壽禮，還是我去的。」寶玉道：「我怎麼不知道呢？」蔣玉函說：「想是你沒聽見說，昨日薛大爺差人叫我今日來，好容易騰挪了一天，曉得你們眾位都來，我惦記的很。」〔註123〕

蔣玉函任官後，便一心投注在工作上，即使是寶玉這樣的摯友，也是較少聯繫，由此可判斷他也是與甄應喜一樣是勤於官事的清廉官員。同一回中作者寫到賈蘭中舉消息傳遍賈府，賈府眾人的反應：

> 且說賈府自寶玉去後，王夫人晝夜啼哭。虧了寶釵明白，百般的勸解。又有親友們因賈蘭中了來道喜的；也有因寶玉的事來打聽的；
> 又忙著張羅賈蘭覆試；這王夫人也只好扶病支持而已。〔註124〕

賈府親友特地為賈蘭中舉的好消息前來道喜，而隨後賈府眾人又忙著準備賈蘭參與覆試的事情，即使在發生寶玉失蹤這樣的重大事件後，眾人仍很重視賈蘭的覆試，因為覆試：「會試前有覆試，由禮部照例舉行，無關得失，但非經覆試，不能會試。倘因故缺考，會試後補行覆試。」〔註125〕一方面固然是覆試是會試前必考過的關卡，所以眾人才如此未雨綢繆，另一方面說明在賈府眾人的價值觀裡，賈蘭參與科舉考試重要性關乎到賈府的家業復興，不單只是賈蘭能否取得任官資格，由此可窺探顧太清把科舉考試作為賈府復興的一大關鍵，足見她很看重科舉。另外王夫人向梅夫人關心梅瑟卿：

> 這裡眾人坐著閒談，王夫人問：「梅公子得幾時到京？」梅夫人說：「至遲二月到，好趕會試。」正說著，回進來：「珍大爺、小蓉大爺

〔註123〕〔清〕雲槎外史撰、尉仰茹點校：《紅樓夢影》第十七回，頁133。
〔註124〕〔清〕雲槎外史撰、尉仰茹點校：《紅樓夢影》第二回，頁12。
〔註125〕劉兆璸：《清代科舉》，頁45。

都到京了。」皆因女客在座，所以先通報一聲。〔註126〕

王夫人關心而提問梅瑟卿何時到京城，其實是關注他何時參與會試〔註127〕，劉兆璸提到：

> 會試三年一次，逢庚，戌，丑，未之年二月，在京師舉行。所有順天及各省鄉試舉人，候補京堂之有會試資格者，功勳子弟之賞給舉人者，皆可向禮部報考，惟現任知縣及奏改教職之舉人除外……各省舉人赴京會試，初規定沿途由公家車船供應，名曰「公車」，後來改發旅費，由本籍知縣代請藩庫發給，沿途關卡不得留難，遇有困難，由地方官代雇交通工具。〔註128〕

由此可見會試在京城考試，梅瑟卿身為翰林梅老爺的兒子，自是會參與考試以繼承父業，王夫人即使是婦道人家，卻還是適時對科舉考試提起關心，在第六回賈政與王夫人給賈環物色媳婦人選，找到蔡如玉小姐，兩人詢問她父親的出生地籍與任官情形，賈政與王夫人商議：

> 寶釵到王夫人處伺候晚飯，見賈政進來向王夫人說道：「那蔡公雖是捐班出身，卻是個能品。原來是詹師爺的同鄉，也是四川人。瞧了環兒很喜歡，就托詹師爺作媒，當面許了親事。他三四月裡就要起身的。」王夫人道：「那麼著，咱們得早些兒娶啊。」要了黃曆看了看，二十六是黃道日子，正好放定。〔註129〕

聽賈政的話語，對蔡如玉的父親是捐班出身似乎有所貶抑，然而對他人品卻是肯定，捐班出身代表他不是照傳統科舉考試的方式獲得官位，主要靠捐獻財物給朝廷獲取官位，歷來受到人們輕視與批評，這門婚事主要因賈環很喜歡的原因，所以才能讓這門婚事確定下來，顧太清這裡對捐班出身給予較負面的評價，凸顯了通過所謂正途試煉的讀書人，即順著童試、鄉試、會試到殿試的關卡，一直考取而獲得官位，這是按照傳統科舉考試的程序獲官，是較受顧太清肯定的士人，可見顧太清對科舉的觀感與詮釋與時人並無太大的分別。

第十回寶玉會試結果為考了第十六名，又再同一回通過殿試，同周姑爺、賈蘭、史公子任翰林庶吉士，而後第十一回賈政囑咐寶玉、賈蘭叔姪二人準

〔註126〕〔清〕雲槎外史撰、尉仰茄點校：《紅樓夢影》第四回，頁29。
〔註127〕會試：此試是集合全國舉人在京會考，故曰會試，亦稱禮闈，亦曰春闈。參見劉兆璸：《清代科舉》，頁44。
〔註128〕劉兆璸：《清代科舉》，頁44。
〔註129〕〔清〕雲槎外史撰、尉仰茄點校：《紅樓夢影》第六回，頁44。

備考散館，最後寶玉任官至衙門工作，雖未寫到寶玉在衙門處理公事的詳細情節，但從最後一回寶玉重遊太虛幻境的情節中，進入幻境中的衙門，見到許多官員靠著金山、銀山的趨炎附勢行為，他的反應是覺得可恥，馬上掉頭走出衙門，可見寶玉是以甄應喜作為自己任官的典範，並且最後成功實踐做了清廉公正的官員。而梅瑟卿後來會試、殿試皆取得探花的優秀名次，直接任翰林編修，劉兆璸提到：「傳臚後，頒上諭第一甲第一名某授職翰林院修撰，第二名某，第三名某授職翰林院編修。」〔註130〕可見顧太清是照著史實刻畫這類人物獲取官位的歷程，然而她對梅瑟卿任官後的作為並無直接描寫，反而在第七回他進京會試花了多篇幅描寫：

> 此時正是新春天氣，兩岸邊嫩柳舒黃，一路上柔波泛綠。過了幾個大碼頭，也有差人上去買些東西的時候，卻也無甚耽擱。這日到了蘇州碼頭上灣住船，真是天下第一繁華之處。看那河裡的船隻，岸上的轎馬，又有經商買賣，晝夜不斷，可謂「朝朝寒食，夜夜元宵」。梅公子帶了兩個家人進城去逛了一回，買了些玩物，下船吩咐家人，明日叫一隻燈船去游虎丘。〔註131〕

梅瑟卿面對父母諸多叮嚀雖都接受，但到了蘇州卻去游虎丘，似乎不把即將到來的科考放在心上，並有個金阿四的妓女伺候他，一路上遊山玩水，然而實際上第十六回寶玉與寶釵談論到梅瑟卿，由寶玉話語中得知梅瑟卿人品與學問深得賈政的肯定，而且並無一般紈褲子弟的習氣，寶玉對他之行為也是甚少批評。因此可說同寶玉相似循科舉而為官的梅瑟卿，也是肯定科舉做為士人自我實踐的正途。

另外《紅樓夢》中作者對科舉的觀感，可由以下幾個典型人物分析，首先是在第一回登場的賈雨村，他家道沒落，幸得甄士隱贈銀，方能進京趕考，於小說第二回便中了進士，得償所願：

> 至大比之期，不料他十分得意，已會了進士，選入外班，今已升了本府知府。雖才幹優長，未免有些貪酷之弊；且又恃才侮上，那些官員皆側目而視。不上一年，便被上司尋了個空隙，作成一本，參他「生性狡猾，擅纂禮儀，且沽清正之名，而暗結虎狼之屬，致使地方多事，民命不堪」等語。龍顏大怒，即批革職。該部文書一到，

〔註130〕劉兆璸：《清代科舉》，頁54。
〔註131〕〔清〕雲槎外史撰、尉仰茄點校：《紅樓夢影》第七回，頁46~47。

本府官員無不喜悅。〔註132〕

「會了進士，選入外班」這句話意指他會試考中進士，分發到外省任官。賈雨村雖是升遷極快，因為為官貪酷遭受其他官員舉報，而被革職，第四回他面對薛蟠搶占甄英蓮，因而失手打死馮淵之事，聽從葫蘆廟小沙彌提議：

> 至次日坐堂，勾取一應有名人犯，雨村詳加審問，果見馮家人口稀疏，不過賴此欲多得些燒埋之費；薛家仗勢倚情，偏不相讓，故致顛倒未決。雨村便徇情枉法，胡亂判斷了此案。馮家得了許多燒埋銀子，也就無甚話說了。雨村斷了此案，急忙作書信二封，與賈政並京營節度使王子騰，不過說「令甥之事已完，不必過慮」等語。
> 〔註133〕

賈雨村因為懼怕薛家的權勢，又為自己官途著想，因而選擇亂判這件案子，他雖通過科舉考試，但這樣徇私枉法得作為，說明他非清廉公正的官員，他在第四十八回平兒口中得知，當賈赦看中石呆子家裡二十把舊扇子，但他卻不願意賣，賈雨村竟主動介入此事：

> 誰知雨村那沒天理的聽見了，便設了個法子，訛他拖欠了官銀，拿他到衙門裏去，說所欠官銀，變賣家產賠補，把這扇子抄了來，作了官價送了來。那石呆子如今不知是死是活。老爺拿著扇子問著二爺說：「人家怎麼弄了來？」二爺只說了一句：「為這點子小事，弄得人坑家敗業，也不算什麼能為！」〔註134〕

賈雨村為了討好同族的賈赦，竟然用拖欠官銀當藉口，強將石呆子收藏地古董扇子充公，如此倚權欺弱的執法，證明考過科舉的賈雨村，是趨炎附勢、逢迎拍馬的官員，他在小說中是負面人物，至於《紅樓夢》裡寶玉父親賈政，同樣是考中進士，看似賈府中流柱的人物，在第四回當薛蟠等人投靠賈府後，起先薛蟠擔憂賈政的管束，然而後來薛蟠與賈府紈褲子弟勾搭上，變得比之前更墮落：

> 雖然賈政訓子有方，治家有法，一則族大人多，照管不到這些；二則現任族長乃是賈珍，彼乃寧府長孫，又現襲職，凡族中事，自有他掌管；三則公私冗雜，且素性瀟洒，不以俗務為要，每公暇之時，

〔註132〕〔清〕曹雪芹，高鶚著、馮其庸等校注：《紅樓夢校注》第二回，頁26。
〔註133〕〔清〕曹雪芹，高鶚著、馮其庸等校注：《紅樓夢校注》第四回，頁70～71。
〔註134〕〔清〕曹雪芹，高鶚著、馮其庸等校注：《紅樓夢校注》第四十八回，頁735。

> 不過看書著棋而已，餘事多不介意。況且這梨香院相隔兩層房舍，
> 又有街門另開，任意可以出入，所以這些子弟們竟可以放意暢懷
> 的⋯⋯。〔註135〕

雖因族中人多，加上梨香院所在之處偏遠，使得賈政管束困難，但他不以俗
務為要，終成為他治家失敗的因素之一，這也說明通過科舉的重要人物，卻
有許多方面的缺失，包括：品行修養與辦事能力，李樹對賈雨村與賈政兩位
人物有以下評價：

> 《紅樓夢》裡寫了兩個科賈出身的人物：一個是貴族子弟賈政，放
> 棄祖上門蔭，由科舉入仕，中了進士，做了部曹，升任學政。他道
> 貌盎然，動按禮法，是正統派的仁人君子。實則庸碌無能，致為吏
> 胥所欺弄。另一個是清寒出身的賈雨村，經多見廣，閱歷豐富，中
> 進士，入官場，鑽營拍馬，步步高深，對於治下的小民，貪酷殘暴，
> 凶狠勝過虎狼。〔註136〕

曹雪芹塑造這兩位考上進士而任官的角色，呈現負面形象，明顯是為了抨擊
通過科舉考試的士人，由此可評斷他對科舉看法都是以否定或貶低為主。然
而顧太清卻沒有承繼這樣的看法，反而大力塑造許多走科考正途的士人，他
們形象幾乎都是清廉正直，並讓主角寶玉走上科舉考試而任官的道路。

　　總而言之，顧太清在《紅樓夢影》首回即塑造一位清廉的官員甄應喜，
通過他科舉的出身，來肯定科舉的價值，同時也是寶玉應當學習的典範，寶
玉確實以此為效法對象，依循科舉而任官，並且在小說中塑造多正直的官員
人物，這是完全不同於《紅樓夢》中的士人形象，曹雪芹對科舉抱持負面的
態度，因此他在《紅樓夢》塑造許多貪官汙吏，顧太清對科舉的看法與曹雪
芹產生落差，因而不接受《紅樓夢》否定科舉的觀點，轉而肯定科舉入世的
看法，可視為她對《紅樓夢》科舉觀點的「轉化」。

第三節　女性經驗之轉化與再現

　　《紅樓夢影》對《紅樓夢》的繼承，不可忽視的部分，還在於顧太清身
為閨秀的獨特視角，將自身的經驗融入續書之中，其實《紅樓夢影》帶有顧

〔註135〕〔清〕曹雪芹，高鶚著、馮其庸等校注：《紅樓夢校注》第四回，頁74。
〔註136〕李樹：《中國科舉史話》（濟南：齊魯書社，2004年），頁309。

濃厚的自傳性質，即使顧太清曾說是偶然續作這部小說，但實際上她可能無意識地將自身經驗寫進小說。誠然，作家的第一部小說，或多或少都會帶有自傳的性質，胡曉真在研究清代女性彈詞小說時曾提到「史傳傳統既然側重女性生命中的母性與道德層面，忽略其他隱晦的部分」，〔註137〕而中國史傳作者幾乎都為男性，無法以女性的自身觀點來呈現女性生活多重面貌，因此由女性創作文學作品及序文，才較有機會探視女性的真實生活，她也提及自傳：

> 論及自傳最主要的形式特徵，可以說撰寫自傳的過程就是「現在的我」與「過去的我」的互動過程，就是讀者（現在的我）與文本（過去的我）的關係，所以作者其實是自己過去的詮釋者；而女性作家在彈詞小說的自敘段落中卻並非只做回顧式、反省式、重建式的文章，來追溯個人的生命發展或描述某種既成的生命情態，而是隨著創作的進行，亦步亦趨地呈現自己的發展。〔註138〕

胡曉真是就彈詞小說而論，然而女性創作的章回小說，亦是帶有作者本身生命發展的情態，因此顧太清於《紅樓夢影》的故事情節中，融入許多自身的生活經驗，尤其是身為婦女才會體驗的特殊經驗，如：生產的經驗，她在續書中兩次具體的描寫到婦女產子的情形，第一次為第四回寫道寶釵生產的情景，描寫得細膩且傳神：

> 見寶釵蛾眉緊蹙，不勝其苦，麝月攙著在地下來回的走。那收生的高姥姥坐在椅子上吃煙，見王夫人進來，他站起身來說：「太太過來了！」王夫人問道：「怎麼樣？」姥姥說：「還有會子呢。」人回：「姨太太來了。」早有僕婦們接了進來，彼此問了好，又向寶釵問道：「覺怎麼著？」寶釵勉強笑了一笑。姥姥說：「快了。」〔註139〕

寶釵的表情表示分娩前的痛苦，產前的行走是為促進產道擴張，而且對話中提及的「還有會子呢。」、「快了」說明生產過程的進行。第二次為第九回平兒的生產過程，她夢到王熙鳳，而後醒來：「覺得身子底下精濕一大團」〔註140〕，趙嬤嬤等人忙成一團：

〔註137〕胡曉真：《才女徹夜未眠——近代中國女性敘事文學的興起》，頁64。
〔註138〕胡曉真：《才女徹夜未眠——近代中國女性敘事文學的興起》，頁66。
〔註139〕〔清〕雲槎外史撰、尉仰茄點校：《紅樓夢影》第四回，頁24。
〔註140〕〔清〕雲槎外史撰、尉仰茄點校：《紅樓夢影》第九回，頁66。

> 趙嬤嬤掀開被一看，才忙著把平兒的小衣褪下，見胎胞嬰兒攪在一
> 處，伸手就抱。……（賈璉）自己到廂房窗外把巧姐兒的李嬤嬤叫
> 來。李嬤嬤上了炕，把胎胞和孩子理清。此時老婆子們也都起來，
> 燒通條熬定心湯。李嬤嬤把臍帶剪斷，包好孩子交給平兒抱著，又
> 把炕上的血跡收拾乾淨。〔註141〕

相當具體的寫出產房以及生產時的情況，「把胎胞和孩子理清」再到「把臍帶
剪斷」，最後「把炕上的血跡收拾乾淨」，顧太清鉅細靡遺地將婦女生產細節
完全寫出來，而且寶釵及平兒生產過程不盡相同，前者慢而後者快，這些描
寫分明只有親身經歷生產的婦女才能夠細寫出來，生產經驗可說是婦女特殊
的私密經驗，黃錦珠提及：

> 可貴的是，她將一向被視為私密的婦女身體經驗形諸筆端。現代醫
> 學興起之前，婦女生產大都不經男子之手，接生婆、助產士曾經是
> 婦女專有的工作，生產過程也是視同婦女們私密的特殊經驗。換個
> 角度說，清末以前的一般男作家，不可能對於生產細節有足夠的接
> 觸或充分的認識。這些生產細節，顯示出基於婦女特定經驗才可能
> 出現的書寫內容。〔註142〕

生產經驗對於婦女來說是很特殊的經驗，顧太清將其書寫出來，這是原書《紅
樓夢》所沒有的內容，因為曹雪芹身為男性作家，自然也無法清楚了解女性
生產時的細節與經驗，顧太清將真實生活經驗寫入續書當中，可視為她對《紅
樓夢》的轉化。

顧太清將真實生活經驗寫進《紅樓夢影》的故事情節，還包括女子詩社，
《紅樓夢影》第十回探春姊妹邀詩社，延續《紅樓夢》中寶玉與黛玉、寶釵及
眾姊妹們共創詩社的情節，《紅樓夢》中第一次詩社活動是由探春所發起，她
寫給寶玉花箋內容為：

> 因思及歷來古人處名攻利敵之場，猶置一些山滴水之區，遠招近揖，
> 投轄攀轅，務結二三同志者盤桓於其中，或豎詞壇，或開吟社，雖
> 一時之偶興，遂成千古之佳談。娣雖不才，竊同叨栖處於泉石之間，
> 而兼慕薛、林之技。風庭月榭，惜未宴集詩人；簾杏溪桃，或可醉
> 飛吟盞。孰謂蓮社之雄才，獨許鬚眉；直以東山之雅會，讓余脂粉。

〔註141〕〔清〕雲槎外史撰、尉仰茄點校：《紅樓夢影》第九回，頁66～67。
〔註142〕黃錦珠：《女性書寫的多元呈現：清末民初女作家小說研究》，頁94。

> 若蒙棹雪而來，娣則掃花以待。〔註143〕

探春因一時興起，欲效仿前人雅興，而後賈芸送給寶玉白海棠，眾姊妹便以白海棠為詩社命名，巧合得是《紅樓夢影》也是由探春主動提及邀詩社：

> 探春說：「咱們共是十一個人，足夠起詩社的。」寶琴問：「你打算怎麼起法？」探春笑道：「依我也不用照從前菊花、海棠那些題目。」湘雲說：「又是什麼新號令？」探春道：「我要起個群芳社，咱們再湊一個人，用十二個月應時的花卉寫了鬮兒，按著歲數兒先拈，誰拈著那一樣……」〔註144〕

都是由探春提議發起詩社，可見是顧太清承繼《紅樓夢》的情節，而探春將詩社，重新命名為「群芳社」，可意識到顧太清意欲在接受《紅樓夢》的小說情節上，將入自己的巧思，而有所變化。實際上顧太清與奕繪結婚後，夫妻倆時常詩詞唱和、郊覽游勝、吟詠題贈，她藉由丈夫認識許多文人，其中她通過丈夫的一位漢人老師，認識杭州的許氏家族，因而有機會結識梁德繩。她很活絡於女性文學圈，魏愛蓮根據現存顧太清的詩詞創作及相關資料，得到以下結論：

> 可以將她與女性文學生態中兩股重要的潮流連繫再一起。其一延伸至杭州，及梁德繩的圈子。……在梁氏的兩個女兒居留北京期間，太清與她們成為好友。以上聯絡的基礎可能是她的童年，似乎在江南居住了一段時間。這種情誼持續多年。因為認識梁德繩的兩個女兒，顧太清得以與她的詩友圈唱和——包括梁氏自己、汪端，還有吳藻。1837年，沈善寶由杭州遷居北京之後，也與顧氏成為密友，並幫助她擴大了杭州閨友圈的範圍。〔註145〕

顧太清與杭州閨友圈往來頻繁，在丈夫奕繪去世前已然如此，她在1835年結識許氏姊妹，到1837年她又結識沈善寶等女性友人。〔註146〕而當奕繪去世之後，顧太清頓受情感上的哀傷與生活上的困頓，因為她被趕出榮王府邸，

〔註143〕〔清〕曹雪芹，高鶚著、馮其庸等校注：《紅樓夢校注》第三十六回，頁557～558。
〔註144〕〔清〕雲槎外史撰、尉仰茄點校：《紅樓夢影》第十回，頁79。
〔註145〕（美）魏愛蓮著，馬勤勤譯：《美人與書：19世紀中國的女性與小說》，頁164。
〔註146〕參見張菊玲：《曠代才女顧太清》（北京：北京大學出版社，2000年），頁9～13。

這時行杭州閨友圈的女性友人給予她精神的慰藉以及經濟上的幫助，讓她平安度過寡居時候的難關。在《紅樓夢影》諸閨秀所寫的九首「消寒詩」是太清自己作品，收錄於她的個人詩集，詩名為〈消寒九首與少如湘佩同作〉，王力堅認為：

> 由此可見作者與沈善寶等閨友在現實生活中的文學交遊、詩詞唱和
> 等，就是其他紅樓續書的重要題材。換言之，清代才媛的紅樓續書，
> 事實上便是她們自己的現實生活的寫照；《紅樓夢》中人物的生活式
> 已經滲透進清代才媛的日常生活中。〔註147〕

可見顧太清確實將自己參與女子詩社的詩詞唱和經驗寫入續書中。另外女子結社情節與明清時代女子詩社興盛的情景相符，可作為《紅樓夢影》對當時時代社會風氣的真實反映，同時亦是顧太清對於《紅樓夢》原有故事情節的繼承。

除此之外，顧太清喜愛郊遊游歷，也反映在《紅樓夢影》的小說情節中，即第七回描寫到梅瑟卿赴會試，進京趕考，他在路途上到處遊覽，沿途江南水秀的風光，顧太清描摹頗有情致：

> 這日到了鎮江，灣了船。次日叫了只江船，帶了錦奴，主僕三人去
> 逛金山。各處遊玩多時，又登那寶塔，觀看江景。見瓜州一帶帆檣
> 上的號旗映著日光，燦若雲霞，真是江天一覽。〔註148〕

梅瑟卿乃是搭官船前往京城，雖為進京考試，但他找來妓女唱曲，沿途細覽各處景色，宛如遊歷一般，顧太清花了幾乎一整個章節的篇幅，來細寫梅瑟卿的遊歷，可見她對遊歷的喜愛，亦可見她遊歷經驗的豐富，魏愛蓮亦提及：

> 《紅樓夢影》對外部世界的幽閉視角，無疑折射了一位上層社會女
> 性的日常經驗，可由於滿族出身，顧太清擁有不同尋常的遊歷自由，
> 並在詩中多次記下在北京周邊寺廟和名勝的旅行……儘管如此，小
> 說還是大多著眼於家族內部的活動。小說有兩回以男性人物為中
> 心，描寫他們去景區遊覽；事實上，這是顧氏自己也喜歡的活動，
> 而不是男性在家庭之外的宦遊或其他。〔註149〕

〔註147〕王力堅：《清代文學跨域研究》，頁228。
〔註148〕〔清〕雲槎外史撰、尉仰茄點校：《紅樓夢影》第七回，頁51。
〔註149〕（美）魏愛蓮著，馬勤勤譯：《美人與書：19世紀中國的女性與小說》，頁163。

而這些遊歷，許多時候都是顧太清夫婦一起騎馬同遊，顧太清本人也十分喜愛騎馬，在《紅樓夢影》中數次描寫到騎馬的情節，尤其第十二回寫到寧國府賈赦一房浩蕩遷往隱園時，賈府眾位男性子弟俱騎馬護送乘車的女眷們安然抵達隱園：

> 到了二月初四，是個移徙的日子。賈赦信了兄弟的良言，同了邢夫人並五位姨娘搬到萬柳莊去。一路上香車寶馬，惹的那鄉間人攜男抱女站在路旁觀看。……到了石橋邊，賈赦吩咐換馬。家人伺候老爺下車上馬，眾人圍隨。〔註150〕

安置好女眷後，賈璉、寶玉等賈府子弟都騎馬回城，本回最後，顧太清又寫到與騎馬相關的情節，即賈赦過生日，替地邀請許多親友子弟前去柳林試馬：

> 到了十五，賈赦的生日。有許多親友，又有本家子弟們都來拜壽。吃了面，約著在柳林中間那條坦平黃土道上去試馬。為首的是賈珍，領著一班年輕公子，你賭我賽，十分高興。偏偏的樂極生悲，把個賈芹掉下馬來，跌了個半死，不敢著老爺們知道，悄悄抬了進去。眾人甚覺掃興，此時日已銜山，都告辭進城。〔註151〕

這裡顧太清描寫年輕公子試馬的情節，雖然只是寥寥幾筆帶過，但是從「你賭我賽，十分高興。偏偏的樂極生悲，把個賈芹掉下馬來，跌了個半死」，這樣的描寫合乎現實情理，隱約可從年輕子弟對試馬興奮的心情，窺見顧太清對於騎馬一事很感興趣，而在這回當中，需要注意的是，寫到女眷遷徙則是乘車而行，這是合於現實的描寫，滿清婦貴族女平時欲往遠處，多是乘轎而行，在賈璉生日時，顧太清寫到各房夫人、小姐、丫頭俱乘車前往隱園：

> 薛姨媽對李嬸娘道：「聽見說路遠的很，倒不如我們同車，一路上也好說說話兒。」李嬸娘笑道：「敢是好，我自進了京，從沒出過城。」正說著，婆子回道：「都預備齊了。」於是大家動身。王夫人是一乘四人綠轎，薛、李二位同坐一輛藍呢轎車。眾姊妹們都是朱輪翠蓋八寶香車，後面便是十數輛跟車。又有幾輛拉行李的三套大車，竟把這條榮府大街塞滿。一路上香塵滾滾，出了城門，

〔註150〕〔清〕雲槎外史撰、尉仰茄點校：《紅樓夢影》第十二回，頁91。
〔註151〕〔清〕雲槎外史撰、尉仰茄點校：《紅樓夢影》第十二回，頁99。

　　竟奔萬柳莊而來。〔註152〕

顧太清將眾人前往隱園的情景寫得很隆重且盛大，事實上以賈府女眷數量，許多車轎，並沒有過於誇大，反而是貼近於現實的生活，體現滿清貴族的奢靡，顧太清即使自身熱愛騎馬，但對於女性使用的交通工具，卻是多寫其乘轎，魏愛蓮：

> 《紅樓夢影》對馬的大量書寫，也同樣源於顧太清的滿族背景，或
> 者至少由於他是北方人。……這並非是說《紅樓夢》中沒有馬，只
> 是沒有《紅樓夢影》中這樣普遍，顧氏從未允許筆下的女性人物騎
> 馬，儘管她對此可以勝任；太清安排「她們」去乘坐馬車，並換一
> 種方式來描寫那些馬。〔註153〕

因此顧太清未寫女性直接騎馬，而寫女性乘坐馬車，這樣是更合於現實地描寫，嫁入榮王府後的顧太清，應是時常見到這樣的情景，可見她確實將自身生活經驗融入小說情節。

　　總結來說，顧太清以女性獨有視角，在接受《紅樓夢》原有的小說情節部分，同時也加入自身生活中的真實經驗，如：女性詩社的情節，而她敘寫婦女才有的私密經驗，即生產的具體情節，這是男性作家所無法呈現的生命歷程，可視為她對《紅樓夢》的轉化。還有她真實生活中對遊歷、騎馬的熱愛，從續書中對於此類事件多有撰寫，可以發現她確實將之融入續書情節，也可視為她對《紅樓夢》的轉化部分。

〔註152〕〔清〕雲槎外史撰、尉仰茄點校：《紅樓夢影》第十二回，頁95。
〔註153〕（美）魏愛蓮著，馬勤勤譯：《美人與書：19世紀中國的女性與小說》，頁
　　　　185。

第五章　結　論

在諸多《紅樓夢》續書中，《紅樓夢影》是極其獨特的存在，因為作者顧太清乃是女性，這在續紅之作中很少見，她刻劃滿清世家大族的瑣碎生活細節，視角獨特以女性角度做觀察，能反映當時的女性意識，《紅樓夢影》序文中沈善寶提及她續寫此書風格極為溫柔敦厚，具有深刻的教化功能，而且書中多數人物性格承繼《紅樓夢》而不顯突兀，然而有部分人物，卻做出相當程度地改寫。其中最重要的是她針對男主角賈寶玉對入仕的觀感有極大的逆寫，他對科舉仕途不再厭惡，轉而入仕任官，這些都是值得探討的部分，依據此書所表述出對《紅樓夢》的承繼及改寫，改寫及轉折得以發現《紅樓夢》它在對於後世的影響，因著時代與性別而有了相當大的差異性，經過本論文有三點結論：

其一、重新演繹《紅樓夢》對於情感的意義

夫妻、手足、父子之間的情感皆須依循中國倫理作安置。就夫妻關係而言，顧太清對正、反面的夫妻互動描述，對照《紅樓夢》，可明顯觀察出她所意圖傳達的夫妻互動，不再是以男女愛情為論述重點，而是著重個人夫妻情感在倫理中的安置。即是夫妻必須遵守「男主外、女主內」的分工原則，並且夫妻需要相互體諒，這樣才是符合五倫對夫妻的要求，首先從寶玉父子的夫妻互動來看，他們皆遵從妻內夫外的分工原則，並且以相敬的態度相處，這是顧太清所認為的夫妻理想的相處模式，也是她個人真實婚姻生活的體現，其次從其他夫妻互動來看，多是反面的論述，以賈珍夫妻為例，他們沒有做好妻內夫外的分工，不合五倫對夫妻的規範。

　　就手足關係而言，顧太清不接受曹雪芹對手足關係的負面陳述，因此《紅樓夢影》塑造寶玉及手足的互動模式，幾乎完全脫離《紅樓夢》寶玉及其他手足互動的原型。顧太清強調手足互動要秉持五倫中「友悌」為原則，寶玉與諸位手足互相幫助，而且彼此友愛，展現中國倫理中兄友弟恭的精神，如：寶玉、賈璉以及寶玉、賈環，他們皆能幫助彼此且關係和諧，這是顧太清刻意塑造她所理想中兄弟之間互動的範型。

　　就父子關係而言，顧太清藉由寶玉父子的形塑，來說明她所期待的父子互動範型，在於兒子能體會父親的期待，並對父親抱持孝敬的態度，而父親能適時理解兒子的想法，使得父子關係相理解，減少衝突發生，以達到儒家對父子互動的要求，即父慈子孝的互動。她否定《紅樓夢》型塑寶玉父子相處的負面陳述，其他正面的父子互動，亦是如此，但另一方面《紅樓夢影》作為對照的反面父子互動，卻是承繼曹雪芹刻劃負面的父子關係，父子間彼此無法相互理解，以至於相處不睦，故不合乎五倫對父子的規範，這是顧太清於《紅樓夢影》中所批評的父子關係。另外小說中的叔姪關係，以寶玉、賈蘭這對叔姪互動描述最多，兩人因為有相似的入仕觀點，以及同期考生與工作地點在同一處等因素，所以他們關係更緊密，關係如同手足，至於其他叔姪的互動，則偏向父子互動的模式，如賈政、賈璉。顧太清對於叔姪關係的描述多為正向的互動，不同於《紅樓夢》較為負向的叔姪關係原型。

其二、此書強調男性的職責

　　顧太清的論述方式，表述出男性角色應當擔負的責任，然後再由主人翁賈寶玉做連結，可以證明她確實重視這樣的論述。重新詮釋入仕對男性的意義，明清文人積極追求入仕，而顧太清受到這種價值觀與儒商家族功利主義所影響，因此她首先改寫《紅樓夢》賈寶玉對入仕的觀點，由消極避世轉而積極入世，化解賈政與賈寶玉之間的矛盾，在《紅樓夢影》中寶玉父子對入仕的觀點終於趨向一致，寶玉不再厭惡仕途，願意接近士人，甚至與之交往，她讓賈寶玉回歸生命的正軌。其次賈寶玉因為對入仕觀點的轉變，所以在行為上自然有了改變，在工作態度方面，他任官前積極準備並參與科舉考試，而他任官後克盡職守，對上司尊敬，不敢逾越。而在行政意識方面，他認為行政有一定的彈性，官員私下有些許放誕的行為，還在可容許的範圍之內。

就自我責任而言，顧太清藉由賈寶玉重新定義文人的職責，她使賈寶玉走上儒家「修身→齊家→治國→平天下」的自我實踐道路，這與當時文人的價值觀相似，古代文人對家庭及社會皆須負起責任，以符合社會對文人的期許。首先對家庭而言，寶玉任官後對寶釵更照顧，夫妻感情也越和睦，同時賈府運勢從衰敗轉為鼎盛，賈政官至相國，連賈赦、賈珍也被皇上賜予官位，家族恢復昔日的榮耀，寶玉盡了在家庭中應盡的責任。其次對社會，寶玉在衙門秉公盡職，做好自己的工作，使皇上無憂，四海昇平，讓天下歸於太平，實踐文人終極的目標，在顧太清筆下寶玉儼然成為溫柔敦厚的文人，不同於曹雪芹塑造的叛逆寶玉形象。

其三、作者重新定義生命的價值

作者改寫《紅樓夢》悲劇性的結局，使得說人物有較為圓滿的收場，意欲強調人生方向，在於個人理想的實踐，即是入世的思想。首先在人物性格與轉變上，她對寶玉性格進行大幅度的改寫，倒置情愛對他的重要性，情愛不再是他所最重視的人生目標，他在自我實踐上，出現變異，他接受父親賈政的安排與囑咐，考取官職，任官以後，他對官場趨炎附勢的行為感到不恥，因此可推斷寶玉的人生目標由《紅樓夢》追求男女情愛轉變為做好人子的本分，以及做好一位清廉正直的官員，來達成父親對他的期許。

其次此書反映在文學的觀點上呈現與入世、抒情的文體差異，顧太清重新定義時文與科舉的價值。她認為時文、試律詩即使受到時人批評，仍是男性文人所應重視的文體。就文學創作而言，她認為男女有別，男性應該創作與應試有關的文體（包含時文與試律詩），而女性則應創作抒情文體（包含閨閣詩與詞），另外，她對於時文、試律詩是給予較為正向的肯定，並未承繼曹雪芹對時文的觀感。就科舉解釋而言，她認為科舉是文人入仕必走的正途，藉由塑造在科考上取得優異成績的正直官員形象，成為主人翁賈寶玉所應效法的對象，進而重新肯定了科舉的價值，改寫《紅樓夢》對科舉的負面觀感。最後，此書顧太清除繼承《紅樓夢》原有的故事情節之外，將身為婦女的生活經驗，真實地呈現在小說情節中，如：生產情節，可將之視為顧太清對《紅樓夢》的轉化，因為這是《紅樓夢》所沒有的情節。而顧太清在女性閨友圈，活絡的詩詞唱和經驗，也在續書女性詩社中反映出來，這是《紅樓夢影》對《紅樓夢》的繼承部分，顧太清將自身經驗融入小說之中，意欲表達的生命價值，除了積極入世的處事態度外，還有安定於生命當下的意涵。

　　經由本研究的成果，足供後來研究者續以探討的方向有二：第一、《紅樓夢》的重新演繹，會因為續書作者的寫作動機不同，而產生不同的演繹，其中涉及時代、個人出身等，而有了不同的價值判斷，又因為續書者的性別差異，而有了全新的書寫視角，如：顧太清為女性文人，她在續書中詳盡描寫具體生產情節，這是婦女才有的特殊經驗，並且以閨秀視角，詳盡瑣碎地描寫滿清貴族的日常生活，使得《紅樓夢影》充滿獨特的女性意識，第二、《紅樓夢》續書在文學意義上的重新探勘，雖然本書有非常鮮明的個人入仕傾向跟時代的特質，頗違逆原書《紅樓夢》原先的文化設定，然而在撤除與《紅樓夢》之間的關係，事實上《紅樓夢影》在文學也有它獨特成就，《紅樓夢影》本身展演了它對女性文學觀察的解讀，以及詩詞如何在小說當中呈現的內容，誠為對於《紅樓夢》其他續書持續開發的可能。

參考書目

一、傳統古籍（依照作者年代排序）

1. 〔西漢〕許慎撰、〔清〕段玉裁注：《說文解字注》，臺北：頂淵文化，2008年10月。

2. 〔東漢〕班固等撰、王雲五編：《白虎通》，臺北：臺灣商務印書館，1966年3月。

3. 〔魏〕王弼，〔晉〕韓康伯注、〔唐〕孔穎達正義：《周易正義》，臺北：藝文印書館影《十三經注疏（重刻宋本）：附校勘記》嘉慶二十年江西南昌府學重刊本，1965年4月。

4. 〔南朝宋〕范曄著、〔唐〕李賢等注：《後漢書》，北京：中華書局，1965年5月。

5. 〔北齊〕魏收著：《魏書》，北京：中華書局，2017年。

6. 〔唐〕羅隱著、潘慧惠校注：《羅隱集校注》，杭州：浙江古籍出版社，1995年6月。

7. 〔唐〕封演：《封氏聞見記》，北京：中華書局，1985年。

8. 〔宋〕范仲淹撰、王雲五主編：《范文正公集》，臺北：臺灣商務印書館《萬有文庫》，1965年。

9. 〔宋〕朱熹撰：《四書集注》，臺北：漢京文化事業有限公司，1987年10月。

10. 〔明〕徐師曾著：《文體序說三種：文體明辯序說》，臺北：大安出版社《大安古典新刊》，1998 年 6 月。

11. 〔明〕歸有光撰：《震川先生集·卷十三》，上海：上海商務印書館，1965 年。

12. 〔清〕王嗣槐撰：《太極圖說論》，上海：上海古籍出版社影《續修四庫全書》北京大學圖書館藏清康熙三十五年刻本，1999 年。

13. 〔清〕沈德潛撰：《唐詩別裁》，臺北：臺灣商務印書館，1965 年 5 月。

14. 〔清〕胡應麟：《少室山房筆叢》，臺北：世界書局，1963 年 4 月。

15. 〔清〕曹雪芹，高鶚著、馮其庸校注：《紅樓夢校注》，臺北：里仁書局出版社，1984 年 4 月，頁 84。

16. 〔清〕梁章鉅：《試律叢話》，臺北：廣文書局有限公司，1976 年 3 月。

17. 〔清〕雲槎外史撰、尉仰茹點校：《紅樓夢影》，北京：北京大學出版社，1988 年 1 月。

18. 〔清〕劉廷璣撰：《在園雜志》，臺北：文海出版社，1969 年。

19. 〔清〕顧太清撰、金啟孮，金適校箋：《顧太清集校箋》，北京：中華書局，2012 年 11 月。

二、專書及專書論文（依照姓氏排序）

1. 王力堅：《清代文學跨域研究》，臺北：文津出版社，2013 年 8 月。

2. 王爾敏：《明清時代庶民化生活》，臺北：中央研究院近代史研究所，1996 年。

3. 沈善宏，王賢鳳：《中國倫理學說史》，杭州：浙江人民出版社，1985 年 4 月。

4. 李梅吾：《中國小說史》，臺北：洪葉文化公司，1995 年。

5. 李詠聰：《德·才·色·權──論中國古代女性》，臺北：麥田出版股份有限公司，城邦文化事業股份有限公司，1998 年 6 月。

6. 李潤強著：《清代進士群體與學術文化》，北京：中國社會科學出版社，2007 年 4 月。

7. 汪小洋，孔慶茂著：《科舉文體研究》，天津：天津古籍出版社，2005 年 3 月。

8. 何炳棣：《明清社會史論》，臺北：聯經出版社，2013 年 12 月。

9. 余英時：《紅樓夢的兩個世界》，臺北：聯經出版事業公司，1979 年 1 月。

10. 余英時：《中國知識階層史論：古代篇》，臺北：聯經出版事業公司，1981 年 6 月。

11. 林依璇：《無才可補天──紅樓夢續書研究》，臺北：文津出版社，1999 年。

12. 胡曉真：《才女徹夜未眠──近代中國女性敘事文學的興起》，北京：北京大學出版社，2008 年 9 月。

13. 胡理忠，戴鞍鋼：《二十五史新編：晚清史》，上海：上海古籍出版社，1997 年 11 月。

14. 孫康宜、宇文所安主編：《劍橋中國文學史（卷下）：1375 年之後》，臺北：聯經出版事業股份有限公司，2017 年 9 月。

15. 高桂惠：《追蹤躡跡：中國小說的文化闡釋》，臺北：大安出版社，2005 年 9 月。

16. 徐秉愉：〈正位於內──傳統社會的婦女〉，杜正勝編：《吾土與吾民》，臺北：聯經出版社，1982 年 11 月，頁 140～187。

17. 耿立羣：〈禮法、秩序與親情──中國傳統的長幼之倫〉，藍吉富、劉增貴編：《敬天與親人》，臺北：聯經出版社，1982 年 12 月，頁 473～518。

18. 許大齡：《清代捐納制度》，臺北：文海出版社，1950 年。

19. 張俊：《清代小說史》，浙江：浙江古籍出版社，1997 年。

20. 張捷夫：《中國喪葬史》，臺北：文津出版社有限公司，1995 年 7 月。

21. 張菊玲：《曠代才女顧太清》，北京：北京出版社，2001 年。

22. 商衍鎏：《清代科舉考試述錄及有關著作》，天津：百花文藝出版社，2004 年 7 月。

23. 啟功、張中行、金克木等著：《說八股》，北京：中華書局，1994 年 7 月。

24. 郭楊：《唐詩學引論》，南寧：廣西人民出版社，1989 年 7 月。

25. 黃錦珠：《女性書寫的多元呈現：清末民初女作家小說研究》，臺北：里仁書局，2014 年 5 月。

26. 葛兆光，《古代中國文化講義》，臺北：三民書局，2005 年 7 月。

27. 劉增貴：〈琴瑟和鳴──歷代的婚禮〉，藍吉富、劉增貴編：《敬天與親人》，臺北：聯經出版社，1982 年 12 月，頁 411～472。

28. 劉兆璸：《清代科舉》，臺北：三民書局有限公司，1975 年 3 月。

29. 劉子楊，《清代地方官制考》，北京：紫禁城出版社，1994 年。

30. 蔡仁厚：《中國哲學史大綱》，臺北：臺灣學生書局，1989 年 8 月。

31. 蔡仁厚：《孔孟荀哲學》，臺北：臺灣學生書局，1982 年 12 月。

32. 歐麗娟：《大觀紅樓（綜論卷）》，臺北：臺大出版中心，2014 年 12 月。

33. 樊浩：《中國倫理的精神建構》，臺北：文史哲出版社，1994 年 10 月。

34. 魯迅：《魯迅小說史論文集：中國小說史略及其他》，臺北：里仁書局，1992 年。

35. 賴惠敏：《天潢貴冑——清皇族的階層結構與經濟生活》，臺北：中研院近代史研究所出版，1997 年。

36. 嚴迪昌：《清詞史》，南京：江蘇古籍出版社，1999 年 8 月。

37. （美）費正清、劉廣京編：《劍橋中國晚清史：1800～1911 年（上卷）》，北京：中國社會科學出版社，1985 年 2 月。

38. （美）魏愛蓮著，馬勤勤譯：《美人與書：19 世紀中國的女性與小說》，北京：北京大學出版社，2015 年 11 月。

39. （法）謝和耐：《中國社會史》，南京：江蘇人民出版社，1997 年 1 月。

三、期刊論文（按出版時間順序排列）

1. 趙伯陶：〈《紅樓夢影》的作者及其他〉，《紅樓夢學刊》1989 年第 3 期，頁 243～251。

2. 趙建忠：〈紅樓夢續書的源流嬗變及其研究〉，《紅樓夢學刊》1992 年第 4 期，頁 301～335。

3. 張菊玲：〈中國第一位女小說家西林太清的《紅樓夢影》〉，《民族文學研究》1997 年第 2 期，頁 3～7，18。

4. 趙伯陶：〈清代第一女詞人的信史：讀金啟孮《顧太清與海淀》〉，《社會科學輯刊》2001 年第 4 期，頁 173～174。

5. 汪道倫：〈《紅樓夢》的真假兩個世界〉，《紅樓夢學刊》第 2 期，2003 年，頁 146～165。

6. 高桂惠：〈畫蛇添足：續集、接續、重寫以及中國小說〉，《中國文哲研究集刊》第 27 期〈書評部〉，臺北：中央研究中國文哲研究所，2005 年 9 月，頁 317～322。

7. 李哲姝：〈《紅樓夢影》中薛寶釵的情感世界〉，《忻州師範學院學報》第 1 期，2006 年 02 月，頁 19～21。

8. 詹頌：〈女性的詮釋與重構：太清《紅樓夢影》論〉，《紅樓夢學刊》2006 年第 1 輯，頁 269～287。

9. 張芙蓉：〈在中西比較中考察清代女性小說寫作的社會意蘊〉，《南京師大學報・社會科學版》2006 年第 2 期，頁 133～138。

10. 吳宇娟：〈走出傳統的典範——晚清女作家小說女性蛻變的歷程〉，《東海中文學報》第 19 期，2007 年 07 月，頁 240～268。

11. 吳宇娟：〈論太清《紅樓夢影》與《紅樓夢》的關係〉，《東海大學圖書館館訊》2009 年第 98 期，頁 32。

12. 聶欣晗：〈「溫柔敦厚」小說觀與《紅樓夢影》的詩性書寫〉，《紅樓夢學刊》2010 年第 2 輯，頁 77～89。

13. 李聆匯：〈顧太清《紅樓夢影》對賈寶玉形象的重塑〉，《哈爾濱師範大學社會科學學報》2012 年第 5 期，頁 63～65。

14. 胡衍南：〈論《紅樓夢》早期續書的承衍與改造〉，《國文學報》2012 年第 51 期，頁 179～202。

15. 張雲：〈《紅樓夢》續書研究述評〉，《紅樓夢學刊》2013 年第 1 期，頁 168～191。

16. 茹佳楠，〈簡評清朝捐納制度〉，《黑龍江史志》第 3 期，2014 年，頁 37～39。

17. 師蒙麗：〈古代祭文初窺〉，《四川文軒職業學院出版與發行專業教研室：文教資料》第 24 期，2017 年，頁 6～7。

四、學位論文（按出版時間順序排列）

1. 郭素美：〈《紅樓夢》續書研究〉，南昌：南昌大學中國古代文學研究所碩士論文，2007 年。

2. 俞江鳳：〈《紅樓夢》系列續書及《紅樓夢補》述論〉，西安：陝西師範大學中國語言文學研究所碩士論文，2013 年。

3. 郭芳：〈艾米莉・勃朗特和顧太清小說的比較研究〉，湘潭：湖南科技大學中國語言文學研究所碩士論文，2015 年。

4. 李瑞竹：〈庄農進京——《紅樓夢》續書中的偽富貴敘事〉，臺北：國立

臺灣中國文學研究所碩士論文，2016 年。

5. 范海倫：〈晚清家庭題材小說研究〉，西安：陝西師範大學中國古代文學研究所碩士論文，2017 年。

6. 劉翌如：〈《紅樓夢影》的女性文化色彩及其傳世意圖〉，桃園：元智大學中國語文學研究所碩士論文，2018 年。

7. 羅秀美：〈近代白話書寫現象研究〉，桃園：國立中央大學中國文學研究所博士論文，2004 年。

8. 李根亮：〈《紅樓夢》的傳播與接受〉，武漢：武漢大學中國古代文學研究所博士論文，2006 年。